KB253491

적포용왕

김운영 新무협 판타지 소설
FANTASTIC ORIENTAL HEROES

赤布龍王

적포용왕 6
김운영 新무협 판타지 소설

초판 1쇄 찍은 날 § 2009년 4월 7일
초판 1쇄 펴낸 날 § 2009년 4월 14일

지은이 § 김운영
펴낸이 § 서경석

편집장 § 문혜영

펴낸곳 § 도서출판 청어람
등록번호 § 제1081-1-89호
등록일자 § 1999. 5. 31
어람번호 § 제2-1719호

주소 § 경기도 부천시 원미구 심곡동2동 163-2 서경B/D 3F (우) 420-822
전화 § 032-656-4452 팩스 § 032-656-4453
http://www.chungeoram.com
E-mail § eoram99@chollian.net

ⓒ 김운영, 2008

ISBN 978-89-251-1762-1 04810
ISBN 978-89-251-1249-7 (세트)

대각지로(大覺之路)

적포용왕

赤袍龍王

6

目次

第一章
직상소문(直上疏文)

赤布龍王

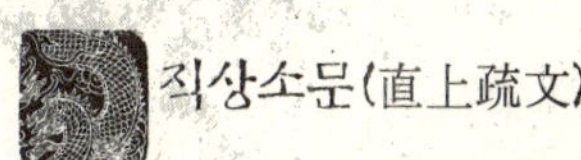

직상소문(直上疏文)

 —때로는 모르고 한 일이 상대에게 치명적
일 수도 있다.

 아무리 완벽을 기해도 그것을 이루는 데에는 하늘의 도움
이 필요하다.

 모사재인 성사재천(謀事在人 成事在天), 제갈공명이 이 말을
할 때의 심정은 얼마나 처절했을까?

 아직 젊은 황제는 천문 도인의 선법에 대해 그다지 관심을
보이지 않았다. 신선보다는 원앙이 좋아 보이고, 마음의 평정

보다는 진취적인 기상에 삶의 의의를 두었다.

불로불사니 우화등선이니 하는 말들은 그다지 마음에 와 닿지 않고 어여쁜 희첩들의 애교 어린 목소리만 귀에 쏙쏙 들어왔다.

승상 엄숭은 그런 황제에게 정사의 번거로움을 강요하지 않았다. 그가 보기에 이번 황제도 그다지 뛰어난 인물은 아니었다. 그냥 놔둬도 몇 년 안에 인생의 쾌락에 빠져 만사를 등한시할 터였다.

이미 수는 다 써두었다. 먹일 놈은 먹이고 제거할 놈은 제거하며 실권을 다진 지 수십 년이다. 황권이 바뀌었다고 그간의 공이 다 사라지는 것은 아니다.

황제가 총애하는 비빈 대부분은 엄숭 편이라 자나 깨나 황제에게 엄숭에 대한 좋은 말만 해댄다. 내시 또한 마찬가지. 심지어는 동창마저도 엄숭의 비위를 거스르려 하지 않았다.

조정이 이렇듯 그의 손아귀에 있고, 그 위에 병권마저도 그의 아들인 엄세권이 쥐고 있으니 이미 황제는 황제가 아닌 허수아비일지도 모른다.

하지만 그럼에도 불구하고 엄숭은 조심했다. 그의 권력은 황제를 등에 업음으로써 존재하는 것. 만약 반역을 꾀한다는 사실이 알려지면 언제 누가 배신을 할 것인지 알 수 없다.

또한 새로운 시대가 오니 야심을 가진 자들이 굳은 땅에서

새싹이 나듯 하나둘 튀어나왔다. 엄숭이 이 년 뒤에 물러나겠다고 선언한 것도 하나의 계기가 되었다.

내시 중에서도 젊은 자들이 엄숭이 나이 든 것을 빌미로 점점 뭉쳐 몇 년 후 정권의 향방을 논의하는 것도 알았다.

이들 역시 황제의 총애를 받는 몸이라 엄숭이 함부로 처리할 수도 없다. 아직 약하지만 정적이 생긴 셈이다.

그런 면에서 전 황제는 좋았다. 천문 도인이 완벽하게 황제를 홀렸기에 누가 뭐라고 하던 황제는 관심을 두지 않았다.

어쨌든 전보다는 좀 조심해야 하지만 엄숭의 천하인 것만큼은 틀림없었다.

하지만 완벽을 좋아하는 엄숭은 젊은 황제에게 틈만 나면 선법의 수련을 권했다.

"선황 폐하처럼 우화등선을 목표로 하는 것이 아니라, 양생술을 주로 수련하시면 젊음을 유지하는 데 큰 도움이 되고 수명도 늘어납니다."

누구나 들으면 혹할 만한 권유였지만 아직 성장기인 황제에게 젊음 유지란 말은 먹히지 않았다. 그래서 엄숭은 작전을 바꿨다.

황제의 총애를 받는 귀비 중에 엄숭의 입김이 닿는 손 귀비가 어느 날 황제에게 말했다.

"폐하, 선법의 방중술이 그렇게 효능이 좋다고 하옵니다."

“그런가? 방중술이라면 황궁에 있는 비법도 상당할 터인데.”

황제가 웃으면서 손으로 방중술의 비법에 따라 손 귀비의 육체를 희롱하자 손 귀비는 교성을 지르며 몸을 비틀었다. 하지만 그녀는 고개를 살살 저으며 말했다.

“선법의 방중술은 일종의 도술로 단순한 기술과는 또 다른 맛이 있다고 하더군요.”

“흠, 도술이라…….”

“예, 천첩은 그것이 무슨 효능이 있길래 그토록 소문이 자자한지 참으로 궁금할 뿐입니다.”

“기다려 보라. 내 한번 도인을 불러 물어볼 테니.”

다음날로 황제는 천문 도인을 부르는 칙명을 내렸다.

천문 도인은 황제가 방중술에 대해 묻자 별로 탐탁지 않은 표정을 지으며 대답했다.

“알기는 압니다만, 방중술은 선법을 수련하여 정신과 육체를 맑게 유지하는 데에는 별로 도움이 되지 못합니다. 오히려 사이함에 빠져 높은 경지로 가지 못하고 눈앞의 쾌락만을 쫓게 되기 십상이지요. 경지에 이르러 본심이 흔들리지 않는 도인만이 방중술을 수련할 수 있습니다.”

뒤의 말은 다 쓸 데가 없다. 안다는 게 중요했다.

황제는 그럼 그렇지 하는 표정으로 말했다.

"천문 도인의 재주가 뛰어난 것은 내 익히 들었다. 마침 방중술을 안다고 하니 짐에게 비법을 가르쳐 달라."

천문 도인은 잠시 고민하다가 한숨을 내쉬며 말했다.

"천자께서 명하시니 제가 비법을 숨길 수는 없지요. 하지만 방금 말씀드린 대로 선법의 수련도 어느 정도 병행해야 합니다. 안 그러면 진수는 얻지 못하고 시중에 알려진 저속한 방중술과 다를 바가 없는 손재주만 익힐 뿐입니다."

손재주는 이미 황제도 익힐 만큼 익혔다. 진수가 따로 있다는 말에 황제는 얼른 대답했다.

"그렇게 천문 도인이 권유하니 내 선법의 수련을 해보겠다."

이렇게 선황에 이어 새로운 황제도 천문 도인의 손아귀에 넘어가게 되었다.

황제는 천문 도인이 가르쳐 준 대로 호흡하고 기를 모으다 점점 백회혈에 시원한 기운이 모여 어느 순간 알 수 없는 쾌감이 팍 하고 터져 전신으로 퍼져 나가는 것을 느꼈다.

"하, 이런 느낌이 있다니!"

그건 새로운 감각의 개화라 할 만했다.

천문 도인은 황제의 등 뒤에서 그걸 지켜보면서 의미심장한 미소를 지었다.

*　　　*　　　*

　강진은 북경에 도착하자 황궁밀위 구보와 약속한 대로 수화빈관을 찾아 이층 가장 안쪽 방을 달라고 했다. 그러자 주인은 난색을 표하며 말했다.

　"그 방은 비가 새어 지금 곰팡이 냄새가 심합니다요."

　"그렇습니까? 그럼 주인장께서 보기에 제가 묵기에 가장 적합한 방을 주십시오."

　"그렇게 하지요."

　사람 좋은 미소를 지은 빈관의 주인을 따라가니 과연 혼자 잠을 자기에 적당한 침상과 작은 서탁이 있는 방으로 안내해 주었다.

　주인이 나가자 강진은 침상 위에 앉아 주변의 기운을 살폈다.

　여러 사람이 오고 가는 식당 겸 여관답게 잡스러운 기운으로 주변이 가득 차 있었다. 북경의 공기는 상당히 무거운 편으로 무공을 수련하는 사람이 오래 있기엔 별로 좋은 환경이라 할 수 없었다.

　강진은 운기조식을 하여 그동안 수천 리 길을 달려오느라 쌓인 피로를 푸는 한편, 명상으로 생각을 정리했다.

　해적왕 왕진을 직접 보고 나서 느낀 점은 하나다.

정말 강하다는 것! 이건 단순한 무의 경지만을 말하는 게 아니다. 사부인 적포천존과는 또 달랐다.

왕진에게는 흔들림이 없었다.

인간이라 볼 수 없는 기운은 마치 맹수와도 같아서 말이 통하지 않는 귀신처럼 보였다. 보통 사람은 그런 기운에 접촉만 해도 미치게 되지 않을까?

강진은 왕진을 만나고서야 자신이 아무리 수련을 해도 그런 경지에 오르기 어렵다는 걸 느꼈다. 스스로 인간임을 버린 자가 가지는 강함인 것이다.

솔직히 말해 두 번 다시 싸우고 싶지 않을 정도였다. 하지만 한편으로는 가슴속에서 뜨거운 불덩이가 일어나 전신으로 퍼져 나가는 듯한 기분도 든다.

부딪쳐서 깨져도 좋다. 피하지는 않는다. 누군가가 강진에게 그렇게 속삭이는 듯했다. 무인의 혼일까?

"문제는 내 이성이 이걸 거부한다는 데에 있다."

본능을 억누르는 것은 이성이다. 강해질 수 있는데 이성이 그걸 막는 것이다.

상승의 무공을 완벽하게 펼치려면 정, 기, 신이 하나가 되어야 하는데 여기서 정이 이성이고 기가 본능이라 할 수 있다. 이성이 본능을 엮은 사슬이 되니 몸 또한 움직이지 않는다.

사실 강진은 사부인 적포천존이나 해적왕처럼 본능을 해방시키기엔 무리가 있는 성격이다. 그에겐 짐이 많아 머리가 항상 복잡했다.

지금에 와서는 그 점을 스스로 깨달아 의식적으로 본능에 충실하려고 하지만 애써서 겨우 되는 것과 원래 그런 것과의 차이는 컸다.

넘을 수 없는 벽일까? 강진은 이 점에 대해 계속 생각해 왔다.

"후우, 어렵고도 어렵구나."

강진은 결국 결론을 내지 못하고 명상에서 깨어났다. 누군가 접근하고 있는데 기파로 보아 황궁밀위 구보 같았다.

똑똑.

"구 밀위님, 들어오십시오."

"역시 나인 줄 알고 있었군."

"구 밀위님의 걸음걸이는 고양이보다 조용하니까요."

"음, 그럼 앞으로는 일부러 보통 사람의 걸음걸이로 걷는 연습을 해야겠는걸."

강진은 그게 별 쓸모가 없다고 말해주고 싶었다.

구보의 접근을 알 정도면 기파 자체를 읽어낸다는 건데, 완전히 내기를 갈무리할 정도가 아니면 속일 수 없는 것이다. 땅속이라면 모를까 땅 위로의 접근은 결코 숨길 수 없다. 하기야 지금의 강진이라면 구보가 땅속으로 접근해도 능히 알 수 있다.

하지만 지금 중요한 것은 그게 아니다.

"조사는 끝났습니까?"

"아아, 동창의 인사부를 훔쳐보았네. 여기, 지난 20년간 황궁의 위사로 근무했으면서 다른 곳으로 가지 않은 자들의 명단이고, 이쪽은 구문제독부에서 왜구를 치는 의병을 지원하기 위해 내보낸 물자일세."

강진은 구보가 내민 두 권의 얇은 책자를 받아 펼쳤다. 하나는 인명록, 하나는 장부다.

강진은 일단 명단의 사람들을 모두 기억했다. 이들 중 몇 명이 해적왕의 수하일지는 모르지만 틀림없이 있을 것이다.

그다음으로 장부를 보고 계산을 해보니 어느 정도 답이 나왔다.

"이 정도면 적어도 이만 명의 병사를 키울 병량은 나옵니다."

"그렇지. 관부에서 의병들에게 이렇게 후한 지원을 했다니, 이게 정말 의병들에게 지급되었다면 왜구의 피해가 반 이상 줄었을 거네."

"딴마음이 없었다면 이런 지원은 안 했겠지요."

강진은 그렇게 말하며 몸을 일으켰다.

"시간이 없습니다. 오늘 당장 황궁으로 들어가겠습니다."

“알겠네.”

구보도 시간이 없다는 것은 안다. 황제는 이미 천문 도인에게 넘어가 사술에 빠져 있으니 얼마 후에는 구하려 해도 구하지 못하게 될 것이다.

구보는 품속에서 하나의 가면과 패를 꺼내 강진에게 건넸다.

“이게 나의 증표일세.”

“제가 잠시 쓰겠습니다.”

“그럼 가세.”

구보가 앞장서고 강진은 뒤를 따랐다.

자금성은 거대해서 그 자체만으로도 웬만한 도시만 했다. 자금성의 성벽은 세 겹으로 되어 있고, 가장 바깥쪽의 벽에는 중원에서 가장 넓은 해자가 있었다. 그리고 그 해자는 좌측의 호수와 연결되는데, 호수는 끝이 보이지 않을 정도로 넓어 그 위에서 배를 띄워 해전을 벌일 수 있을 정도였다.

문제는 그 호수가 원래는 존재하지 않는 것이라는 데에 있다.

자금성을 처음 지을 때 황제가 사는 곳인만큼 풍수지리에도 크게 신경을 썼다. 좌청룡우백호 운운하는 풍수지리설에 의하면 자고로 명당은 옆에 물을 끼고 있어야 한다는 것이다.

그 결과 황제는 수만 명의 인부를 동원하여 땅을 파고 물을 끌어들였다. 그리고 거기서 나온 흙으로 자금성 뒤쪽을 병풍처럼 가리는 가산을 만들었는데, 바로 천하에서 가장 큰 가산이라 할 수 있었다.

황제의 힘은 하늘에 닿아 있어 산과 호수를 만들어 풍수도 바꾸니 자금성은 천하에서 가장 양기가 강한 지역이 되었다. 천자이자 용인 황제가 살기에 적당한 곳이다.

아무튼 그렇게 넓은 자금성은 복잡하기도 천하에서 으뜸이라, 건물과 길, 그리고 나무 하나하나가 오행의 묘리에 따라 위치하니 얼핏 보면 사통팔달이라 사방의 시야가 훤해도 막상 안에서 돌아다니려면 열이면 열 모두 길을 잃고 헤매게 되어 있는 것이다.

오죽하면 구중천이란 말이 있을까. 하늘을 아홉 개나 건너야 황제가 사는 곳에 도착할 수 있다는 뜻이다.

하지만 황궁 안이 아무리 복잡해도 구보는 지리와 경비 태세, 관련 기관은 물론이고 밀도까지 모두 알고 있다. 아무도 모르고 구보만 알고 있는 밀도도 적지 않게 있었다.

무엇보다 구보는 황궁의 지하에 거미줄처럼 뻗어 있는 구절암로의 주인이다. 알고 보니 황궁의 지하는 기관진학의 집성지로 구보의 일가는 대대로 그것을 관리해 온 것이다.

물론 강진에게는 그런 사실을 말할 수 없었기에 그저 미리 열어둔 지하 밀도만을 통했다.

얼마 후, 두 사람은 아무에게도 들키지 않고 황제의 숙소 앞까지 도착했다.

그들이 있는 곳은 바로 땅속 삼 장 밑이었는데, 기존의 구절암로로부터 살짝 벗어나 아직 벽이 정리가 안 된 흙굴이었다. 거의 기어 다닐 정도의 너비밖에 안 되는 통로였지만 강진과 구보는 그 안을 날다시피 빠르게 다닐 수 있었다.

"황상께서는 지금 안에서 수련을 하고 계시네."

"천문 도인은 없군요."

"아직 천문 도인이 황상의 완전한 신임을 받지는 못했네. 황상의 주무시는 장소를 알 수 있는 사람은 극히 정해져 있지."

"천문 도인이 없는데도 수련을 하는 것을 보면 현혹술이 이미 상당히 진척되어 있다고 봐야 합니다."

현혹술에 완전히 빠지면 구보가 신분을 밝혀도 황제는 인식을 못하고 적이라 생각할 가능성이 높다.

황홀경에 빠진 사람은 천문 도인의 말 이외에는 거의 듣지를 못하고, 들어도 무슨 소리인지를 모른다는 것이 그간 강진과 구보가 연구한 결과였다.

구보는 고개를 끄덕이며 말했다.

"만약을 대비해야겠지. 그럴 경우 나 혼자 죽을 테니 강 소협은 온 길로 빠져나가게."

"알겠습니다."

강진도 두말하지 않았다. 하지만 사실은 물러날 생각이 없었다. 조용히 끝날 수 있다면 애초의 계획대로 진행할 수 있으니 좋지만, 만약 황제가 황홀경에 빠진 상태라면 억지로라도 깨울 생각이었다.

둘은 소리없이 황제의 침실 밑으로 들어갔다. 조용히 기를 모아 안의 상태를 보니 안에는 황제와 손 귀비만 있었다.

경계할 대상이 전혀 없음을 확인한 강진과 구보는 지둔술을 이용해 흙을 파고 위로 올라갔다.

바닥에 깔린 청석 판을 살짝 들어 올리고 보니 손 귀비는 옷을 벗은 채 침상에 누워 잠든 상태였고, 황제는 한쪽에 앉아 가부좌를 틀고 있었다.

강진은 우선 손가락을 튕겨 손 귀비의 혼수혈을 짚었다. 내력의 힘이 남아 있는 동안은 무슨 수를 써도 깨어나지 않을 것이다.

그사이 구보는 전음입밀로 황제에게 정해진 말을 전했다. 황궁을 나서기 전 황태자였던 현 황제에게 심어놓은 암호였다.

"천자보위! 황위비호!"

순간 황제가 전신을 부르르 떨더니 눈을 까뒤집으며 앞으로 고꾸라졌다.

강진은 황제가 어떤 정신적인 충격을 받아 몸의 기혈이 뒤틀렸음을 알고 연속으로 격공지를 날렸다.

피피핑!

공기를 가르는 날카로운 소리와 함께 황제의 머리와 등에 작은 경련이 일었다. 허공을 격하고 침투한 강진의 내력이 황제의 머리와 심장을 보호했다.

잠시 후, 황제는 쿨럭 하고 한 모금의 피를 토하며 몸을 일으켰다. 꽤나 고통이 심한 듯 몸을 부들부들 떨면서도 비명을 지르지는 않았다.

"황가수호인가?"

다행히도 구보가 심어놓은 황가 비전의 암시법이 황홀경을 깬 모양이다.

강진은 황제의 말에 순간적으로 움찔했다.

'황가수호? 밀위와는 다른 것인가? 구 밀위의 신분은 내가 아는 것과는 조금 다르구나. 사연이 있겠지.'

구보가 황제에게 전음으로 말을 하는 것으로 보아 강진이 알면 안 되는 일인 듯했다.

강진은 그걸 알려는 욕망을 포기했다. 때로는 모른 척하는 게 좋을 수도 있다는 것을 그는 알고 있었다.

원래 황가수호는 황실의 위기 때 황제를 보호하기 위한 존재다.

황자로 태어난 사람은 아주 어릴 때에 그 존재에 대해 신뢰

할 것을 암시받게 되고, 다시 황제가 되는 순간 찾아온 황가수호로부터 충성 맹세와 함께 다시 기억을 덮는 암시를 받는다.

태조 때부터 내려온 가장 신뢰할 만한 수하가 바로 황가수호인 것이다.

당금의 황가수호인 구보가 나타났으니 황위가 위험하다는 뜻이다. 황제가 고통을 참는 것도 다 이유가 있었다.

구보는 얼른 전음으로 대답했다.

"제칠대 황가수호 구보입니다. 황제 폐하 만세, 만세, 만만세."

"으으, 너무 괴롭다."

고통에 익숙지 않은 황제는 연신 신음 소리를 냈다. 보다 못해 강진이 손을 살짝 휘젓자 하얀 구름과도 같은 기운이 황제를 감쌌다.

"흐으으, 이제 괜찮군. 어떻게 된 것이냐?"

"방금 전까지 황상께서는 사이한 술법에 의한 마경에 빠져 있었습니다. 그것은 일시적으로 육체의 고통을 끊고 황홀경에 빠지게 하지만 실제로는 산 채로 육체가 말라비틀어지게 합니다. 일정 이상 단계가 진행되면 말라비틀어진 육체의 고통을 참지 못하여 좋든 싫든 하루 종일 마경 속에서만 머물게 되는데, 그럴 경우 살아 있는 시체나 다름이 없습니다. 선황께서도 그렇게 돌아가셨습니다."

"크으으, 그럼 천문 도인은 역적이란 말이냐?"

"소인이 그동안 잠시 밖으로 나가 진상을 조사했습니다. 다행히도 조정에 인물이 있어 목숨을 걸고 이 일에 맞선 자를 찾았습니다. 그자가 작성한 상소문을 가져왔으니 한번 보시기 바랍니다."

휘릭.

비단으로 싸인 두루마리가 황제의 옆으로 날아갔다. 황제는 그게 어디서 어떻게 날아왔는지 보지 못했다.

두루마리 안에는 문철이 작성한 상소문이 들어 있었다. 그 안에는 승상인 엄숭이 아들인 병부상서 엄세건과 같이 지난 수십 년간 황제의 눈을 속이고 자행해 온 수백 가지의 죄악이 일일이 열거되어 있었고, 그중 칠 할은 증거까지 제시되어 있었다.

그중에서도 가장 큰 죄는 다음과 같았다.

일, 사이비 도사를 이용하여 전 황제를 미혹에 빠뜨려 정무를 포기하고 스스로의 옥체를 훼손하게 한 것.

이, 왜구들과 내통해 강남 일대를 혼란에 빠뜨린 대규모의 왜구들에 대한 황군의 출정을 막은 것.

삼, 사사로이 병사를 일으켜 왜구와 싸우는 의병이라 칭하고 관으로부터 매년 거액의 군자금과 병량을 지급받은 것. 그 자금으로 이만에 가까운 사병을 키운 것으로 추정되니 이건 명백한

반역의 의지라 할 수 있다.

사, 이백여 명의 암행감찰사를 전 중원에 파견하여 각지의 관인과 상인으로부터 거액의 뇌물을 갈취했을 뿐 아니라, 따로 도적들과 손을 잡고 약탈 행위까지 한 것.

그 외에도 정적의 목숨을 해치고 재산을 몰수하면서 황궁이 아닌 자신의 사재에 더한 것만 해도 적지 않았고, 관직의 매매나 난민을 잡아 광산에 노예로 팔아먹은 것도 있었다.

"이런 죽일 놈이!"

좌락!

황제는 그 상소문을 끝까지 읽지 않았다. 앞에 나열한 네 가지 죄악만 해도, 특히 가장 처음 나온 가짜 도사 이야기만 해도 그가 분노하기에 충분했다.

자칫 잘못했으면 황제 자신도 선황처럼 홀려서 죽을 때까지 나무로 된 좁은 방에서 나오지 못했을 것이다. 그걸 생각하니 등골이 오싹했다.

황제는 상소문을 구기면서 고개를 돌려 큰 소리로 외쳤다.

"당장 시위총관을 들라 하라!"

그러나 황제의 외침에 밖에서 대기하고 있던 위사들의 대답은 없었다. 강진이 기의 막으로 방을 밀실로 만든 지 오래다.

"황상, 지금 경거망동하시는 것은 좋지 않습니다. 시위총관을 비롯해 적지 않은 시위들이 엄 승상과 끈이 닿아 있는 것으로 추정되옵니다."

또다시 귓가로 스며드는 구보의 목소리에 황제는 흠칫했다. 시위총관까지 엄승의 수하라면 일이 벌어지는 순간 황제 자신이 당할 수도 있는 것이다.

"어떻게 하면 좋겠는가?"

"황상께서 윤허하신다면 제가 오늘 밤 내로 천문 도인과 시위총관을 비롯해 엄승과 손을 잡은 시위들을 모두 처리하겠습니다. 그 뒤에 황상께서는 교두인 오둔을 새로운 시위총관으로 임명하시어 황궁 내의 경비를 엄밀히 하시고, 날이 밝는 대로 문무백관을 소집하여 칙명으로 엄승과 그 아들을 삭탈관직하시어 국법으로 다스리면 될 듯합니다."

"짐은 그렇게 하겠다."

황제는 자신이 믿을 수 있는 사람이 황가수호밖에 없다는 생각을 했다. 그건 황제가 어렸을 때에 뇌리에 깊이 박혀진 것이라 의심할 여지도 없었다.

실제로 이렇듯 황실이 위험한 상황이 되자 황가수호가 나타나 역적을 처벌한다고 하지 않는가! 황제는 칙명을 내리며 어느 정도 여유를 찾은 듯했다.

곧 황제의 손에 의해 칙명이 쓰여졌다. 그리고 그 위에 옥쇄의 직인이 찍히고 수결도 그려졌다.

황제는 평소 허리에 차고 다니다가 침실이라 한쪽에 걸어 두었던 검을 들어 칙명과 함께 서탁 위에 놓았다. 그리고는 뒤로 돌아 뒷짐을 진 채 말했다.

"짐의 검으로 역도를 벌하라."

"명을 받들겠습니다."

구보가 대답을 하자 강진은 손을 저어 허공섭물의 수법으로 검과 칙명을 끌어당겼다.

황제의 허락을 받은 구보는 이번에는 강진에게 전음으로 말했다.

"이제는 강 소협께 일을 부탁드리겠소. 본인은 황상을 보호해야 하니 이곳을 떠날 수 없소이다."

"알겠습니다. 그럼 새벽에 다시 오겠습니다."

구보의 능력으로는 천문 도인을 당할 수 없다. 아무리 가짜라고 해도 천문 도인의 무력은 무시무시한 것이다.

또한 시위총관을 비롯해 적지 않은 시위들을 소리 소문 없이 제거하는 것도 힘들다. 그러려면 시위들이 소리를 지르지 못하게 일 초에 처리를 해야 하니 절대적인 무력이 필요하다.

그래서 이번 일은 강진이 맡기로 했다. 황제의 검을 들고 황궁밀위의 표식이 새겨진 가면을 쓴 채 신패와 칙령까지 지녔으니 오늘의 그는 절대 권력을 손에 넣은 것과 마찬가지였다.

강진은 땅속의 암도를 통해 이동했다. 황궁 내부의 지리는 알 수 없지만 구보가 미리 가르쳐 준 경로를 따라 이동하여 숨겨진 기관을 움직이니 땅 위로 나올 수 있었다. 그 장소도 정확하여 어김없이 시위총관의 숙소 안쪽으로 나왔다.

강진이 움직이는 기척은 개미가 지나가는 것보다도 미약하여 문을 열고 들어가도 시위총관은 잠에서 깨어나지 않았다.

'마공의 기운이다. 틀림없군.'

강진은 주저없이 검으로 시위총관의 목을 찔렀다. 시위총관의 몸이 꿈틀하더니 축 늘어졌다. 자다가 죽었으니 고통은 없을 것이다.

강진은 다시 주변을 돌아다니며 지키고 있던 자들을 모두 제압했다. 그리고 개중에서 마공의 기운이 느껴지는 자는 모두 척살했다.

시간이 없었다. 시위들은 한 시진마다 경비 교대를 한다. 그사이 모든 일을 처리해야 소란이 일어나지 않는다.

강진은 다시 땅속의 암도를 이용하여 세 군데나 되는 시위들의 거처를 찾아갔다. 그리고는 잠자고 있던 시위들을 모두 제압하고 또 마공을 익힌 흔적이 있는 자들을 제거했다.

일단 밑 작업이 끝난 강진은 잠든 채 제압당한 자들 중 교두인 오두로 보이는 자를 찾았다. 혈을 풀고 그의 몸을 살살 흔드니 과연 무공을 수련한 자답게 눈을 번쩍 뜬다.

"무슨 일이지? 훗!"

오두는 자신을 깨운 자가 시위가 아니라는 것을 알고 모포 아래쪽에 두었던 자신의 무기를 잡았다.

"적이 아니오. 혹시 그대는 오 교두가 아니오?"

"내가 바로 오두다. 그대는 누구인가?"

강진은 조용히 황궁밀위의 신패를 내밀었다. 단순한 시위가 아닌 동창에 속한 최고급 기밀시위의 지위는 교두보다 훨씬 높고 또 권력의 핵에 가까운 존재다.

오두는 몸을 일으키며 포권을 취했다.

"오두가 황궁밀위를 뵙습니다."

그는 긴장한 듯했다. 황궁밀위를 만난 자는 십중팔구 좋은 꼴을 못 본다는 것이 관직에 있는 자들의 상식이다. 동창 내에서도 신분이 알려지지 않은 자들이고, 주로 반역이나 그에 준하는 중죄를 조사하고 다룬다고 들었다.

강진은 오두가 말썽을 부리지 않고 침착하게 대응하자 고개를 한 번 끄덕이며 말했다.

"지금 즉시 영락전으로 가서 황상을 배알하라. 도중에 어떤 시위와도 말을 하지 말 것이고, 죽은 사람을 봐도 모른 척해야 한다."

황궁에 변고가 일어났구나! 오두는 경악했지만 과묵하기로 이름 높은 그의 얼굴 표정은 거의 변화가 없었다. 그는 곧 복명이라고 작게 말하고는 움직이기 시작했다.

이걸로 시위들의 문제는 일단락 지었다.

강진이 그다음으로 간 곳은 바로 천문 도인의 거처였다.

그런데 거처 바로 아래에서도 천문 도인이라고 할 만한 기척이 전혀 느껴지지 않았다.

천문 도인은 가공할 만한 무림 고수라 했다. 비록 해적왕이 아닌 가짜지만 그래도 고수는 고수다. 특히 해적왕의 대리 역을 할 자라면 그 기세 또한 비슷할 터이다.

위에 상당한 무공을 익힌 자가 있기는 있다. 하지만 그자의 기세는 도인이라고 보기 어려운 패도적인 것이었다. 아무래도 호위를 하는 자인 듯하다.

호위무사는 있는데 본인은 없다니?

"어디로 간 건가?"

강진은 잠시 고민했다. 만약 밤이라고 다른 비밀스러운 일을 하러 자리를 뜬 것이라면 그야말로 타초경사를 하는 셈이 된다. 호위무사의 무공이 무림에서도 손꼽힐 정도지만 그런 자를 죽이기 위해 이런 야밤에 땅속을 기어 다닌 것은 아니지 않은가.

강진은 잠시 고민했다. 그러다가 시간이 많지 않음을 생각하고 좌정을 한 채 정신을 집중해 기감을 극대화시켰다.

땅속의 기운이 느껴진다. 그리고 위에 있는 자들의 호흡마저 들린다. 긴 호흡, 그리고 짧은 호흡.

"있군. 도가의 수련자가."

무공이 아니다. 기세도 아니다. 세상에는 무공을 수련하지 않은 도인도 많다. 그런 도인들은 왠지 모르게 주변 기운을 가라앉히는 느낌을 준다. 무공의 기운과는 또 다른 수련자의 분위기다.

천문 도인이 기세를 숨기는 재주가 있어도 이런 분위기만큼은 버릴 수 없을 것이다. 왜냐하면 그는 황제조차 존중해 주는 천하의 도인이니까.

과연 강진의 기감에 한 사람이 잡혔다. 마치 평생을 수련한 도인의 것처럼 고요함을 품고 있는 자였다.

표적이 잡히자마자 강진은 몸을 움직여 소리없이 땅 위로 올라갔다. 혹시 모르니 일단 조용히 제압해 놓고 진가를 구분하려 했다.

하지만 상대도 보통이 아니었는지 강진이 땅 위로 나오자마자 기척을 느끼고는 고함을 질렀다.

"누구냐!"

소리와 동시에 누군가가 튀어나왔다. 천문 도인의 맞은편에 앉아 있던 자인데 그의 주먹에서 흉포한 기운이 불길처럼 일어나고 있었다. 아까 호위무사라고 생각한 자였다.

수법을 보니 마공이라고 할 수는 없지만 사파의 무공에서 주로 나타나는 무자비함이 엿보였다. 하루 이틀 쌓은 무공이 아니다.

강진은 몸을 날리며 가슴으로 상대의 공격을 받았다.

퍽!

치명적인 내가기권이 정확히 강진의 급소에 명중했다. 하지만 강진의 돌진은 멈추지 않았다. 그야말로 목숨을 건 자객처럼 다른 자는 모두 도외시하고 오로지 천문 도인을 향해 날아갔다.

"하압!"

천문 도인은 크게 기합을 지르며 옆에 세워두었던 철장으로 강진의 머리를 노리고 내려쳤다. 강호에서 흔하게 볼 수 있는 태산압정의 초식이었지만 기세가 거세 누각 전체가 흔들릴 정도였다.

방금 전까지 무공을 전혀 익히지 않은 기운을 풍기던 자가 한 번 손을 쓰니 누구보다도 무서웠다.

"확실하군."

확인을 할 필요가 없게 되었다. 역시 직접 부딪치면 진짜인지 아닌지를 바로 알 수 있다.

강진은 허공에서 몸을 뒤집어 제비가 물을 차고 날 듯 급격히 방향을 바꾸었다. 동시에 벼락같은 발검술로 천문 도인의 배를 찔렀다. 푹 하는 소리와 함께 검의 날이 절반이나 배를 파고들었다.

"크윽!"

"이놈!"

방금 전 일장을 날렸던 자가 노호성을 지르며 강진의 등 뒤로부터 달려들었다.

검이 상대의 몸 안으로 파고든 이상 천문 도인은 절대로 도망갈 수 없다. 강진은 먹이를 잡고 여유로워진 사자처럼 귀찮다는 듯 등 뒤로 한 손을 내밀었다.

펑!

"크아아악!"

북 터지는 소리와 비명 소리가 거의 동시에 대기 중에 울려 퍼졌다. 등 뒤의 상대는 장이 부딪치자 그대로 자리에 주저앉았다. 강진의 내력이 이미 그의 오장을 뒤흔들었다.

"끄륵, 그렇군. 홍의검협이었군."

천문 도인이 입에서 피를 토하며 말했다. 몸을 끊임없이 떨고 있는 것이 당장이라도 죽을 것 같았다.

하지만 그는 죽지 않았다. 강진의 검은 상대의 몸속에 파고들었지만 그게 천문 도인을 죽이는 게 아니라 오히려 보호하고 있었다. 단지 상대의 내력을 모두 뒤흔들어 놓아 전혀 내력을 쓰지 못하게 했다.

죽지도 못하게 꼼짝없이 사로잡은 셈이다. 강진은 천문 도인을 사로잡아 해적왕에 대한 정보를 얻으려 했다.

입에 독단을 물고 있다가 깨물려 해도 막을 수 있는 상태. 그야말로 급살을 맞아 갑자기 죽기 전에는 죽을 수 없다.

천문 도인은 그걸 알았다. 그는 피식 웃었다.

"어떻게 내가 있는 곳을 알았지? 이 황궁은 세상에서 가장 큰 미로와 같은데……."

천문 도인은 강진에게 질문했다. 하지만 그는 대답을 기다리지 않고 몸 안의 자모쌍고를 살짝 움직였다.

세상의 영물 중에서 가장 기이하다고 할 만한 자모쌍고는 만 리가 떨어져 있어도 서로를 느낀다. 하나가 움직이니 다른 하나도 움직였다.

그러자 곧 천문 도인의 몸 안에 든 자모쌍고가 요동을 치기 시작했다. 해적왕 왕진이 그의 신호를 받고 천문 도인을 죽이기 위해 본격적으로 자모쌍고를 움직인 것이다.

"커억, 컥!"

"아!"

이럴 리가 없는데? 상대의 몸의 자유는 모두 빼앗아 결코 자살할 여지를 주지 않았다.

강진은 천문 도인이 갑자기 피를 토하자 크게 놀라 얼른 손가락으로 그의 전신 혈을 두드렸다. 또한 검으로부터 더욱 강한 기운을 발해 상대의 장기를 철저하게 보호했다. 설혹 독단을 깨물어도 독기가 몸 안을 통해 움직일 수 없도록 했다.

그러나 천문 도인의 얼굴에서는 빠르게 생기가 사라져 갔다. 이미 죽은 것이다.

"어떤 수법을 쓴 거지?"

영문을 알 수 없는 강진은 작전에 차질이 생긴 것을 알고 한숨을 내쉬었다. 마선의 수법은 기이한 것이 많아 예측하기 어려운 힘을 발휘한다.

강진은 고개를 절레절레 저었다. 하지만 그는 계획에 차질이 생겨도 그것에 얽매이는 성격이 아니다.

"어쨌든 간에 더 이상 왕진이 황궁에 숨을 수 없게 된 것이니 손해를 본 것은 아니다."

강진은 즉시 미련을 버리고 머릿속으로 새로운 상황을 정리했다.

천문 도인을 제거하고 문철의 상소문으로 엄숭의 역적 행위가 황제에게 전해졌다. 이제 마무리만 잘 해서 엄숭이 완전히 실각되게 만들면 된다.

그러면 왕진이 원하는 바대로 천하가 뒤집힐 가능성은 거의 없어질 터, 아마 그것이 왕진에게 가장 큰 타격일 것이다.

나쁘진 않다. 계산을 끝낸 강진은 몸을 돌려 뒤쪽에 쓰러져 있는 자를 살폈다.

"아직 죽지 않았군."

한줄기 내력이 상대의 가슴을 타고 안으로 들어갔다. 그러자 상대는 신음 소리를 내며 눈을 떴다.

"그대는 곧 죽는다. 혹시 나에게 할 말이 있나?"

"홍의검협이군. 해적왕은 가짜였나?"

"그렇다."

"크으, 해적왕과 싸워 이길 수 있나?"

"있다."

강진이 단호하게 장담을 하자 상대는 미소를 지었다.

"나는 신주일흉 초궁이다. 이곳에서의 이름은 초병이지. 내 침상 아래를 봐라."

그 말을 끝으로 초궁은 죽었다.

"역시 이자도 해적왕을 증오하고 있었군. 증오하는 자에게 충성을 바치게 하는 힘은 바로 공포인가."

강진은 해적왕의 허점을 하나 알았다.

그의 수하들은 거의 대부분 해적왕의 공포에 이끌린 자들, 죽음을 바로 앞에 두면 의외로 쉽게 배신을 한다.

신기하게도 죽인다고 협박을 해봐야 소용없고, 이미 죽은 거나 다름없는 상태에서야 비로소 공포에서 벗어날 수 있는 것이다.

"쉽지 않은 일이야."

강진은 고개를 좌우로 저으며 일어나 주변을 뒤졌다. 그러나 정말 도인의 거처에 어울리게 아무것도 없었다. 가짜 해적왕의 몸에도 혹시 무엇인가 있나 살펴봤지만 몸 하나에 옷 한 벌뿐이다.

별수 없이 강진은 다시 땅속의 비도를 통해 구보가 있는 곳으로 갔다.

"일을 끝냈습니다."

"수고했네. 지금 위에서는 오 교두가 황상을 알현하고 있으니 곧 정리가 될 것이네."

"그런데 혹시 초병이라는 자의 거처를 아십니까? 시위 중 한 명인 듯싶습니다만."

"초병, 초 교두를 말하는 것이군. 그자 역시 의심이 가는 자였지."

구보는 강진의 질문에 영문도 묻지 않고 고개를 끄덕였다. 그리고 지하 비도를 통해 초병의 거처로 가는 길을 가르쳐 주었다.

"좌삼, 우이, 좌일, 우삼일세."

거미줄과 같은 땅속의 비도는 정말로 황궁 각처로 통하는 듯했다. 구보는 황궁의 지리를 모두 알고 있기에 원하면 어디든지 갈 수 있는 것이다.

강진은 구보가 가르쳐 준 위치로 향했다. 이번 일을 하면서 한 가지 수확이 있다면 구보의 지둔술을 배운 것이다. 소리없이 땅을 파고, 또다시 원래대로 매울 수 있는 기술은 단순한 무공이 아닌 일종의 도술과도 같았다.

위로 나오자 사람이 없는 방이었는데 침상 아래쪽에 이중으로 된 판이 설치되어 있었다. 초궁의 방이 틀림없으리라.

판을 치우자 그 안에 몇 가지 물건이 놓여 있었다. 그중 한 권의 책자에 강진이 원하는 것이 적혀 있었다.

바로 해적왕이 엄숭의 사주를 받아 병사들을 키우는 장소이다. 초궁이 해적왕을 대신해서 그곳을 관리하고 있었던 모양이다.

이만에 달하는 정병, 이들은 대부분 난민 출신들로 어렸을 때 잡혀가 끊임없이 군사 훈련을 받았다.

지휘자의 명령에 절대 복종하도록 세뇌된 자들로 죽음을 두려워하지 않는 강함이 있다고 적혀 있었다. 이만으로 능히 황군 십만에 필적하니 유사시 북경을 포위하여 점거할 수 있다.

그 외에도 따로 오백이나 되는 살수를 키웠다.

이들은 현재 강호에서 이름있는 살수 단체들의 비법을 복합적으로 수련하여 하나같이 일류라 할 수 있었는데, 난이 일어나면 중원 각지로 퍼져 새로운 왕조에 따르지 않는 각 군벌의 수장들을 암살하도록 되어 있었다.

마지막으로 적혀 있는 것은 바로 외세와의 비밀 조약이었다. 이건 엄숭이 처리한 일인데 해적왕이 몰래 조사를 시킨 모양이다.

동영의 왜구들은 강남의 지리와 황군의 출정 방해에 대한 대가로 유사시 오천의 무사를 지원하기로 되어 있다.

또한 몽골 쪽에서도 엄숭의 거사에 호응하여 군을 일으키기로 되어 있으니, 이때 그들은 북쪽 삼 개 주를 차지함과 동시에 따로 삼천의 정예 기마병을 지원해 준다고 응답했다.

남만 쪽에서도 반기를 들기로 되어 있는데, 이들은 과거 대리국의 위치까지 밀고 올라올 계획이었다.

이렇듯 중앙에서 천지가 뒤집힘과 동시에, 사방에서 외세가 침략하니 지방의 군병들은 중앙에 눈을 돌릴 여유가 없이 고생만 하다 하나둘씩 살수에 의해 죽을 것이다.

그사이 거사를 완벽하게 마무리 짓고 중앙집권체제를 완성시키는 것으로 새로운 엄 씨의 왕조가 건설된다.

"외세와 손을 잡다니!"

강진은 이를 가는 목소리로 중얼거렸다.

이건 이미 강호의 일이 아니다. 난리가 나고 변황의 외세가 일제히 들고일어나면 천하는 극심한 혼란에 빠져 버릴 것이다.

나라를 뒤집든 천하를 피로 씻든, 그걸 자신의 능력으로 하는 것과 외세의 힘을 빌리는 것과는 또 다른 차이가 있다. 그야말로 나라를 팔아먹는 매국의 행위가 아니겠는가!

왜구와의 일은 어느 정도 알고 있었지만 이렇게 서류로 확인하니 뱃속으로부터 불길이 일어나는 듯했다.

강진은 그 책자를 들고 나왔던 구멍으로 다시 들어갔다. 바닥의 청석 판을 덮고 지둔술의 묘리를 이용해 막힌 구멍을 메

왔다. 그리고 다시 구보가 있는 자리로 돌아가니 상황이 거의
끝난 듯했다.

강진은 말없이 구보에게 책자를 내밀었다. 구보는 그걸 받아
보고 위쪽을 향해 손가락질을 했다. 황상에게 건네라는 뜻이다.

허공섭물은 강진에게 있어 어려운 기술이 아니다. 조금 힘
을 쓰면 사람도 옮길 수 있다. 강진이 손을 살짝 젓자 책자가
소리없이 날아가 황제의 팔걸이에 놓였다.

이것으로 황궁의 일은 끝났다. 강진은 무림인인 자신이 이
곳에 더 머물러 있을 필요를 느끼지 못했다.

보답을 바라고 한 일도 아니다.

황궁의 일에 강진이 끼어들었다는 흔적은 없는 것이 좋다.
안 그러면 황제가 오히려 강진을 경계할 가능성도 있다. 그렇
기에 강진은 공을 내세우려 하지 않았고, 모든 일은 구보가
한 일이 되었다. 당연히 상은 없다.

강진은 구보에게 전음으로 말했다.

"해적왕은 황궁에서 오랜 시간을 지냈으니 황궁의 지리를
잘 알 것입니다. 혹시 모르니 황상의 숙소를 옮기는 것이 좋
을 것 같습니다."

"알겠네."

구보도 같은 생각인 듯했다.

시위 중 대부분이 엄숭의 수하라는 사실이 밝혀진 지금, 어

차피 황제의 숙소는 바뀌어야 한다. 또한 해적왕이 황궁으로 쳐들어올 경우를 대비하여 황군을 동원시켜 자금성 주위를 지켜야 할 것이다.

할 말을 끝낸 강진은 들어왔던 통로를 통해 자금성을 나왔다. 곧 해가 뜰 듯 동쪽 하늘이 점점 밝아오고 있었다.

여관에 도착하니 일찍 일어나 청소를 하던 점소이가 인사를 하면서 고개를 갸웃거린다. 언제 저 손님이 외출을 했던가 하는 눈치였다.

*　　　*　　　*

"크으윽, 어째서?"

해적왕 왕진은 치미는 분노를 참기 어려운 듯 연신 이를 갈았다.

방금 그는 스스로의 손으로 제자를 죽였다. 천 리 넘게 떨어져 있지만 자모쌍고를 움직였으니 살아남았을 가능성은 없다.

황궁에 제자를 놔두고 올 수 있었던 것은 절대로 그에겐 위험이 닥치지 않으리라 생각했기 때문이다. 설령 문제가 생겨도 스스로의 몸 하나는 간수해서 빠져나올 수 있으리라 믿었다. 그런데 죽었다.

"어떤 놈이지? 역시 홍의검협인가?"

천하가 넓고 고수는 많지만, 그의 제자인 홍엽을 제압할 수 있는 자는 얼마 없다. 지금 상황이라면 강진 이외에는 생각하기 어렵다.

"그러나 어떻게?"

무림맹에서 강진을 놓쳤다고는 해도 크게 걱정하지는 않았다. 이미 적포천존은 바다로 떠났으니 천하에 그를 막을 수 있는 사람은 없다. 그런데 그 강진이 설마 황궁으로 가서 제자인 홍엽을 죽일 줄이야!

문제는 그가 어떻게 황궁에 들어가 정확하게 제자를 찾아 내 손을 썼는가 하는 점이다. 황궁에는 무서운 기관진학이 수도 없이 설치되어 있는데 그중에는 왕진도 무시할 수 없는 것들이 상당수 있다.

특히 황궁 곳곳에서 기르는 구관조들은 특이한 종자로 기의 흐름을 느끼는 능력이 사람과는 비교할 수 없을 정도로 탁월하다. 황궁의 내시들 중 삼 등급 이상인 자들은 모두 그 새를 기른다.

내시들은 구관조에게 야행인들이 들어올 때 소리를 지르도록 교육을 시키는데, 이게 바로 황궁을 보호하는 최고의 경계망이란 것을 아는 사람은 별로 없다. 심지어는 시위들도 모르는 사실이다.

그 구관조들이 있는 한 왕진도 황궁에 몰래 잠입할 수 없는 것이다. 그래서 일찍이 적포천존이 황궁에 잠입하다가 역적으로 수배되는 음모도 꾸밀 수 있었다.

또한 제자인 홍엽은 이미 완벽하게 기세를 숨길 수 있는 수련을 끝냈다. 이것은 적포천존이 황궁에 침입했을 때를 위한 방비라 할 수 있었다. 그 넓은 황궁에서 평범한 사람 하나를 찾는 것이 얼마나 어려운지는 말할 것도 없다.

그 외에 일이 크게 벌어지면 만사 제쳐 놓고 일단 몸을 숨기게 되어 있으니 이만하면 제자의 안전은 확실하다고 할 만했다. 그런데 죽었다.

제자인 홍엽에게 별다른 정이 있는 것은 아니다. 문제는 마선도의 규칙상 제자가 없으면 스승도 없다는 데에 있다.

제자가 죽은 시점에서 모든 마업을 중단하고 무조건 마선도로 귀환해야 한다. 마선 중 유일하게 세상에 나와 세상을 뒤집을 자격을 가진 자에게 주어지는 단 하나의 족쇄!

강진은 모르고 한 일이지만 왕진에게는 뼈를 깎는 아픔을 준 것이라 할 수 있다.

마선이 세상을 뒤집는 일은 일종의 놀이와 같은데, 그 놀이의 급소가 바로 제자인 것이다.

왕진은 분노한 와중에서도 냉정하게 앞뒤를 생각했다. 천문 도인이 죽어야 할 상황이면 황궁 자체에 변이 일어났을 가능성도 높다.

"좋다."

팍!

왕진은 이를 으드득 갈더니 즉시 자신의 손가락을 두 개 잘라냈다. 제자가 죽은 상황에서 마선도로 돌아가지 않고 다른 일을 할 때마다 신체의 일부를 스스로 잘라내야 하는데, 이건 마선에게 있어선 참을 수 없는 치욕이라 할 수 있다.

그러나 지금의 상황이 급박하니 적어도 두 가지 일을 해야 한다. 하나는 북경으로 가서 상황을 파악하고 엄숭이 죽지 않게 보호하고 그의 숨겨진 군세를 더욱 은밀히 감추는 것.

엄숭과 그의 군세 중 하나라도 빠지면 천하를 뒤집어엎기 힘들다. 반대로 둘만 존재하면 언제라도 계획을 진행시킬 수 있다.

"한 번은 실수할 수 있다. 하지만 마선도에서 돌아오면 기필코 화룡점정하리라."

왕진은 손에 흐르는 피를 막지도 않고 보며 중얼거렸다.

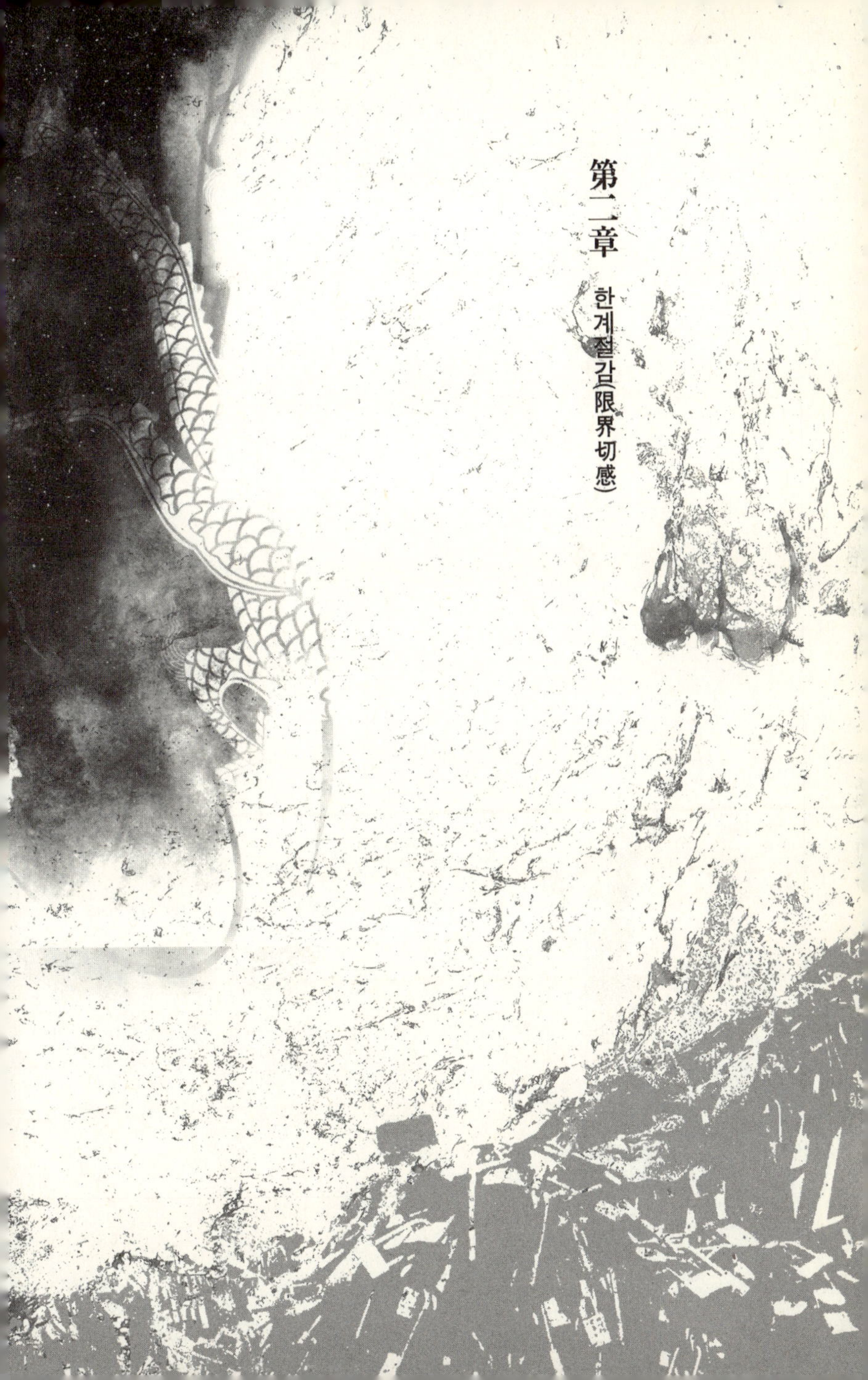
第二章
한계절감(限界切感)

布王

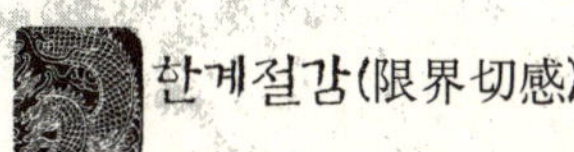

　　　　　며칠이 지나자 황궁에서 일어난 변고가 정
식으로 공표되었다.

　엄숭은 그의 아들 엄세건과 함께 역모를 꾸미고 황제를 기
만하였다.

　이 사실을 안 감찰사가 상세히 조사하여 상소문을 올리니
황제는 대노하여 두 사람의 관직을 박탈하고 엄숭은 죽을 때
까지 자택 연금을, 아들인 엄세건은 말단 병사로 변방의 전장
에 보내졌다.

　원래 역모를 꾸미면 구족을 멸해야 하지만 이대에 걸쳐 황

제를 보필한 엄숭에게는 전대 황제가 내린 면책권이 하나도 아니고 여러 개나 있기에 죽음만은 면하게 했다고 한다.

북경의 관부는 그야말로 발칵 뒤집혀 수천 명에 달하는 사람이 동창으로 끌려가 조사를 받았고, 그중 태반은 혐의를 벗지 못하고 그대로 투옥되었다.

그동안 엄숭에게 줄을 대려고 필사적으로 노력했던 사람들이 이제는 모두 엄숭과 관계가 없음을 증명하기 위해 위아래 할 것 없이 뇌물을 먹이고 숨도 크게 들이쉬지 못하는 형국이 되었다. 그야말로 가관이라고 할 수밖에 없는 벼슬아치들의 몸 사림이 시작되었다.

한편 황제는 남경에 있던 전 한림원주 고징을 다시 북경으로 불러 다시 한림원을 맡겼다. 또한 그의 제자인 문철에게 일시적으로 동창의 부장 직을 내리고 감사의 역할을 하게 했다.

문철은 강철로 된 담과 심장을 지닌 듯 수많은 권문세가를 비롯한 위아래의 압력과 눈이 뒤집힐 정도의 뇌물에도 일절 흔들리지 않고 엄정하게 법에 따라 만사를 주도했다.

그래서 얻은 별명이 철면감사였으니, 그가 얼마나 무섭게 일을 처리했는지 짐작할 수 있으리라.

문철의 뒤에는 남경의 학사들과 한림원이 있었고, 또 동창의 주도권을 쥐고 있는 내시들도 문철의 일을 방해하진 않았

다. 내시들이야 문철이 힘을 쓰면 곧 동창이 위세를 더하게
되는 셈이니 당분간 두고 볼 속셈이었다.

이에 그동안 엄숭에 의해 흔들렸던 조정이 빠르게 안정되
기 시작했다.

적지 않은 사람들이 형장의 이슬로 화했고, 그보다 더 많은
사람들이 유배되었지만 장강의 물이 아무리 많아도 한번 흐
르면 곧 뒤에 그만큼의 물이 강을 채우듯 아래에서 자리가 나
기만 기다리던 벼슬아치들이 사라진 자리를 바로바로 차지했
다.

"잘 마무리가 되었군."

강진은 해적왕이 나타나기 전에 일이 마무리된 것이 큰 다
행이라 여겼다. 이번 일로 그는 부귀영화를 얻을 수도 있었지
만 그런 건 원하지도 않았다.

단지 일이 어느 정도 정리된 후에 구보가 찾아와 한 자루의
보검을 주고 간 것이 보상이라면 보상이었다. 강진이 해적왕
과 대적하다가 검을 잃었다는 것을 알고 황궁 보고에서 한 자
루 꺼내왔다고 했다.

검의 이름은 청명(淸鳴). 이름처럼 얇은 검신에서 은은한
울림 소리가 정신을 맑게 했다.

그사이에 해적왕은 나타나지 않았다. 황궁으로 쳐들어와

도 늦었다고 생각한 것일까?

왕진이 지금 어디서 무엇을 하고 있는지 강진은 짐작할 수 없었다. 그게 현재의 가장 큰 문제였다.

강진은 왕진을 만나기 싫었다. 싸우면 진다는 것을 안 이상 가능하면 마주치지 않는 것이 좋다. 하지만 있는 장소와 무엇을 하고 있는가는 알고 싶었다.

아무튼 왕진은 잠적했다. 숨은 사람을 찾아다닐 만큼 강진은 한가하지 않았다.

강진은 황궁의 일을 처리하고 난 후 무림맹이 어떻게 되었는지 알기 위해 연락을 취했다.

아무리 강진의 신호에 의해 사람들이 탈출했다고 하더라도 혹시라도 해적왕이 무림맹에 남아 끝까지 그곳의 무인들을 학살했다면 피해가 적지 않았을 터이다.

무림맹의 북경 지부에서는 강진이 북경에 와 있다는 사실조차 모르고 있었다. 그들은 갑작스러운 강진의 방문에 화들짝 놀라 급히 총단에 연락을 취하는 한편 지부장인 삼절수 주탁이 나와 직접 강진을 맞이했다.

"해적왕은 강 소협께서 그곳을 벗어난 후 자취를 감췄다고 합니다. 다른 병력은 없었기에 총단에서는 열흘 정도 여유를 두고 살핀 후에 다시 복구했다고 합니다."

"다행이군요."

　강진은 진심으로 안도의 한숨을 내쉬었다. 아무래도 이번 계획은 궁여지책으로 실행한 것이라 허점이 많았다.

　강진 자신이 해적왕의 손에서 빠져나오는 것은 가능하나 무림맹 사람들을 모두 지키기에는 역부족이라 할 수 있었다. 해적왕의 힘은 강진이 상상했던 것보다 강했고, 강진은 그저 사람들이 대피할 시간을 벌어줄 뿐이었다.

　그 후에는 북경으로 와서 황궁의 일을 처리했다. 해적왕에게 가장 큰 피해를 줄 수 있는 곳이 바로 황궁이었기 때문이다.

　살을 주고 뼈를 깎았다. 해적왕은 표면적인 본거지와 숨은 본거지를 모두 잃고 수십 년간 꾸민 역모가 무산되었다.

　"그런데 바다로 나간 사람들의 소식은 없습니까?"

　"그게, 원래는 전서구가 도착할 때가 되었습니다만……."

　"흠, 그렇군요."

　예상대로라면 지금쯤 해적왕의 소굴을 치고 전서구로 승전보를 알릴 때이다. 그런데 소식이 없다니? 단순히 늦은 것일까?

　'사부님께서 가셨으니 변고가 있기는 힘들다. 일단은 기다려 보자.'

　"또 다른 소식은 없습니까?"

　"아, 소림사의 방장이신 일엽 대사께서 강 소협을 찾고 있습니다. 그걸 가장 먼저 전했어야 하는데 깜박 잊었군요."

"일엽 대사께서?"

무슨 일일까? 갑작스러운 일이었고 이유를 예측할 수도 없었다.

"가능하면 빨리 만나고 싶다고 하셨습니다."

"그럼 지금 당장 가야겠군요."

소림사의 방장과 신승은 강진에게 있어 은인과도 같은 존재이다. 동생을 구하고 무공도 가르쳐 주었으니 마땅히 부르면 가야 한다. 강진은 자리에서 일어나 주탁에게 포권을 취했다. 결정을 했으니 즉시 가볼 생각이었다.

그런데 주탁이 강진을 잡았다.

"가능하면 북경에서 사흘만 더 머물러 주시지요."

"특별한 연유가 있으십니까?"

"사실 지금 강 소협께 말씀드린 것은 그저 제가 알고 있는 일반적인 상황일 뿐입니다. 강 소협께서 북경에 계신지를 몰랐으니까요. 하지만 방금 총단에 전갈을 넣었으니 특별한 일이 있으면 사흘 안에 회답이 올 것입니다."

"과연 주 지부장님의 말씀이 옳습니다. 강 모의 생각이 짧았군요."

강진은 다시 주탁에게 포권을 취했다. 아까는 작별의 의미였는데 이번에는 감복의 뜻이 담겨 있었다.

확실히 북경의 지부를 맡고 있는 사람답게 사리가 분명했
다. 간세에게는 알릴 수 없는 특급 정보는 강진에게 직접 전
달되어야만 한다. 사흘을 기다리면 그런 정보를 얻을 수 있
다.

아주 급한 볼일이 있는 것도 아니니 사흘을 더 기다려 정확
한 정보를 얻는 것이 좋을 듯했다.

강진은 무림맹 북경 지부에서 삼 일을 보냈다.

그사이 주탁은 열심히 자신이 아는 사람들을 한 명씩 데려
와 강진에게 소개했다. 주탁이 생각하기에 강진은 향후 무림
을 영도할 재목이다.

만사는 인사이고 힘은 관계에서 나온다는 말이 있으니 이
렇게 강진이 머물러 있을 때 조금이라도 안면을 트는 것이 좋
다는 생각이었다.

단순히 지역의 명사들이나 무사들만 소개하는 것이 아니
었다. 주탁은 자신의 열네 살 난 조카 주웅을 비롯해 아직 어
린 후대들을 강진에게 인사시켰다. 그러면서 살짝 강진에게
가르침을 청했다.

"제 조카인 주웅입니다. 제가 자식이 없어서 이 아이를 자
식처럼 기르고 있지요."

"주웅입니다."

나이에 비해 다부진 체구와 무례할 정도로 짧은 인사말에

담긴 기백이 나쁘지 않았다.

'이게 본뜻이었군.'

강진이 보기에 주웅은 각별한 재능이 있어 보였다. 주탁이 하수는 아니나 주웅은 그보다 훨씬 뛰어난 그릇이다. 명사가 가르치면 능히 하늘을 나는 대붕이 될 상승의 체질이라 할 만했다.

그렇기에 주탁은 어떻게든 강진을 잡아놓고 주웅을 선보이고 싶었던 모양이다. 강진에게 부담을 주지 않으면서 자신의 의도대로 일을 진행하니 수단이 보통이 아니다.

강진은 일단 내색하지 않고 아이들이 펼치는 초식을 보고 몇 가지 조언을 해주었다. 그것만으로도 무공을 수련하는 데 큰 도움이 될 것이다.

하지만 주탁은 내심 실망했다. 어쨌거나 강진과 같은 사람에게 노골적으로 제자를 들이라고 할 수는 없기에 그는 속으로 한숨을 내쉬며 물러났다.

그날 밤, 강진은 지부를 나와 북경 외곽에 있는 공자묘로 향했다. 날이 흐려 달이나 별이 구름에 가려 있으니 그야말로 한 치 앞을 볼 수 없이 어두웠다.

반 시진쯤 기다리니 어린 주웅이 홀로 공자묘로 찾아왔다. 나이에 비해 경공이 제법인데 내공은 아직 틀이 잡히지 않았지만 하반신의 단련이 충실했다.

"제가 왔습니다."

주웅은 밤눈이 밝은 듯 그늘 속에 서 있는 강진을 바로 알아보았다. 강진은 두어 번 고개를 까닥해 보이고는 말했다.

"낮에 전음으로 말했듯이 내가 너를 가르칠 수 있는 시간은 삼 일이다. 그리고 누구에게도 이 사실을 말해선 안 된다."

"제자는 명심하겠습니다."

"삼 일 가르치고 스승이라 할 수는 없으니 그냥 선배한테 한 수 배우는 걸로 생각해라. 시간이 없으니 시작하자."

강진은 말이 끝나자마자 손을 뻗어 주웅의 가슴을 노렸다. 기세가 강하고 속도가 빨라 주웅이 제대로 대응하기 어려운 수준이었다.

퍽!

주웅은 그대로 얻어맞고 뒤로 나가떨어졌다. 그러면서도 이를 악물고 비명이나 신음 소리를 내지 않았다.

"손이 늦으면 기로 막아라. 발경이 손보다 빠르치 않으면 상승의 무공을 익힐 수 없다."

말을 하면서도 몸은 멈추지 않는다. 강진의 발이 쓰러진 주웅의 가슴을 찼다. 아까 얻어맞은 바로 그 자리였다.

퍽!

"큭."

이번에는 아까보다 더 강했는지 주웅이 참지 못하고 신음 성을 내었다.

"큭이 아니라 합이다. 발경으로 방어를 하지 않으면 내상을 입는다."

말로는 가르쳐 준다고 했지만 동작만 보면 완전히 애를 잡겠다는 의지가 느껴졌다. 주웅은 생명의 위협을 느끼자 당황함에서 벗어나 최대한 몸을 펴서 오히려 가슴을 내밀며 기를 모았다.

"합!"

퍽!

"좋았어! 근데 언제까지 안 일어날 거냐?"

퍽퍽퍽!

주웅은 몇 번이나 차이면서 겨우 몸을 뒤집어 땅에서 일어날 수 있었다. 하지만 이미 얻어맞은 충격이 큰 듯 다리가 풀려 다시 땅에 무릎을 꿇었다.

그때서야 강진은 손을 멈추고 말했다.

"좌정을 해라."

주웅이 좌정하자 강진은 주웅의 머리 위 백회혈에 손을 대고 내공을 주입했다. 차갑고 뜨거운 기운이 강진의 장심으로부터 주웅의 머리를 통해 몸에 흘러들어 가니 어느새 고통이 사라지고 가슴속에 시원함이 느껴졌다.

강진은 다른 한 손으로 주웅의 혈도 몇 군데를 짚어 몸 안의 충격을 해소했다. 그러다가 주웅의 몸이 회복되자 한 걸음 물러나서 말했다.

"다시 하자."

주웅은 아무 대답도 하지 않고 일어나 자세를 취했다. 그리고는 다시 얻어맞기 시작했다.

강진의 공격은 딱 주웅의 몸이 반응하지 못하는 수준으로 움직였다. 따라서 주웅은 방어 동작을 취하는 것을 포기하고 몸 안의 기를 모아 타격 지점을 보호하는 데 주력했다.

그러나 곧 그것이 옳지 않다는 것을 깨달았다.

"기공으로는 막을 수는 있지만 흘릴 수는 없다."

"크윽!"

강진이 그렇게 말하며 방금 때린 데를 또 때렸다. 그러자 몸 안의 충격이 서너 배나 더했다. 기공으로 막아도 충격을 완전히 해소하지 못하는 이상 몸에 고통이 남게 되는데 그 자리를 다시 맞으니 상처를 후벼 파는 효과가 있었다.

그때서야 주웅은 다시 필사적으로 방어 동작을 취했다. 완전히 막거나 피할 수는 없어도 조금이라도 상대의 힘을 흘리려면 몸을 움직여야 했다.

그렇게 얻어맞고 회복하고 얻어맞고 회복하고를 세 차례 반복하니 어느새 두 시진이 후딱 지나갔다.

그사이 주웅은 발경으로 상대의 공격을 막는 데에 더 익숙해졌다. 신기하게도 기의 흐름이 민활해지니 동작도 더 빨라져 이제는 강진의 초식에 그의 몸동작도 어느 정도 따라가게되었다.

이제는 세 번 중에 한 번은 피하거나 막고, 나머지도 그리큰 타격을 입지 않았다.

강진은 비로소 손을 멈추더니 마무리 짓는 말을 했다.

"초식과 기공은 알고 보면 모두 하나다. 초식에 치중하면상승에 이를 수 없고 기공에만 집중하면 실전에선 절반의 힘도 얻지 못한다. 많이 익숙해졌지만 쓸 만해지려면 아직 멀었으니 내일도 이 수련을 계속하도록 하자. 네가 삼 일 동안 이것만 익혀도 나쁘진 않지만 이걸로 만족할 수 없으면 노력해야 할 것이다."

"명심하겠습니다."

주웅의 두 눈에서 투지가 불타올랐다.

하룻밤 사이에 그는 자신이 얼마나 강해졌는지 짐작도 하기 어려울 정도로 큰 발전을 했다는 것을 깨달았다. 그리고강진은 이걸 익히면 다른 것도 가르쳐 주겠다는 뜻을 비치었다. 욕심이 나지 않을 수가 없다.

강진은 낮에 보았던 대로 주웅의 재능이나 성격, 투지 등이모두 나쁘지 않자 미소를 지으며 고개를 끄덕였다.

“내일은 초식에 허초도 섞겠다.”

그 말에 주웅의 얼굴이 살짝 굳어졌다. 그러고 보니 강진은 지금까지 허초도 없이 그냥 주웅을 두들겨 패기만 했다. 허초를 섞는다면 당연히 방비하기가 몇 배나 어려울 것이다. 강진의 말대로 갈 길이 멀었다.

다음날도 둘은 자정이 다 되어 공자묘 뒤에서 만났다. 낮에는 전혀 상관없다는 듯이 강진은 무림맹이 제공하는 사소한 정보들을 살폈고 주웅은 하루 종일 미친 듯이 수련을 했을 뿐이다.

강진은 다시 주웅을 공격했고, 주웅은 얻어맞았다.

초식에 실과 허가 섞이니 이건 어려워진 정도가 아니라 다른 경지나 다름없었다. 어제는 막싸움이었다고 하면 오늘은 무공이라 할 수 있었다. 일단 허초에 속으면 기공에 의한 방어마저 실패하고 제대로 맞는 때가 많았다.

“실허를 구분하는 것은 경험과 안목이다. 머리는 차갑고 눈은 날카로우며 몸 안은 뜨거우니 몸이 부드럽다. 하나라도 빠지면 그만큼 손해다.”

실전과 함께 흘러나오는 강진의 말은 머릿속으로 쏙쏙 들어와 깊게 각인되었다. 하지만 그게 이해되었다고 해서 몸이 바로 따라가지는 것은 아니다. 주웅은 밤새 그걸 소화해야 했다.

삼 일째 되는 날, 강진은 몇 번 손을 쓰더니 미소를 지으며 멈추었다.

"어느 정도 되었구나. 내가 사부님께 배울 때에 비해 크게 느리지 않다. 나도 삼 일이 꼬박 걸렸으니까."

주웅은 자세를 바로 하고 포권을 취했다.

"다 강 소협의 가르침 덕분입니다."

표정은 큰 변화가 없지만 그의 가슴은 거칠게 뛰었다. 당금 천하의 제일 고수로부터 칭찬을 들은 것이다. 그것도 그와 비견될 만한 빠른 성취라는 칭찬이다.

그러나 주웅이 모르는 점이 있었다.

강진이 적포천존으로부터 이 수련을 할 때는 바로 무공을 처음 배울 때였다.

그때 강진은 없던 내공을 만들어서 발경을 해야 했고, 초식이야 당연히 한 번 들은 걸 써야 했다. 기초 수련 같은 게 있을 리가 없다. 적포천존에겐 이게 기초 중의 생 기초였다.

그런 강진이 삼 일 만에 적포천존의 초식에서 실허를 구분하는 수준이 되고 보통 사람이 십 년을 수련해도 제대로 쓰기 힘든 발경을 숨 쉬듯 자연스럽게 구사하는 것을 보고 혀를 찬 일이 있었다. 석 달은 걸릴 줄 알았던 기초를 삼 일 만에 뗀 것이다.

　모친 품에서 떨어지기 전부터 무공의 기초를 닦은 주웅과는 좀 많이 다른 상황이었기에 강진도 삼 일이란 시간이 걸렸다.

　어쨌거나 강진이 보기에 적포천존의 수련법을 아무 말 없이 따라오고 기일 내에 소화한 주웅은 확실히 미래의 중원무림을 이끌어 나갈 기둥 중의 하나가 될 만한 재목이었다.

　비록 이곳을 떠날 수 없어서 반쯤 억지로 가르친 셈이지만 가르치는 재미가 있었다.

　강진은 품속에서 한 권의 얇은 책자를 꺼내 주웅에게 건넸다. 그리고는 검을 뽑으며 말했다.

　"공격도 방어나 마찬가지다. 많은 사람들이 무공을 수련하면서 빠지기 쉬운 것은 방어가 수동적이고 공격이 능동적이라는 편견이다. 그건 옳지 않다. 빈틈이 보이면 친다는 것은 바로 공격이 상대의 방어에 따라 달라진다는 것을 말하고, 허를 보여 상대를 유인하는 것은 바로 능동적으로 방어하고 또 방어로 공격을 대신함이다. 공방은 일체이고, 무공의 초식은 상대와의 조화이다."

　그렇게 말하면서 시작된 강진의 검무는 간단하면서도 오묘한 묘리를 내포하고 있었다. 초식 자체는 외우기 쉬운데 막상 따라 할 자신은 없는, 주웅 스스로도 이상하게 생각되는 그런 움직임이었다.

강진은 주웅 앞에서 같은 검무를 반복해서 다섯 번 보였다. 주웅은 처음 한 번에 동작을 모두 기억했지만 그래도 집중해서 나머지 네 번을 보았다.

그러자 강진은 방향을 틀어 주웅을 향해 검무를 추기 시작했다.

"아!"

그때서야 주웅은 강진의 검무가 얼마나 무서운 것인지를 어렴풋이 깨달을 수 있었다.

피할 수 없다. 막을 수도 없다. 심지어는 손가락 하나 움직이기도 힘들었다. 몸뿐만이 아니라 몸 안의 기운도 정지해 어디를 어떻게 막아야 할지도 감을 잡을 수가 없었다. 지난 이틀 동안 배운 것이 모두 사라진 듯했다.

짧은 검무였지만 주웅은 백 번 이상 죽었다.

검무가 끝나자 주웅은 얼굴이 하얗게 탈색된 채 바닥에 털썩 주저앉았다. 하루 종일 두들겨 맞아도 이렇게까지 다리에 힘이 풀리지는 않았을 것이다.

강진은 말했다.

"아까 준 책자 안에 방금 펼친 초식에 대한 설명이 담겨 있다. 읽어봐라."

주웅은 떨리는 손으로 품속에서 책자를 꺼내 펼쳤다. 그러자 책의 첫 장에 이렇게 쓰여 있었다.

초식의 겉모양은 무절검법 중 전반 사십팔초를 따랐다.

"어억!"

주웅의 눈이 튀어나올 듯이 커졌다.

무절검법은 바로 그의 부친인 삼절수의 성명절학으로 그중 전반 사십팔초는 삼 일 전 그 자신이 강진 앞에서 시연을 보인 바 있다.

순간 그의 머릿속에 폭죽 같은 것이 터지는 듯한 기분이 들며 한 가지 사실을 깨달을 수 있었다. 정말로 강진의 검무의 동작이 무절검법이었던 것이다.

그걸 왜 몰랐을까? 무절검법은 천 번 이상 시전하여 잠을 자다가 잠꼬대로도 취할 수 있는 초식이 아닌가?

마치 여우에 홀린 듯한 표정으로 주웅은 강진을 보았다.

강진은 피식 웃으며 말했다.

"겉이 같아도 안이 다르면 전혀 다른 것이다. 하지만 보통 사람은 겉만 같으면 진가를 구분하지 못한다. 우선 너는 그것을 구분할 수 있어야 한다. 그리고 그다음에는 방금처럼 다른 것을 다르게 보일 줄도 알아야 한다. 후일 그게 되면 다시 나를 찾아와라."

"……"

주웅은 대답을 하지 않았다. 말로 표현할 수 없는 복잡한 심정이었다. 그것은 감동이었다. 그는 지금 길을 열었다.

강진은 그런 주웅을 뒤로하고 먼저 숙소로 돌아왔다.

'후, 삼 일이란 시간을 헛되이 보낸 것은 아니로군.'

강진도 나쁜 기분은 아니었다. 오히려 싸우는 것보다 이쪽이 더 좋았다.

"그런가. 나는 싸움을 즐기지 않는구나."

그걸 깨닫자 자신도 모르게 한숨이 나왔다.

그가 그동안 적포천존에게 배워온 무학의 기저에는 싸움을 즐기는 자의 강함이 깔려 있었다. 그런데 지금 강진이 스스로를 평가하자면 가업을 일으키고 사람을 사귀거나 후인에게 가르침을 베푸는 것이 그에겐 즐거운 일이고, 무공을 펼쳐 사람을 상하게 하는 일은 의무적으로 행할 뿐이다.

강진은 자신의 앞에 커다란 벽이 있다는 것을 알았다. 적포천존에게 물어봐도 이런 쪽으로는 별 소용이 없을 것이다.

"사부님께서는 그냥 투지를 가지라고 말씀하시겠지."

쉽지 않은 일이다. 강진은 고개를 저었다.

*   *   *

어제까지 군부의 최고 직인 병부상서였던 사람이 단숨에

열두 등급이나 떨어져 말단 병사로 변방의 최전방에 배속되는 것은 사형보다 더하면 더했지 못하다고 할 수 없었다.

엄숭의 아들인 엄세건은 귀향을 가는 길 내내 자살을 생각했다. 그러나 그는 스스로 목숨을 끊을 정도로 강인하지 못했다. 그저 감시인의 날카로운 눈빛을 받으며 죽을 장소를 향해 나아갈 뿐이었다.

그런데 기적이 일어났다. 어떻게 죽었는지도 모르게 감시인들이 모두 쓰러지고 눈앞에 한 사람이 나타났다.

엄세건이 익히 알고 있는 자였다.

"천문 도인! 황궁에서 죽었다고 들었는데 살아 있었구려."

"빈도는 죽지 않는 몸을 지니고 있습니다. 엄 승상께서 기다리고 계시니 어서 돌아가시지요."

해적왕 왕진의 말에 엄세건은 살았다는 듯 안도의 한숨을 내쉬었다.

"아버님은 어디 계시오?"

"본가로 들어가셨습니다. 황명에 의해 평생 본가에서 나오지 못하게 되었지요."

"흐, 그럼 모든 것이 끝난 것이오?"

"그렇지 않습니다. 변고가 있었지만 잃은 것은 많지 않습니다. 먼저 본가로 가 계시면 빈도가 엄 승상께서 안배한 일을 모두 처리하겠습니다."

엄세건의 눈이 활기차게 빛났다. 천문 도인은 결코 헛소리를 하는 사람이 아니다. 그가 아직 할 수 있다고 한다면 정말로 하늘을 뒤집을 가능성이 크다.

"알겠소."

엄세건은 혹시라도 다시 황군에게 잡혀 변방으로 가게 될지 모른다고 생각했는지 서둘러 자리를 떴다. 왕진과 같이 온 호위무사들도 모두 엄세건과 함께 떠났다.

"그래도 가장 급한 불은 껐군."

엄숭이 아무리 야망이 크고 그걸 위해 희생을 아랑곳하지 않는다고 해도 그는 이미 늙었다.

장자인 엄세건이 죽으면 크게 실망하여 정신적으로 큰 충격을 받을 터, 어쩌면 그로 인해 병들어 죽고 말지도 모른다. 또한 일단 엄세건이 살아 있으면 엄숭이 죽어도 엄세건을 앞세워 일을 진행할 수 있는 것이다.

지난 세월 동안 준비된 것들은 결코 하루아침에 다시 만들어낼 수 없는 것이니 엄씨의 이름이 꼭 필요하다.

"그럼 이제 돌아갈 때인가."

왕진은 고개를 돌려 동쪽 하늘을 보았다.

마선 중 유일하게 대륙에 나와 천하를 휘저을 자격이 있는 그였지만 지켜야 할 계율이 있다. 그중 가장 엄한 것이 바로 제자의 죽음. 강진에 의해 제자가 죽은 이상 왕진은 한시라도 빨리 마선도로 돌아가 새로운 제자를 맞이해야 한다.

"천룡교! 강진! 끝까지 우리 마선의 길을 막는 존재."

왕진은 강진의 일을 다시 생각해도 감정이 흔들리는 듯 표정을 굳혔다.

천룡교에 대한 마선들의 쌓인 감정이 강진에 의해 극에 달했다. 생각 같아서는 지금이라도 강진을 잡아 최대한 고통스럽게 죽이고 싶었다.

第二章 비혼토벌(非魂討伐)

赤布龍王

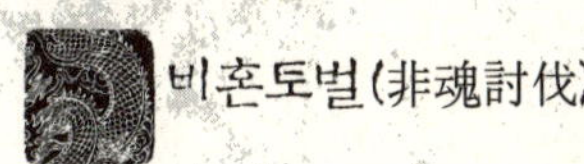

비혼토벌(非魂討伐)

삼 일째 되는 날 아침, 강진은 침상에서 몸을 일으켜 밖으로 나갔다. 오늘 무림맹에서 밀지가 온다고 했다.

강진이 주탁의 집무실로 들어서며 보니 그의 안색이 심상치 않았다.

"강 소협, 큰일이 났소이다."

"무슨 일입니까?"

"방금 무림맹의 소식이 들어왔는데, 해적왕의 소굴을 치러 간 선단에 변고가 생겼다고 합니다."

"피해가 큰가요?"

"그게… 천존께서 행방불명되셨다고 하는군요."

주탁은 말을 하면서 자신이 든 밀지를 내밀었다. 전서구로 전해지는 밀지의 암호를 풀어 옮겨 적은 것이라 했다.

한 장의 종이에는 작은 글씨로 그간의 사정이 빽빽이 적혀 있었다.

＊　　　＊　　　＊

사행신마도를 감싸고 있는 녹색의 독 안개를 피해 뒤로 돌아가니 또 하나의 섬이 나타났다. 사행신마도보다 세 배쯤 큰 섬으로 섬 주변에 지어진 집들이 멀리서도 보였다.

이번이야말로 진정한 해적왕의 소굴인 비혼도이리라.

신창 양세방을 비롯한 무림맹의 고수들은 입가에 미소를 띠었다. 바다에서의 항해는 생각보다 힘든 것으로 내공의 힘으로도 멀미를 완전히 막기 어려웠다. 상당한 고생을 했지만 이제 싸움으로 보답받을 때가 온 것이다.

"상륙 준비를 하게."

"옛."

신창이 묵직한 목소리로 말하자 선장이 짧게 대답하고 양손의 깃발을 동시에 들어 흔들었다. 그러자 다른 배에 탄 선원들도 알았다는 신호를 보냈다.

그때, 위에서 망을 보던 선원이 크게 외쳤다.

"해적들이 도망갑니다!"

"뭣?"

시선을 돌려 섬 뒤쪽을 향하니 과연 대여섯 척의 배가 나타나 이쪽과는 정반대 방향으로 머리를 향한 채 나아가고 있었다. 이미 돛을 모두 올려 바람을 받기 시작한 것이 섬에서 나오면서부터 속도 낼 준비를 한 것 같았다.

"쫓을까요?"

선장이 양세방에게 묻자 이번에는 양세방이 적포천존에게 물었다.

"어르신, 어떻게 할까요?"

적포천존이 콧방귀를 뀌며 답했다.

"큿, 저기 탄 놈들은 다 떨거지들이다. 무공 좀 익힌 놈들은 아직 섬 안에 숨어 있지."

"그렇습니까? 그럼 쫓을 필요는 없겠군요."

신창 양세방은 적포천존이 보지도 않고 그걸 어떻게 알았는지 궁금했지만 구태여 묻지는 않았다.

적포천존의 말이 정말이라면 해적들의 속셈은 뻔하다. 무공이 약한 자들이 무림맹의 선단을 유인한 후 그 틈에 고수들이 숨겨놓은 배로 빠져나갈 터이다.

그걸 안 이상 지금 떠난 자들보다는 섬에 남은 자들을 치는 것이 옳으리라. 양세방은 그렇게 판단했다.

그러나 적포천존은 고개를 저었다.

"아니다. 내 제자가 떠날 때 말한 게 있는데, 우리가 전력을 기울여 처리해야 할 자들은 무공을 익힌 자가 아니라 배를 잘 다루고 뱃길에 익숙한 자들이라고 했다. 그리고 무공이 약한 자는 약한데도 이곳에 있을 이유가 있는 자이니 꼭 잡거나 제거하라고 하더라."

"딴은 그렇군요."

양세방도 이해했다는 듯 고개를 끄덕였다. 해적 토벌에서 중요한 것이 무엇인지를 지금 깨달았다.

칼 쓰는 놈은 얼마든지 구할 수 있는 것이 요즘 세상이다. 그게 고수라 하더라도 대동소이하다. 해적왕의 수하 중에 얼마나 많은 고수가 있는지 정확히 아는 사람은 없다.

하지만 다른 전문 기술을 가진 자는 상대적으로 귀하고 한 번 손실이 나면 보충하기가 쉽지 않다. 대국적으로 볼 때는 무공이 강한 자들보다 약한 자들에게 더 신경을 써야 하는 게 맞다.

적포천존이 다시 말했다.

"내 생각에 지금 떠난 놈들이 진짜다. 무공이 떨거지인만큼 해적질을 할 때 꼭 필요한 놈들일 거다. 그러니 너희들은 저놈들을 끝까지 쫓아라.”

“예? 저희들이라고 하시면…….”

“섬에 남은 놈들도 처리해야지. 그건 내가 하겠다.”

“아, 예.”

양세방이 대답을 하며 보니 적포천존이 입가에 위험한 미소를 지으며 손가락을 두두둑 꺾고 있었다. 무척 기분이 좋은 듯했다.

‘음, 혼자 독차지하겠다는 의미였군. 우린 잔당이나 처리하란 소리고.’

감 잡았다. 말이야 어떻든 뜻이 그렇다.

양세방은 기분이 별로 좋지 않았다. 한 달이나 걸려 애써 선단을 이끌고 왔는데 기껏해야 제대로 무공도 익히지 못한 자들을 추적해서 잡는 일이라니!

이건 돌아가서도 문제가 될 여지가 크다. 공을 따질 때에 그들이 한 일은 잔당 정리 이외에는 없다고 말해야 할지도 모른다.

하지만 양세방은 곧 마음을 비웠다. 중요한 건 대국이다. 어차피 누군가는 도망간 자들을 쫓아야 한다. 적포천존에게 잔당을 잡으라고 할 수는 없으니 그들이 가야 한다.

“알겠습니다. 그럼 뒤를 부탁드리지요.”

“그래, 어서 가라.”

적포천존은 건성으로 손을 한두 번 저으며 걸음을 배의 앞쪽으로 옮겼다.

그때 한쪽에 있던 공동파의 조학 도인이 말했다.

"잔당들을 쫓는 데 다 갈 필요는 없을 듯합니다. 저희 배는 남아 혹시 또 다른 잔당이 나오는 걸 경계하고 있겠습니다."

이 말에 신창 양세방이 살짝 인상을 찡그렸다. 주변에 있던 다른 문파의 지도자들도 비슷한 표정을 지었다.

조학 도인의 의도는 명백했다. 잔당을 쫓는 건 싫다. 여기 남아서 그래도 좀 있어 보이는 건더기들과 싸우고 싶은 것이다.

물론 그건 양세방을 비롯한 다른 모든 사람도 같은 심정이었다. 문제는 그럼 누가 갈지 정할 시간이 별로 없다는 데에 있었다.

이미 도망가려는 자들의 배가 속도를 받기 시작했다. 여기서 누가 가고 누가 남을지를 정하면서 시간을 끌다간 놓치기 십상이다.

특히 양세방은 남겠다고 주장할 수도 없는 입장이다. 선단의 총지휘를 맡고 있기 때문에 무조건 가야 한다. 양세방은 마음속으로 조학 도인을 찍었다.

적포천존이 걸음을 멈추고 고개를 휙 돌렸다. 그는 '어쭈, 이놈 봐라?' 하는 표정을 짓고 있었다. 조학 도인은 얼른 고개를 살짝 숙여 시선을 피했다.

적포천존은 잠시 자기가 결정한 일에 토를 단 조학 도인을 어떻게 할까 고민했지만 곧 그냥 봐주기로 했다.

지금은 섬 안에 손볼 놈이 우글우글하게 모여 있다. 그것도 평소에 감정 많은 목록 제일 순위에 적혀 있는 해적왕의 수하들이 아닌가.

"그럼 넌 남아서 섬에서 빠져나가려는 놈을 확실하게 잡아라."

"옛. 염려 마십시오. 개미나 새우 한 마리도 섬에서 무사히 빠져나갈 수 없을 겁니다."

나이 오십이 넘은 조학 도인은 젊은 무사처럼 씩씩하게 대답했다. 이것으로 나중에 돌아가서 공을 따질 때 큰소리를 칠 수 있게 되었다. 아무래도 잔당을 잡는 것보다는 이쪽이 나을 터이다.

"험, 잔당을 잡는 데 배가 다섯 척이나 갈 필요는 없으니 우리 배도 남아서 돕고 싶소이다."

팽가의 장로인 팽도문이 살짝 끼어들었다.

그 말에 양세방을 비롯한 다른 무림맹 사람들의 인상이 더욱 좋지 않게 변했다. 먼저 말한 조문 도인도 얄미웠지만 뒤늦게 나선 팽도문이 세 배쯤 미워 보였다.

적포천존 역시 마찬가지. 그는 인상을 팍 구기며 말했다.

“쪽 팔린 줄 알아라. 처음 말한 놈은 그렇다 치지만 눈치 보고 따라 하는 놈은 뭐냐? 저놈 배 빼고 나머진 다 가!”

팽도문은 찍소리 못하고 고개를 숙였다.

다른 사람들은 적포천존의 판결이 아주 시원시원하다고 여겼다. 그들이 적포천존의 말에 기분이 좋아진 일은 상당히 드문 경우였다.

적포천존은 더 이상 말할 것도 없다는 듯 몸을 돌렸다. 그러자 그의 몸이 스스슥 뱃머리까지 움직였다. 유령과도 같은 기묘한 움직임이었다.

“합.”

짧은 기합 소리와 함께 적포천존의 몸이 붕 떠서 허공을 날았다. 사람들은 감탄성도 잊고 그 광경을 보았다. 과거의 적포천존도 거의 하늘을 날고 강을 뛰어서 건넜지만 이건 다르다. 정말 새와 같은 느낌이 든다.

“능공허도, 정말로 가능하구려.”

“이러다 적포천존께서 우화등선하실지도 모른다는 생각이 드오.”

“음, 적포천존께서 정말 신선이 되신다면…….”

왠지 상상을 하기가 싫다. 사람들은 고개를 좌우로 저으며 현실에 집중하기 시작했다.

“서둘러 쫓읍시다.”

“놓치면 안 되오.”

공동파를 주력으로 한 배만 남고 나머지는 모두 도망가는
배를 쫓기 시작했다. 숨을 곳도 없는 망망대해이니만큼 그들
은 상대를 놓치지 않을 자신이 있었다.

문제는 시간이다. 반나절 안에 잡을지 하루가 걸릴지는 그
들의 배를 움직이는 선원들과 해적들의 실력에 따라 판가름
나리라.

*　　　*　　　*

“우우우우우!”

적포천존은 비혼도 위로 날아들며 기세 좋게 사자후를 터
뜨렸다. 모래 속에 숨어 망을 보던 자들이 피를 토하며 튀어
나와 뒹구는 모습이 보였다.

“커허헉!”

“오, 온다.”

우왕좌왕하는 자들, 그래도 싸우겠다고 무기를 하늘 높이
치켜들고 소리치는 자들.

적포천존은 그들에겐 별로 관심이 없었다. 그는 섬 중앙에
위치한 작은 봉우리와 그 주변에 지어진 건물들에 시선을 고
정시킨 채 그대로 날아서 해변을 건너뛰었다.

콰콰콰콰!

적포천존이 지나간 자리를 따라 기의 파동이 일어났다. 이에 해변의 모래가 뒤집혀 거대한 파도처럼 휘몰아쳤다. 멀리서 보면 적포천존의 모습은 오히려 보이지 않고 지룡이 꿈틀대며 나아가는 듯한 형상이었다.

"으아아아아!"

해적들은 싸울 의욕을 완전히 버리고 뒤로 돌아 뛰기 시작했다. 모래의 파도가 점점 거대해져 이제는 높이가 십 장이나 되었다.

"씨발, 저거랑 어떻게 싸우란 거야."

비혼도의 도주인 모문탁은 이를 떨며 중얼거렸다. 그리고는 미련없이 두 손에 든 깃발을 땅에 버리며 외쳤다.

"굴로 튀어라!"

모문탁은 솔선수범하여 가장 먼저 굴속으로 뛰어들었다. 적포천존이 도착하기 전에 가능한 한 깊이 들어갈 생각이었다.

봉우리 안쪽으로는 땅속으로 통하는 굴이 있다. 평소에는 창고로 쓰는 곳으로 상당히 깊다. 깊이도 상당히 깊어서 얕은 쪽은 식량이나 무기 창고로 사용하고 안쪽에는 얼음 저장고도 있다. 그리고 거길 지나면 섬의 반대편 몇 군데로 통하게 된다.

고수는 땅굴을 싫어한다. 자칫 잘못 들어갔다가 입구가 막히거나 안에서 길을 잃게 되면 무공과 관계없이 굶어 죽는 수가 있다.

아무리 적포천존이 고수라 해도 길도 모르는데 혼자 안까지 뛰어들지는 않으리라. 뛰어들면 더 좋겠지만.

해적들이 믿는 것은 오로지 땅굴뿐이었다. 소문으로도 눈으로 본 현실로도 칼질로 해결될 상대가 아닌 것이다.

"어? 이 땅개미 같은 놈들이."

적포천존은 눈살을 찌푸리며 굴 앞에 내려섰다. 그리고는 잠시 기파를 굴 안쪽으로 흘려보내 굴의 크기를 대충 가늠했다.

"아주 땅속에서 살기 좋게 해놨구나."

들어가서 해결할 일이 아니다. 적포천존은 킁, 하고 콧방귀를 뀌고는 발로 동굴 옆을 찼다.

쿵!

발로 바위를 차니 바위가 깨어진다. 동굴 입구는 우르르 무너졌다.

"다 묻어버리지, 뭐."

적포천존이 두 손을 펼쳐 커다란 바위에 붙이고 기운을 흘려 넣으니 바위 전체에 가느다란 균열이 쩍쩍 가기 시작했다.

수십 가닥의 강기가 바위 안쪽을 사정없이 갈랐다.

쿠르르릉!

강기가 땅속으로 스며들어 지반을 건드렸다. 복잡하게 땅굴이 나 있는 지반이다. 그만큼 튼튼하진 못하다. 곧 땅이 묘한 울림 소리를 내기 시작했다.

"크크크, 이것도 나쁘진 않군."

적포천존은 과거 강진이 바위 봉우리를 무너뜨려 아래에 포진하고 있던 적을 상대한 것을 생각해 내었다. 그때 적포천존은 난 왜 그런 생각을 미처 못했을까 하고 괜히 억울해했던 적이 있다.

이번에 땅굴 속에 숨은 적을 상대로 강진이 했던 것보다 수십 배의 규모로 일을 벌이려 하니 저절로 입가에 미소가 걸렸다.

"이제 내 상대는 대자연뿐이란 말인가!"

하수들을 일일이 상대하는 것도 나쁘진 않지만 이렇게 통쾌하게 날려 버리게 되니 각별한 흥취가 일어난다. 과거의 그였다면 이 정도 봉우리를 통째로 무너뜨릴 생각은 하지 못했을 것이다.

"파!"

콰르르르릉!

지반의 한쪽이 완전히 붕괴되자 봉우리 전체가 흔들리기 시작했다. 그리고 시작된 산사태. 규모는 크지 않았지만 그

충격은 땅속 깊은 곳까지 미치리라.

적포천존은 몸을 하늘로 띄워 자신이 한 일의 결과를 감상했다.

그런데 봉우리가 반쯤 무너져 섬의 뒤편이 보일 무렵, 적포천존은 반대편 쪽으로 나오는 사람들을 보았다. 또한 뒤편으로 바위로 만들어진 협곡 사이로 숨겨진 항구가 나타났다.

알고 보니 이 섬은 둥근 형태가 아니라 심하게 갈라진 나무쟁반과 같은 모습이었다. 섬 뒤쪽으로부터 깊게 패인 협곡이 거의 중앙에까지 도달해 있었다.

우뚝 솟은 봉우리가 그걸 가리고 있었는데 그게 무너지면서 허공에 떠 있는 적포천존의 눈에 안쪽이 드러난 것이다.

땅속에서 나온 사람들은 허둥지둥 항구에 있는 또 한 척의 배에 올라타려 하고 있었다.

"아까 그 배는 저기서 나온 거로군. 놓칠 수 없지."

섬 안에 있는 자들은 모두 적포천존의 먹이다. 그는 먹이를 흘리고 다니는 성격이 아니다.

"타핫!"

짧은 기합성과 함께 적포천존의 몸이 다시 움직였다. 그는 아직도 무너지고 있는 봉우리의 바위들을 타고 넘었다. 수백 장이나 되는 거리를 그는 한두 호흡에 건너뛰었다. 이미 하늘을 나는 몸이니 그 정도는 가벼웠다.

협곡은 겉으로 보던 것보다 깊었다. 마치 그 부분은 바다의 수면이 조금 더 아래로 처져 있는 듯했다. 또한 협곡은 가팔랐다. 정말 천험의 요지라 할 만했다.

적포천존은 먹이를 노리는 매처럼 위에서 아래를 향해 수직으로 떨어졌다.

콰쾅!

적포천존의 몸이 배의 중앙을 관통하니 커다란 소리와 함께 배가 산산조각 났다. 안에 탄 사람들이 나무 파편과 함께 사방으로 튀었다.

"으아아아아!"

땅속에서 겨우 살아남아 도망가려던 자들은 길이 막히자 어쩔 줄 몰라 했다.

이건 학살이나 다름없었다. 평생 다른 자들을 학살하며 살아온 해적왕의 부하들이 단 한 사람에게 학살당하는 운명에 처하리라고는 아무도 짐작하지 못했으리라.

"아무도 도망가지 못한다! 크하하하하하하!"

적포천존은 수면 위로 떠올라 허공 일 장 위에 뜬 채 선언했다. 그러면서 벌벌 떠는 해적들의 모습들을 감상했다. 해적왕 왕진이 공포로 수하를 대한다고 하지만 지금 이 순간 해적들의 뇌리에 가장 무서운 자는 적포천존임이 틀림없다.

그런데 어느 순간 적포천존은 웃음을 멈추고 협곡 안쪽의 어느 한 지점을 보았다.

그곳에는 작은 흠이 파여 있고 안에 한 사람이 좌정한 채 앉아 있었다. 범상치 않은 무공을 지닌 자. 무엇보다 그는 공포에 떨지 않았다.

"넌 뭐냐?"

적포천존이 물었다. 그러자 그 사람은 적포천존을 향해 웃었다. 평생 웃어본 일이 없는 것처럼 어색한 웃음이었다.

"삼십 년간 그대를 기다렸다."

"음?"

"나는 이제 죽을 수 있다."

말이 끝나기가 무섭게 그자는 두 팔을 번쩍 들어 올렸다. 그러자 두 팔에 매어진 쇠사슬이 좌르륵 하고 딸려 올라갔다. 사슬의 끝은 바위 속으로 연결되어 있었는데 안쪽에서 묘한 기관음이 들려왔다.

퍼퍼퍼펑!

절벽의 양쪽 곳곳에서 작은 폭발이 일어나며 바위의 표면이 무너져 내렸다.

그 뒤로 나타난 벽. 그것은 삼십 장을 격하고 서로 마주 보며 존재하는 거대한 두 개의 벽이었는데 각각의 벽에는 기묘한 문양과 범어로 된 주문이 빽빽이 적혀 있었다.

"뭐야, 이건?"

적포천존은 불길한 예감을 느끼고는 급히 몸을 위로 날렸다. 이대로 벽 사이에 있다가는 별로 좋은 꼴을 못 볼 것 같았다.

그러나 새처럼 날아오르는 적포천존의 움직임보다는 기관의 작동이 빨랐다.

콰콰콰쾅!

협곡 위쪽으로부터 거대한 폭발이 일어났다. 방금 전에 적포천존이 봉우리를 무너뜨릴 때에 비해 더 심하면 심했지 작지는 않은 폭발이었다.

동시에 삐이익 하고 협곡 전체에 날카로운 소리가 울려 퍼졌다. 그것은 면도날처럼 날카로우면서도 믿을 수 없을 정도로 컸다.

"젠장, 함정이냐!"

기관을 이용해 일으킨 소리의 칼날은 적포천존도 무시 못할 정도의 위력이 있었다. 아래에 있던 자들의 몸이 갈가리 찢어지는 게 보였다.

하지만 적포천존의 몸은 여전히 위로 솟구치고 있었다. 폭발에 의해 이미 하늘이 보이지 않고 땅거죽이 통째로 뒤집히는 듯했지만 적포천존은 그걸 뚫고 올라갈 생각이었다.

그러나 기관의 움직임은 그걸로 끝나지 않았다. 이차에 걸쳐 대량의 화약이 터졌다. 뇌가의 비전인 진천뢰를 일만 개는 터뜨린 듯했다. 그리고 그 폭발은 섬의 중추에까지 미쳤다.

충격은 잠들었던 무엇인가를 깨어나게 했다.

일찍이 해적왕 왕진은 자신의 본거지를 건설하기 위해 몇 년에 걸쳐 그 넓은 바다를 뒤졌다. 원래 그의 의도는 차후에 있는 대란 때 명의 수군을 유인하여 처리하려는 것이었다.

집념의 소산 끝에 드디어 찾아낸 장소. 그곳은 바로 해저 화산의 위였다. 그때 비혼도는 존재하지도 않았고 오직 사행신마도만 지금보다 훨씬 큰 크기로 있었다.

왕진은 기존에 있던 사행신마도를 작업장으로 삼아 해저 화산의 입구를 막고 오 년에 걸쳐 하나의 섬을 만들었다.

사행신마도의 흙과 돌을 깎아 바다를 메우고 마선도 비전의 기관진학을 이용해 만들어진 섬! 그것이 바로 비혼도이다.

시간이 흘러 이제는 해적왕의 뇌리 속에 명의 해군보다 적포천존 한 사람이 더욱 큰 비중을 차지하게 되었다.

해적왕은 적포천존의 무덤에 자신의 근거지를 통째로 바치는 것으로 그에 대한 경의를 표하기로 했다.

이제 수십 년 만에 막혀 있던 지맥이 뚫리자 억눌려 있던 화산이 쌓인 분노를 한꺼번에 터뜨렸다.

콰콰콰쾅!

반쯤 무너졌던 봉우리가 통째로 날아갔다. 하늘이 완전히 흙과 재로 뒤덮여 마치 밤처럼 어두워졌다.

　봉우리 안쪽으로 깊게 패여 있던 협곡의 안쪽은 화산 분출의 힘을 가장 강하게 받았다. 애초에 그쪽으로 모든 파괴력이 집중되도록 설계된 것이다.

“으아아아아아!”

　적포천존은 비명을 질렀다. 몇 년 만에 질러본 비명인지 기억도 나지 않았다. 어쨌든 그는 자연의 위대한 힘에 압도되었다.

　화산이 터지는 것은 평생 처음 보았다. 하늘이 무너지는 것처럼 정말 장관이라 할 수 있었다. 문제는 그게 자신의 머리 위로 쏟아진다는 거였다.

　‘이건 너무하잖아! 나 하나 상대하려고 이런 미친 짓을 한 거냐, 왕 노적?’

　그런 생각이 순간적으로 들었다.

　“그러고 보니 왕 노적이 나를 정말로 두려워하고 있었군. 클클클.”

　적포천존은 웃었다. 울 수는 없으니 웃을 수밖에.

　“씨이이이이발!”

　단말마의 비명과도 같은 욕설과 함께 적포천존은 용암 속에 묻히고 말았다.

*　　　*　　　*

"으아아! 어떻게 이런 일이!"

공동파의 조학 도인은 벌어진 입을 다물 수가 없었다. 섬 주변에서 대기하던 그의 배에선 비혼도의 화산 분출이 아주 적나라하게 보였다. 돈을 주고도 보기 힘든 광경이 아닌가.

"도대체 적포천존이 무슨 짓을 했길래 화산까지 폭발을 한 거지?"

그는 이 화산 폭발이 적포천존에 의한 것이라고 생각했다.

"무당파 장문인이 한 말이 딱 맞아. 저 사람은 진짜 자연재 해였어."

단순한 비유가 아니다. 글자 그대로 자연재해를 일으킬 수 있는 사람이란 걸 지금 두 눈으로 똑똑히 보았다.

혹시 적포천존이 정말 신선이 아닐까 하는 생각이 문득 들 었다.

중요한 건 신선이든 아니든 적포천존은 사람의 힘으로 상 대할 수 없는 존재란 건 확실하다. 화산은 그만두고 그냥 산 사태나 지진만 일으켜도 공동파 본단이 통째로 사라지지 않 겠는가?

조학 도인은 앞으로도 절대 적포천존 앞에서는 몸조심, 언 행 조심, 마음 조심을 해야겠다고 굳게 다짐했다.

그런 그의 결심을 아는지 모르는지 선원 한 명이 급히 외쳤다.

"해일이 옵니다!"

"으허헉, 해일!"

선원이 외치는 순간 조학 도인도 보았다.

눈앞에 바닷물이 일렁이더니 위로 쑤욱 올라가 마치 커다
란 벽처럼 변했다. 해저 화산의 폭발은 해일 발생의 주요 원
인 중 하나라는 것을 그가 알 리가 없었다.

"피, 피해라!"

급히 외쳤지만 배가 무림인도 아니고 갑자기 방향을 틀어
뛸 수는 없다. 그나마 멈춰 있던 게 아니라 천천히 섬 주위를
돌고 있던 참이라 좀 나았다. 명령을 내리기도 전에 선원들이
목숨 걸고 배의 방향을 틀고 속도를 올렸다.

그러나 커다란 파도도 아니고 해일 앞에 그런 작은 저항은
그저 죽기 싫은 자들의 몸부림에 불과했다. 순식간에 닥쳐온
해일이 그대로 배를 덮쳤다.

"으아아아아아!"

쏴아아아아아!

목이 찢어져라 지른 비명 소리지만 물이 쏟아지는 소리에
비하면 작은 소음에 불과했다. 사람과 소리가 동시에 해일에
삼켜졌다.

한번 일어난 해일은 바다를 달리면서 점점 힘이 더하게 된

다. 사실 조학 도인의 배가 뒤집어쓴 해일은 초기 단계라 그나마 위력이 약하다 할 수 있었다.

또한 조학 도인을 비롯해 대부분의 사람들은 상당한 내공을 지닌 무인들이다. 그들은 결정적인 순간에 필사적으로 기공으로 몸을 보호하고 내공의 힘으로 숨을 참았다.

해일의 압력은 능히 배를 조각내고 사람까지 부술 만한 것이었지만 그래도 재수 좋은 사람 절반 정도는 견뎌냈다. 그들은 물속에서 되는대로 손에 잡히는 나뭇조각을 끌어안은 채 수면 위로 떠올랐다.

푸학!

"커헉, 엡, 퉤퉤퉤."

조학 도인 또한 재수 좋은 절반에 속했다. 그의 경우는 무공이 강했으니 그만큼 확률이 높았으리라.

하지만 조학 도인은 지금 얼이 빠졌다. 너무나도 뜻밖의 사태에 모든 사고 능력이 정지되었다.

뱃속으로 들어간 바닷물을 본능적으로 토해낸 조학 도인은 나무판자 하나에 몸을 맡긴 채 그저 하늘만 보았다.

*　　　*　　　*

반나절쯤 지났을 때, 도망간 해적들을 쫓던 배가 돌아왔다.

그들은 신나게 추격전을 벌이느라 뒤쪽의 바다 상태가 이상하다는 선원들의 말에 신경 쓰지 못했다.

그러나 다행히도 선원 중에는 아주 노련한 자가 있었고, 그가 해일의 접근을 예견했다. 또한 해류의 흐름을 어느 정도 읽고 해일을 피할 수도 있었다. 조금만 늦었어도 무림맹의 선단 역시 조학 도인의 배와 비슷한 상황에 처했으리라.

비혼도로 돌아온 무림맹의 선단은 비혼도가 사라졌다는 것을 알았다. 그리고 근처에 표류하는 생존자들을 구출하면서 화산이 폭발했다는 황당한 소식을 들을 수 있었다. 과연 아직도 바다 속에서 연기가 나고 있었다.

"적포천존께서는?"

신창 양세방은 조학 도인에게 물었다. 그러자 조학 도인은 전체의 일 할쯤 움직이고 있는 정신 상태로 겨우 대답했다.

"적포천존이… 그 어르신이… 화산을 폭발시켜서……."

"뭐라고!"

양세방을 비롯한 자들이 놀라 재차 물었지만 조학 도인의 대답은 변하지 않았다. 오히려 그는 점점 또렷한 말투로 적포천존이 과하게 손을 쓰다가 섬 중앙의 봉우리를 통째로 무너뜨리고 땅속으로 들어가 화산까지 폭발시켰다고 말했다.

겉으로는 점점 회복되는 듯해 보여도 이미 정신이 살짝 맛이 간 조학 도인은 배가 부서지기 전에 자신이 한 상상을 진실로 믿고 있었다.

"그럼 어르신께서는 어떻게 되셨소?"

"몰라요. 화산이 터졌으니 죽었을 겁니다. 너무 심하게 손을 쓰다가 스스로를 태운 겁니다!"

조학 도인은 그렇게 외치며 눈을 까뒤집은 채 뒤로 넘어갔다. 감정이 폭발하니 수십 년 쌓은 내공이 다 소용없었다.

양세방을 비롯한 무림맹의 무인들은 그 뒤 사흘에 걸쳐 적포천존의 행방을 찾으려 했지만 이미 섬 자체가 사라지고 군데군데 암초만 남은 상태에서 찾으려야 찾을 것도 없었다.

결국 무림맹의 선단은 사라진 비혼도를 뒤로하고 돌아올 수밖에 없었다.

해적왕의 본거지를 토벌하는 작전은 성공했다. 하지만 희생이 적은 것은 아니었다.

무림맹 사람 중 적포천존이 죽은 걸 슬퍼하는 사람은 없었지만, 그가 죽으면 해적왕을 상대할 사람이 없는 것도 사실이다. 사람들의 마음은 무거웠다.

第四章 심령암시(心靈暗示)

布王
赤龍

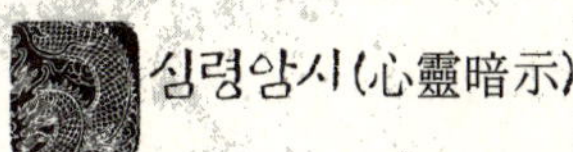

심령암시(心靈暗示)

밀지에 적힌 일은 강진에게 큰 충격을 주었
다.

화산이 폭발하다니? 해적왕의 소굴은 영원히 사라졌다. 그
러나 그 대가로 사부인 적포천존도 희생되었다는 것은 믿기
어려웠다.

문제는 화산이다. 과연 사람의 몸으로 화산의 폭발 한가운
데에서 살아남을 수 있을까?

강진은 화산 폭발을 글로 읽은 적은 있지만 한 번도 본 적
은 없다. 그게 얼마나 무서운 것인지 감이 잡히지 않았다.

　그러나 밀지의 내용으로 볼 때 그 자리에 있었던 무림맹 사람들은 적포천존의 사망을 거의 확신하는 듯했다. 형식적으로 행방불명이라고 쓰여 있을 뿐, 시체도 뼈까지 모두 녹아버렸을 터이니 생사를 확인한다는 것 자체가 불가능하다.

　강진은 머릿속에 소용돌이처럼 휘몰아치는 사념을 억지로 가라앉혔다.

　"섣불리 결론을 내릴 사항이 아닌 듯하군요."

　애써 침착한 표정을 유지하며 강진은 주탁에게 말했다. 주탁 역시 동의한다는 듯 고개를 끄덕였다.

　"무림맹에 배를 한 척 수배해 달라고 부탁해 주십시오. 제가 직접 가보겠습니다."

　"그러도록 합시다. 하지만 그곳까지 갈 만한 뱃사람을 구하기가 쉽지 않으니 아마 시간이 좀 걸릴 거요."

　주탁의 말에 강진도 알고 있다는 듯 고개를 끄덕였다. 비혼도는 해적의 소굴로 보통 뱃사람이라면 그 근처로 갈 생각도 못할 것이다.

　배가 있어도 사람이 없으니 아무래도 먼저 떠났던 사람들이 돌아온 후에야 다시 떠날 수 있다.

　"상관없습니다. 우선 소림사에 먼저 들렀다 갈 테니 그사이 준비해 주십시오."

　"알겠소이다. 그런데 문제가 또 있소이다."

"다른 사건도 있습니까?"

강진의 가슴에 불안감이 스쳤다. 사부인 적포천존의 행방 불명과 함께 거론될 정도의 긴급한 문제라면 결코 간단하지 않을 것이다.

주탁은 강진의 예상이 옳았다는 듯 한숨을 내쉬며 말했다.

"제갈 군사께서 행방불명이 되셨소. 강 소협께서 부탁하신 분과 같이 자취를 감추셨다고 하더군요."

"그녀가?"

문제가 심각하다. 강진이 부탁한 사람은 바로 진소군이다. 진소군과 제갈소소가 같이 사라졌다면 아무래도 좋은 일보다 는 흉한 일이기 쉽다.

주탁은 사연이 적힌 무림맹의 전갈을 내밀며 말했다.

"무림맹에서는 강 소협께서 지금 와주시기를 바란다고 쓰 여 있소. 어떻게 하실 계획인지 알려주신다면 미리 연락을 하 지요."

무림맹은 강진의 활동에 어떤 제약도 두지 않기로 미리 약 정한 바가 있다. 두 사람이 사라진 것은 큰일이지만 강진이 지금 더욱 급한 일이 있다면 그쪽을 우선한다고 해도 말릴 수 는 없다.

그러나 강진은 제갈소소와 진소군이 행방불명되었다는 말 에 이미 무림맹으로 갈 결심을 굳혔다.

좋지 않은 이유로 사라진 자들은 시간이 지날수록 더욱 위험해질 가능성이 크다.

"즉시 떠나겠습니다. 무림맹의 임시 거점이 어디인지는 알고 있으니 안내인은 필요없습니다."

강진은 몸을 돌려 떠나려다 문득 생각난 듯 다시 말했다.

"혹시라도 해적왕의 행적이 밝혀지면 연락을 주십시오. 그리고 일단 바다로 간 사람들이 돌아올 때까지는 경거망동하지 않는 게 좋을 것 같습니다."

"알겠소이다."

주탁은 강진을 따라 문밖까지 배웅을 나왔다. 그는 강진에게 마차를 제공했다.

강진은 마차를 타고 북경을 벗어난 후 마차를 길 한쪽에 세워둔 채로 경공을 펼쳤다. 이제는 말이나 마차를 타는 것보다 경공으로 뛰는 것이 더욱 빠르고 편했다. 대기의 기운을 자연스럽게 흡수하니 하루 종일 달려도 전혀 지치지 않았다.

강진은 문득 과거 자신이 절맥증 때문에 제대로 뛰지도 못하는 신세였음을 머릿속에 떠올렸다. 그때가 누에고치였다면 이제는 하늘을 자유롭게 나는 화려한 나비다. 고수는 정말로 할 만한 것이다.

그러나 달리는 도중에도 머릿속에 비혼도에서 일어난 일들에 관한 생각과 사부에 대한 걱정이 계속해서 떠올랐다. 마음이 안정되지 않았다.

　스스로 생각하기에도 상당히 당황해 있었다. 강진은 평생 사부의 안위에 대해 걱정을 해보리라고는 상상도 해본 적이 없었다.

　제갈소소와 진소군의 안위 역시 마찬가지다. 걱정이 안 될 수가 없다.

　"할 일을 하자. 냉정하자."

　강진은 스스로에게 다짐했다. 차가워지려고 애썼다. 그러나 친인의 위기 소식에 냉정할 수는 없었다.

*　　　*　　　*

　"소 백부가 바로 해적왕이었다고요?"

　진소군은 믿을 수 없다는 표정을 지었다. 제갈소소는 가볍게 고개를 끄덕이며 다시 말했다.

　"강 소협께서 하신 말씀에 의하면 해적왕이 무림맹에 나타났을 때 철심창룡 소부가 진 소저의 곁에 없다면 그가 틀림없이 해적왕의 화신이라고 했어요. 그래서 저보고 진 소저를 빼돌리라고 한 것이고요."

　"아아, 그런 일이……."

　진소군은 머리가 어지러움을 느끼고 비틀거렸다.

그날 밤, 갑자기 제갈소소가 찾아와 강진의 서신을 보였다. 그 안에는 제갈소소를 따라 조용히 이동하라는 내용이 적혀 있었는데 확실히 강진의 필적이고 미리 정한 수결도 틀림없었다.

무슨 사연이 있는지 물어볼 겨를도 없이 열흘이 넘게 쉬지 않고 마차와 배를 갈아타며 움직여 왔는데 지금에야 그 이유를 알았다.

믿고 따랐던 사람이 알고 보면 악의 원흉이다. 천하의 협사가 뒤집어보면 위선의 극치다. 충격이 크리라.

제갈소소는 진소군이 어느 정도 안정되기를 기다렸다 차분히 그동안 강진이 구상하고 준비했던 일들에 대해 설명했다.

강진은 해적왕이 자신을 찾아오리라는 결론을 내리고, 무림맹의 총단에 있는 무사들이 무사히 빠져나갈 수 있게 계획을 세웠다. 그리고 해적왕이 이미 가까이에 와 있다는 판단 하에 누구인지 추리를 하기 시작해 곧 결론을 얻었다.

철심창룡 소부가 해적왕이라는 사실은 가능한 한 다른 사람이 알아서는 안 되는 일이다. 관부의 체면 문제가 걸리기 때문이다.

그 결과 제갈소소가 진소군을 구하기 위해 직접 움직이기로 했다.

"믿기 어렵겠지만 이미 확인이 된 것이나 마찬가지에요. 그날 이후 철심창룡의 행방이 묘연해요. 해적왕이 아니라면 우리 무림맹의 추적을 피할 수는 없었을 거예요."

"하아."

제갈소소의 설명에 진소군은 연신 탄식만 흘리며 가끔씩 고개를 저을 뿐이었다.

제갈소소는 진소군의 충격이 크리란 생각에 열심히 그녀를 위로했다. 그러자 얼마 후에 진소군은 억지로 미소를 지어 보이며 제갈소소에게 말했다.

"제갈 군사께서는 자상한 성격이시네요. 저는 그렇게 걱정해 주시지 않아도 돼요. 단지 지금은 잠시 혼자 마음의 정리를 하고 싶네요."

"그러세요. 그럼 저는 밖에 나가 있을 테니 필요한 게 있으면 언제든지 부르세요."

제갈소소가 방을 나가자 진소군은 다리에 힘이 빠지는 듯 침상 위에 몸을 털썩 뉘었다.

"소 백부가… 철심창룡이 해적왕이었다니."

머릿속에 계속해서 떠오르는 대목은 바로 그것이었다.

마치 뇌리에 새겨질 것처럼 반복해서 떠오르더니 이제는 환청처럼 귀로 제갈소소의 목소리가 다시 흘러들어 온다.

한 번 두 번 반복해서 들려오는 환청이 어느새 점점 바뀌어

갔다. 그것은 제갈소소의 맑은 목소리가 아닌 쇠를 긁는 듯한 남자의 속삭임이었지만 진소군은 전혀 인식하지 못했다.

—철심창룡이 바로 해적왕이다. 철심창룡이 해적왕이다. 철심창룡이 해적왕…….

"으으……."

진소군은 신음 소리와 함께 고개를 좌우로 흔들었다. 그러나 듣지 않으려 할수록 환청은 더욱 선명하게 들려왔다. 이제는 환청과 함께 스산한 웃음소리도 들려오고 있었다. 그리고 어느 순간 그 대사의 다음 내용도 같이 반복되었다.

—해적왕은 진 씨 가문이 강진에게 협력한 것을 알고 있어. 해적왕은 진 씨 가문에 보복할 거야. 진 노야, 진 소야, 진 부인 모두 해적왕의 손을 피할 수 없을 거야.

"흐으윽, 어머니!"

진소군의 눈이 흐려졌다. 이제는 속삭임이 들려온다는 것도 인식하지 못했다. 오히려 그 속삭임이 자신의 생각인 것처럼 느껴졌다. 그녀의 마음속에 숨어 있던 불안이 표면화되었다.

해적왕이 마음먹고 손을 쓰면 항주의 한 상인 가문이 씨몰

살당하는 것은 우스운 일이었다. 그래서 강진은 가능한 한 진소군이 자신과 함께 다니고 있다는 것을 적이 알지 못하게 하려고 했고, 진소군도 얼굴을 가리고 신분을 숨겼다.

그러나 이미 모든 것은 해적왕 본인에게 알려져 있었던 것이다.

어떻게 해야 할까? 희생을 각오하고 벌인 일이다. 그러나 막상 희생이 눈앞에 다가오니 공포가 느껴졌다.

그녀 자신이 죽는 것은 무섭지 않았다. 그러나 그녀를 사랑하고 키워준 부친에게도 해가 미칠 것임을 알기에 마음이 흔들리지 않을 수 없었다.

진소군의 머릿속에 심어진 환청은 그런 그녀의 틈을 사정없이 찔러 들어왔다.

해적왕이 진소군에게 심어놓은 심령제압술은 바로 진소군이 소부의 정체를 알게 될 때 완성된다.

해적왕은 한 번 손에 들어온 인질을 결코 놓치는 법이 없다. 손을 벗어난 듯해도 알고 보면 이미 작업이 끝나 있는 것이다.

"어떻게 하지? 어떻게 하지?"

진소군은 끊임없이 자신에게 질문을 던졌다. 그때 머릿속에서 한 가지 답이 떠올랐다.

—소 백부에게 부탁을 해. 소 백부라면 관부의 힘을 이용해

보호해 줄 거야. 해적왕도 관부에 직접적으로 손을 쓰진 않잖아.

좋은 생각이었다. 이미 진소군의 머릿속에는 이 일의 원인에 대한 것은 조금도 남아 있지 않았다. 그저 그녀의 가족이 해적왕에게 위협을 당하고 있다는 생각과 그들을 구해야 한다는 생각만이 남았다.

"소 백부는 지금 어디에 계시지?"

─안경에. 그는 안경에서 너를 기다리고 있어.

"지금 떠나야겠어."

─그냥은 안 돼. 제갈소소를 데려가야 해.

"제갈 군사를?"

─소 백부가 말했잖아. 만약 해적왕이 진 씨 가문을 해하려 하면 무림맹과 관부가 힘을 합쳐야 겨우 막을 수 있다고. 제갈소소를 데려가야 소 백부가 그녀와 상의를 할 수 있어.

"그래, 제갈 군사를 데려가야 해."

─아무도 모르게 해야 해. 다른 사람이 알면 해적왕이 먼저 손을 쓸 거야.

"아무도 모르게?"

─그래, 아무도 모르게.

진소군은 알았다는 듯 고개를 끄덕였다.

그녀의 머릿속에서 들려오는 말은 모두 진실이었고, 그녀의 마음을 대변하고 있었다.

원래 진소군은 강진의 부인인 설옥을 납치하게끔 안배되었다. 그러나 설옥이 안 보일 경우 다음으로 납치할 대상은 바로 제갈소소였다.

제갈소소를 납치하면 해적왕 왕진은 다시 그녀마저 심령 제압술을 통해 설옥의 납치를 사주할 생각이었다.

사람의 심리란 것은 알고 보면 연약한 것, 돌이킬 수 없는 잘못을 저지르면 스스로 그것을 부인하려는 의지가 발생하게 된다.

일단 진소군이나 제갈소소가 설옥을 납치하게 되면 그녀들 역시 심적으로 큰 타격을 받고 더욱더 강한 심령 제압에 빠지게 될 것이다. 죽기 전에는 절대로 벗어날 수도 없는 쇠사슬이라 할 수 있었다.

그럼으로써 겉으로는 변화가 없어도 알고 보면 해적왕의 노예나 다름없는 신세가 되어 충실한 첩자의 역할을 수행하게 된다.

그것이 바로 해적왕이 수하를 거두고 이용하는 방법 중 가장 악랄한 수법인 괴혼종백(壞魂從魄)이었다.

진소군은 이미 그 수법에 빠져 있다고 볼 수 있었다. 그녀는 곧 정상적인 표정으로 돌아와 제갈소소를 불렀다.

제갈소소가 방에 들어오니 진소군은 약간 창백하지만 그

래도 차분한 눈빛을 하고 있었다.

"저는 이제 괜찮아요. 단지 해적왕이 제 정체를 알았으니 저희 가문이 해를 입게 되었어요."

"그건 너무 걱정하지 말아요. 강 소협에게 다 안배가 있을 테니."

"강 소협께서 신경을 써주시면 다행이겠죠. 하지만 제갈 군사께도 부탁을 드리고 싶어요."

"염려 마세요. 무림맹이 할 수 있는 일은 다 할 거예요."

"그럼 제가 한 사람을 소개해 드릴 테니 제갈 군사께서 그분과 이야기를 해보세요. 제가 생각하기에 그분이라면 해적왕을 상대하는 데 큰 도움이 될 거예요."

"아, 그런 분이 계시나요? 그렇다면 꼭 만나봬야죠."

"단지 그분께서도 신분을 감추셔야 하기 때문에 다른 사람들께는 비밀로 해야 할 거예요. 적어도 해적왕이 사라지기 전에는 말이에요."

"그건 당연하겠죠. 그런데 누구죠? 제가 모르는 분인가요?"

"제갈 군사께서도 아실 거예요. 철심창룡 소부라고, 관부의 룡이라 불리는 분이죠."

"그게 무슨?"

제갈소소의 안색이 변하는 순간 진소군의 몸이 움직였다.

무공으로 따지면 원래부터 제갈소소는 진소군의 상대가 못 되었다. 그 위에 요 근래 철심창룡으로 화한 해적왕이 심혈을 기울여 무공을 가르쳤으니 진소군의 성취는 제갈소소가 생각하는 것을 훨씬 뛰어넘고 있었다.

제갈소소가 미처 반응을 하기 전에 진소군의 손가락이 제갈소소의 혈도를 연속해서 찔렀다. 제갈소소는 몸을 움직이지도 소리를 지르지도 못하고 그대로 의식을 잃었다.

"미안해요. 제갈 군사께서 다른 사람에게 알리게 할 수는 없어요. 나중에 용서를 빌게요."

진소군은 쓰러진 제갈소소를 어깨에 걸쳐 메고 그대로 창문을 통해 밖으로 나갔다. 주변을 지키는 사람들이 적지 않았지만 진소군의 움직임을 알아차린 사람은 없었다.

얼마 후, 사람들은 비로소 진소군과 제갈소소가 사라진 것을 알고 경계망을 치고 주변을 뒤졌다. 그러나 사람은 찾을 수 없었고, 그녀들이 사라진 이유도 알 수 없었다.

*   *   *

강진은 북경을 벗어나 무림맹의 비밀 거점으로 향했다. 제갈소소가 진소군을 보호하며 숨어 있는 곳으로 규모는 작지만 임시 무림맹 총단이라 할 수 있는 곳이다.

먼저 비혼도로 떠났던 자들이 돌아올 때까지 해적왕을 상대하기 위한 최대한의 준비를 해야 했다. 강진마저 바다로 나가면 해적왕과 맞서 싸울 수 있는 사람은 없어지게 되는 것이다.

"칠 일 전입니다. 아무리 찾아도 흔적조차 보이지 않습니다."

순찰당의 당주인 백안조검(百眼照劍) 요재가 사건의 경위를 말했다.

"그렇다면 아무래도 좋은 일은 아닐 것입니다."

강진은 사태가 심상치 않음을 알고 지체없이 두 사람이 처음 사라진 방으로 갔다. 과연 방 안에는 어떤 흔적도 없었다.

강진은 생각에 잠겼다.

'제갈 소저의 무공은 그렇다 치고 진 소저는 나나 해적왕을 제외하고는 흔적을 남기지 않고 제압하기 쉽지 않은 무공을 지니고 있다. 하지만 해적왕이 이곳에 왔었다면 두 사람만 납치하지는 않았을 터. 어떤 일이 일어난 것일까?'

고민을 해보았지만 마땅히 떠오르는 것이 없었다. 어떻게 된 일일까?

'어쩌면 진 소저가 미혼독 같은 것으로 자신도 모르는 사이 제압되었을 수도 있다. 그렇다면 적은 진 소저에게 들키지 않을 정도의 은신법과 용독술에 능숙한 자인가?'

그러한 자가 홀로 침투해 왔다면 두 사람을 은밀히 납치해 갈 수도 있을 것 같았다.

어느 정도 생각이 정리되자 강진은 백안조검 요재에게 말했다.

"적의 간세가 이곳에 침투해 와서 두 사람을 독 같은 것으로 제압했을 가능성이 있겠군요."

"저희 생각도 그렇습니다."

"그렇다면 이 거점은 적에게 드러난 셈이니 일단 서둘러 이동해야 합니다."

"으음, 강 소협의 말씀이 옳습니다. 즉시 명을 내리겠습니다."

늦으면 해적왕이 다시 이곳에 나타날 수 있다. 요재는 즉시 몸을 돌려 밖으로 나가려 했다. 그러나 강진은 곧 고개를 저었다.

"그게 아닙니다. 제가 잠시 잘못 생각했군요. 적의 간세가 두 소저를 납치해 가려면 이곳에 도착하기 전 이동 중에 손을 썼을 겁니다."

"그럴까요?"

"외부에서 납치를 하면 그만큼 빠져나가기 쉬운데 무엇 하러 이처럼 경비가 삼엄한 곳까지 들어오게 놔두었겠습니까?"

"으음, 그렇다면 흥수는 원래부터 이곳에 있던 사람이기 쉽겠군요."

"그럴 수도 있지만 꼭 그렇지는 않겠지요. 죄송합니다. 속단을 할 수 없군요."

강진마저 고개를 젓자 요재는 작게 한숨을 내쉬었다. 두 사람은 정말 귀신처럼 땅속으로 꺼진 듯했다.

강진은 일단 방 밖으로 나가 사방을 세밀하게 뒤졌다. 그러나 진소군 정도의 고수가 심혈을 기울여 흔적을 남기지 않으려 노력했고, 또 칠 일이란 시간이 지났기에 강진의 능력으로도 별다른 점을 발견할 수가 없었다.

강진은 시간이 지나면 지날수록 두 사람이 무사하기 어렵다는 것을 거의 확신할 수 있었다. 마음이 급해지지 않을 수 없다.

그러나 그는 다시 한 번 냉정하게 마음을 가라앉혔다.

'해적왕에게는 보통 사람이 상상하기 어려운 기기묘묘한 수법들이 있다. 만약 내가 해적왕이라면 어떤 방법으로 두 사람을 납치했을까?

강진은 둘의 실종을 해적왕이 직접 손을 쓴 것으로 가정했다. 인과관계는 둘째 치고 능력 면으로 그런 자의 수법이라면 가능하지 않을까?

어느 순간 강진의 머릿속에 설마 하면서도 한 가지 가정이 떠올랐다.

"이혼대법?"

옆에서 대기하고 있던 요재가 퍼뜩 놀란 표정으로 강진을
보았다.

"이혼대법!"

이혼대법은 일종의 최면술인데, 사람에게 암시를 걸어 조
종하는 것을 무공화시킨 것이다.

"이혼대법이라면 가능하지 않을까요?"

"으음, 강 소협께서는 진 소저가 이혼대법에 걸려 제갈 군
사를 납치했다고 생각하시는 것입니까?"

"그것이 가능한가를 알고 싶을 뿐입니다."

순찰당이라면 임기응변에 강하고 또한 온갖 잡다한 지식
을 두루 섭렵해야 근무할 수 있는 곳이다. 무림맹의 순찰당주
인 요재 역시 또 다른 별호가 칠절묘재일 정도로 손재주가 뛰
어나고 아는 게 많다.

요재는 잠시 생각해 보고 고개를 저었다.

"자고로 이혼대법이란 사람의 신지를 흐리게 하여 암시를
거는 것입니다. 그러나 대부분은 걸린 지 한두 시진이 지나면
깨어나고, 설혹 오래도록 지속되는 이혼대법에 걸린다고 해
도 일단 대법에 걸린 사람은 무엇인가 행동에 변화가 있고 또
눈빛이 흐려지게 마련이지요. 진 소저께서 우리와 함께 이곳
으로 이동하는 데 걸린 시간이 거의 한 달이 넘는데, 그사이

에 어떤 흔적을 보였다면 제가 이상함을 알아차렸을 겁니
다.”

강진은 요재의 주장을 인정했다.

이들은 혹시 있을지 모를 해적왕의 추적을 피하기 위해 적
지 않은 눈속임을 해가며 이리저리 돌아서 이동했다. 항상 긴
장했을 터이고, 내외의 경계를 게을리하지 않았을 것이다. 진
소군이 이상함을 보였다면 이미 들통이 나도 났을 게 틀림없
다.

그러나 강진은 요재가 말한 이혼대법의 한계가 해적왕 왕
진에게도 적용된다고는 믿지 않았다.

해적왕의 무공은 사람의 마음에 영향을 끼친다. 실제로 그
의 부하들은 단순한 힘에 대한 공포나 경외심에서 보여줄 수
있는 충성심의 정도를 넘어선 상태였다.

그런 왕진이라면 적어도 사람의 정신을 가지고 노는 데에
는 천외천의 경지에 도달했을 터이다.

‘내 실수다. 적어도 철심창룡이 해적왕이라는 것을 알았을
때 진 소저에 대한 배려를 했어야 했다.’

해적왕과 적지 않은 시간을 같이 보냈으니 그만큼 무사하
기 힘들다는 것을 간과했다.

당시 상황이 급하고, 강진에게 해적왕과 맞선다는 부담감
이 있었기에 다른 사람에 대한 처리는 아무래도 소홀한 구석

이 있었다. 그 점이 강진의 마음을 더욱 괴롭혔다.

하지만 지금은 마음의 고뇌에 사로잡힐 때가 아니다. 고민을 하고 있어도 상황은 좋아지지 않는다. 움직일 수 있을 때 움직이고, 길이 막히면 미련없이 다른 길을 찾는 것이 강진의 방식이었다.

강진은 깊게 한숨을 한 번 내쉬고 다시 크게 숨을 들이쉬었다. 한 호흡에 진소군과 제갈소소에 대한 걱정과 미련을 감추었다. 그렇게 냉정해진 머리로 잠시 더 생각을 하였다.

'흔적이 없는 것이 아니라 내가 그것을 발견하지 못한 것일 수도 있다.'

강진은 무공이 높아 인식 능력이 강화되었을 뿐 전문적으로 추적과 탐색에 대한 공부를 한 것은 아니다.

이윽고 강진은 요재에게 물었다.

"무림인 중에 추적술에 능한 사람이 누가 있겠습니까?"

"추적술 말입니까? 일단 저도 추적술엔 약간의 공부가 있습니다만."

요재는 고개를 저었다. 앞서 말했지만 그도 흔적을 찾지 못했다는 뜻이다.

강진은 역시 힘든가 하는 생각을 하면서도 다시 요재에게 물었다.

"순찰당주님의 능력을 의심하는 것은 아닙니다만, 세상이

넓으니 그쪽 방면으로도 명성을 떨치는 사람이 있지 않겠습니까? 이곳에서 반경 삼천 리 안쪽에 혹시 그런 분이 계시면 말씀해 주십시오."

삼천 리라면 강진의 능력으로 볼 때 큰 시간 낭비를 하지 않고 며칠 안으로 다녀올 수 있는 거리다.

요재는 강진의 말에 잠시 생각해 보더니 살짝 인상을 찡그리며 대답했다.

"있기는 있습니다. 응안귀영(鷹眼鬼影) 묘인이라고, 사람을 찾거나 쫓는 데 강호에서 둘째가라면 서러워할 사람입니다."

"때마침 그런 분이 계셨군요. 그런데 혹시 사파의 사람입니까?"

요재가 별로 내켜하지 않는 것으로 보아 무림맹과 친한 사람은 아닐 것이다.

"사파는 아닙니다만, 단지 관부의 사람이라 저희하고는 다른 길을 걷고 있다고 해야겠지요."

"아, 관부에 있는 사람이군요."

요재는 고개를 끄덕이고는 그에 대한 설명을 해주었다.

응안귀영 묘인은 관인으로서는 드물게 무림의 별호를 지닌 자로 원래는 직접 범인을 추적하는 일을 한 것이 아니라 물건의 진가를 구분하는 일을 전문적으로 했다고 한다.

그때부터 묘인은 매와 같은 안목으로 어떤 위조품이든 틀림없이 가려내는 것으로 명성이 있었지만 무공이나 추적술이 뛰어나다고는 아무도 생각지 못했다. 그러니까 묘인은 원래 무관이 아닌 문관 출신이라 할 수 있었다.

그러던 중 흑도 방파 중 하나인 부심파가 살수를 보내 묘인을 암살하려 한 일이 있었다.

이유는 묘인이 부심파가 만든 가짜 호패와 노인(여행증명서)를 식별해 내었고, 그 때문에 방파의 간부 몇 사람이 체포되었기 때문이다.

그런데 알고 보니 묘인은 일선에서 뛰는 포두들보다 훨씬 훌륭한 무공을 지니고 있었다.

'무공 수련은 처자식도 모르게 하는 것' 이라는 사부의 가르침에 충실히 따라 해가 뜨기 전의 새벽에만 수련을 했는데, 그걸 철들기 이전부터 한 번도 빼먹지 않고 해서 어느새 일류 고수의 반열에 들 정도의 수준이 되었던 것이다.

무공을 모르는 것으로 알려진 묘인을 노린 살수는 그다지 뛰어난 자가 아니었다. 그는 대번에 묘인에게 제압당해 버렸다.

하지만 살수는 혼자가 아니었다. 망을 보던 자가 있었는데 그는 살수가 제압당하자 급한 김에 묘인의 딸을 인질로 잡으려 했다.

일이 잘못되려고 그랬는지 묘인의 딸 역시 부친으로부터

무공을 전수받기 시작하여 몸이 기민했고, 망을 보던 자는 단숨에 묘인의 딸을 잡을 수 없자 당황하여 암기를 던지고 말았다.

묘인은 암기를 피할 수 있었지만 그 딸은 아직 그런 경지에 이르지 못했다. 등에 암기를 맞은 어린 딸이 비명을 지르며 쓰러졌고, 분노한 묘인의 손에 망을 보던 자는 제압되었지만 그렇다고 해서 딸의 부상이 사라지는 것은 아니다.

묘인의 딸은 죽지는 않았지만 하반신을 쓸 수 없게 되었다.

관부에서는 관의 체면을 걸고 부심파 사람들을 잡기로 결정하고 적지 않은 포두들을 파견했다. 관인을 죽이기 위해 살수를 보냈으니 적당히 뇌물을 받고 눈감아줄 선은 넘어선 것이다.

이에 부심파의 두목을 비롯한 주요 인물들은 본거지를 버리고 지하로 잠적을 해버렸다.

이런 식으로 흑도의 방파는 상황이 좋을 때에는 거리를 활보하고, 안 좋을 때에는 몇 년간 잠수를 타는데, 다른 지방으로 도망을 가버리면 잡기가 쉽지 않다.

일단 부심파는 공식적으로 해체된 셈이라 관에서는 따로 추적자를 보내 적극적으로 두목을 잡으려고 하지 않았다. 그저 현상금을 걸었을 뿐이다.

원래 무림인은 잡아봐야 오히려 뒤탈이 생기는 경우도 많기에 관에서도 체면만 차리고는 그것으로 매듭을 지을 생각이었다.

그러나 묘인은 그걸로 끝낼 수 없었다. 그는 상관에게 부탁하여 자신의 직책을 무관인 일반 포두로 바꾸었다.

묘인은 한 손에는 그의 독문병기인 단혼도를, 또 한 손에는 포두가 쓰는 밧줄인 포승 연혼삭을 쥔 채 홀로 부심파의 두목과 간부들을 쫓기 시작했다.

다른 동료들은 모두 묘인의 안전을 걱정하고 말렸지만 묘인에게는 자신의 안전보다 부심파 사람들에게 더 큰 관심을 보였다.

그때부터 묘인의 추적술이 세상에 알려지기 시작했다. 부심파 사람들이 아무리 교묘하게 신분을 위장해도 묘인은 귀신같이 알아내고, 또 한 번 표적을 찾아내면 절대로 놓치지 않았다.

그런데 나중에 밝혀진 일이자만 묘인은 따로 추적술에 대한 공부를 한 적이 없었다는 것이다.

부심파 일당들을 쫓기 위해 관부에서 내려오는 기본적인 추적술에 대한 지식을 숙지하고 나머지는 몸으로 때워가며 실전 공부를 한 것이다.

처음에는 몇 번의 착오도 거쳤지만, 묘인은 집념과 끈기로 실패를 경험으로 바꾸었다.

그는 무공에도 재능이 있었지만 사람을 쫓는 것에는 천재적
이라고밖에 표현할 수 없는 절대적인 재능이 있었던 것이다.

무공의 경지에 도달한 사람이 마침내 기존의 것에서 벗어
나 새로운 무공을 창조하면 그를 대종사라 칭한다.

묘인의 추적술은 그 자신이 무에서 유를 창조해 내듯 기존
의 방식과는 다른 독특한 것으로 일가를 이루었다고 한다. 말
하자면 추적술의 대종사라 할 만했다.

매의 눈을 가지고 한 번 붙으면 절대로 떨어지지 않는 그림
자와 같다고 해서 붙여진 별호가 바로 응안귀영이다.

문제는 그자가 무림인을 별로 좋아하지 않는다는 데에 있
었다. 묘인의 관점으로 볼 때 원래 무공은 혼자 조용히 수련
하는 것으로 무림인이라고 나대면서 무공을 남 앞에서 함부
로 보이는 자는 모두 범죄자라 할 수 있고, 그것은 정파의 사
람들에게도 적용되었다.

문파와 관계없이 국법에 어긋난 일을 하는 자에겐 가차없
이 대하기로 유명한 사람이 바로 응안귀영 묘인인 것이다.

*　　　*　　　*

"우리 쪽에서도 가능한 한 응안귀영과는 접촉하지 않으려
하고 있는 형편입니다. 귀신과는 애초에 얼굴을 안 마주쳐야

저주도 안 받는 법이니까요."

요재는 그렇게 설명을 끝맺었다.

"관부에 그런 사람이 있었군요."

요재가 어떻게 생각하든 강진은 묘인이 마음에 들었다. 사실 그도 무공은 보통 사람들에겐 민폐나 다름없는 강압적인 힘이라고 생각하고 있었다. 하지만 그런 힘이 없으면 외적의 침입을 막지 못한다. 즉, 무공은 필요악인 셈이다.

강진은 요재로부터 묘인이 일하는 관소의 위치를 물어 떠났다. 상황이 상황이니만큼 전력으로 경공을 펼치니 반나절 만에 도착할 수 있었다.

묘인이 근무하고 있는 관부의 입구를 보며 강진은 잠시 고민했다.

"어떻게 할까."

특이한 성격을 지닌 사람은 만나는 방법부터 생각을 해보아야 한다. 첫인상이 한번 틀어지면 만회하기 힘든 경우가 있는데, 강진이 느끼기엔 묘인이 바로 그럴 것 같았다.

"따로 수작을 부릴 필요는 없지. 부탁을 하러 온 것이니 성의를 보이면 된다."

강진은 곧 마음을 굳히고 관부의 문 입구에 서서 묘인을 기다렸다.

아직 해도 안 뜬 새벽이기에 관인들이 출근을 할 리가 없지만 묘인이 언제 등청을 하고 언제 퇴근을 하는지 알 수가 없다. 그래서 그냥 계속 기다리기로 했다. 언젠가는 지나갈 테니까.

강진의 기다림은 그다지 길지 않았다. 부지런한 성격의 묘인은 해가 뜰 무렵에 누구보다도 먼저 출근한 것이다.

묘인의 얼굴 생김새는 요재에게 들은 바와 거의 같았다. 강진은 그를 한눈에 알아볼 수 있었다.

그런데 묘인도 강진을 보자마자 걸음을 멈추었다. 묘인은 강진이 인사도 하기 전에 입을 열어 말했다.

"홍의검협?"

"저를 아십니까?"

의외로 묘인은 강진의 용모파기를 알고 있는 모양이다. 강진의 입에서 인사 대신 질문이 나갔다. 그러자 묘인은 주변을 둘러보고 아무도 없다는 것을 확인하고는 다시 말했다.

"내 강 소협께 물어볼 것이 있어 좀 찾아다녔소이다. 잠시 시간을 내줄 수 있겠소?"

이쪽에서 부탁할 것이 있어 왔는데 저쪽이 먼저 찾고 있었단다. 강진은 영문을 알 수 없었지만 일단 묘인이 경공을 펼쳐 움직이자 그를 따라갔다.

둘은 한참을 달려 숲 속으로 들어갔다. 묘인은 강진에게 비밀스러운 질문이 있는 듯 절대로 다른 사람이 엿듣지 못할 만한 장소를 택했다. 바로 커다란 나무 꼭대기였다.

곧게 뻗은 소나무였는데 위쪽의 작은 가지에 둘은 버티고 섰다. 둘 다 경공이 상승의 경지에 달했기에 가능한 움직임이었다.

강진이야 당연하지만 묘인의 이런 경지는 의외였다. 강진은 묘인의 재주가 예상보다 훨씬 뛰어남을 알았다. 거의 강호의 최고 고수 수준이라 할 만했다.

묘인이 말했다.

"내 한 달 내내 강 소협을 찾아다니다가 결국 못 찾고 돌아온 지 얼마 안 되었는데 갑자기 만나게 되는구려. 그런데 강 소협은 본인을 왜 찾아온 거요?"

달리면서 그 생각을 했나보다. 강진은 포권을 취하며 무림맹에서 있었던 일들에 대해 간략하게 이야기했다.

"제 생각엔 해적왕이 진 소저에게 무슨 수작을 피워 의식이 지배를 당한 것 같습니다. 진 소저의 무공이 높고 또 시간이 꽤 지나서 흔적을 찾기 어려운데 혹시 묘 포쾌께서 도와주실 수 있는지요."

"크흠, 해적왕의 일은 우리 관에서는 가능한 한 관여하지 않은 지 오래되었소이다."

묘인은 헛기침을 한 번 하고는 거절의 의사를 표했다.

그의 말처럼 관부는 해적왕이나 흑룡방의 행사를 모른 척하는 불문율이 지난 십여 년간 전 중원에 통하고 있었다.

왜냐하면 워낙 그들의 행사가 치밀해서 사건을 해결하기 힘들 뿐만 아니라 설혹 어느 정도 단서를 잡았다고 해도 위쪽에서 이상하게 다른 일이 터져 수사를 계속하지 못하게 되는 경우가 대부분이었기 때문이다.

노골적인 압력은 없어도 위쪽의 큰 벼슬아치 중 누군가가 해적왕과 선이 닿아 있다는 뜻이기에 관에서도 모른 척하는 것이다.

왜 알기 쉬운 변명거리도 있지 않은가?

‘관과 무림은 서로 관여하지 않는다.’

해적왕은 무림인이다.

강진은 묘인에게 해적왕의 끈은 바로 엄숭이고, 엄숭이 이미 실각했다는 것에 대해 설명해 주고 싶었다.

그러나 그는 이 일에 대해 말을 아꼈다. 묘인이 믿고 안 믿고를 떠나서 대번에 싫다고 거절한 이상 쉽게 마음을 바꿀 성격은 아닌 듯했다.

‘어떻게 할까?

강진은 잠시 침묵했다. 몇 가지 방법이 떠올랐지만 그다지 효율적이지는 못했다. 역시 재차 부탁하는 것이 좋을까?

그런 생각을 하고 있는데 이번에는 묘인이 강진에게 말했다.

“내 강 소협의 행방을 쫓느라 정말 중원의 강북을 여러 번 왔다 갔다 했는데, 이게 참 행방이 문제가 아니라 강 소협의 이동 속도가 너무 빨라 종잡을 수가 없더구려.”

“저를 찾으실 일이 있으셨습니까?”

묘인이 쫓는다면 십중팔구 사건의 용의자란 소리다. 강진은 혹시 귀찮은 일에 연루되어 있는가 하고 생각했다.

묘인은 강진의 표정에서 그런 생각을 읽고는 살짝 고개를 저었다.

“강 소협의 일이 국법에 벗어나지 않는다고는 말할 수 없지만 그래도 협과 의의 길에 따른 것이니 내 그쪽하고는 관여하지 않을 생각이오.”

“그렇다면 다른 볼일이 있으시군요?”

“그렇소이다. 이번에 소부 형님이 갑자기 행적을 감추었는데 무슨 일인가 하고 찾다 보니 아무래도 강 소협을 만난 것 같단 말이오. 혹시 소부 형님과 같이 있지 않으시오?”

“아, 철심창룡 선배님과 친분이 있으시군요?”

“내 의형이오. 소부 형님은 어디 계시오?”

“그게, 저도 잘 모릅니다.”

“지금 같이 있지 않은 거요?”

묘인은 강진의 표정에서 무엇인가 좋지 않은 느낌을 받은 듯 인상을 찡그리며 대답을 재촉했다.

강진은 이걸 어떻게 대답해야 할까 망설였다.

참 대답하기가 그런 것이, 당신의 의형이라는 소부가 바로 해적왕이었소라고 대답한다면 묘인이 어떤 반응을 보일까가 걱정이었다.

또한 묘인이 소부와 알고 지내는 사이라면 묘인 역시 해적왕과 연관이 있거나 진소군처럼 의식을 제압당했을지도 모른다.

'어떻게 할까?'

강진이 대답을 안 하자 묘인은 짧게 침음성을 한 번 흘리더니 태도를 바로 하고 포권을 취했다. 정식으로 부탁을 하는 자세라 할 수 있었다.

"알고 계신 것이 있다면 대답해 주시오. 내 형님께 어떤 일이 있어도 강 소협을 원망하지는 않을 것이오."

"그렇습니까?"

'이 사람은 사리가 분명하고 애먼 사람에게 화풀이를 하는 성격이 아니구나.'

강진은 내심 감탄했다. 관인 중에 이런 사람이 또 있다는 것이 그를 기쁘게 했다.

과거 소부의 인격에 감탄하고 경외하는 마음이 있었지만 그것은 거짓 인격이었다. 그런데 묘인을 보니 소부의 의형제 답다고나 할까? 크게 호감을 느꼈다.

강진은 마음의 결심을 하고 그동안 있었던 일을 가능한 한 사실에 어긋나지 않게 설명했다.

해적왕과 엄숭의 관계, 그리고 엄숭이 해적왕의 수하에게 암행감찰사의 직위를 주고 전 중원을 상대로 약탈 행위를 한 것.

강진이 그에 맞서 싸우고 감찰사를 제압하니 철심창룡이 나타난 일. 하지만 철심창룡은 강진의 말을 듣고 오히려 위험을 무릅쓰고 강진을 도왔다.

탁!

"그렇지. 형님이라면 꼭 그랬을 것이야."

묘인은 손으로 나무를 치며 말했다. 과연 내 형님이라는 자부심이 얼굴에 나타났다.

"그래서 그 이후 철심창룡께서는 신분을 감추고 저와 함께 행동을 했습니다. 제가 일을 벌이면 뒤처리를 해주시기로 하셨지요."

강진의 설명은 계속되었다. 하지만 이야기가 진행됨에 따라 마침내 묘인이 기대했던 것과는 전혀 다른, 상상할 수도 없었던 쪽으로 내용이 흘러갔다.

철심창룡 소부는 바로 해적왕이었고, 그가 바로 무림맹의 총단을 습격했다. 또한 소부와 같이 있던 진소군은 의식을 제압당한 것으로 보여 그로 인해 무림맹의 군사인 제갈소소가 납치당한 것이다.

"믿을 수 없다. 소 형님은 절대로 해적왕일 수 없다. 나는 지난 몇 년간 그 형님과 긴밀한 사이를 유지했는데, 아무리 해적왕이라도 그사이 내 눈을 줄곧 속일 수 있으리라고는 생각되지 않는다. 또한 논리적으로 봐도 해적왕이 뭐가 아쉬워서 수십 년 동안이나 관인의 행세를 해야 한단 말이냐? 그런 능력이 있다면 소 형님이 아닌 다른 더 높은 사람 행세를 했어야 한다!"

묘인은 화를 내었다. 자신의 의형이 알고 보면 세상에서 가장 악한 자라고 말을 한다면 누구라도 화를 낼 것이다.

강진은 조용히 묘인의 화내는 모습을 지켜보았다. 사실 묘인이 부정하며 내세우는 몇 가지 대목은 그도 잘 이해하기 어려운 부분이었다.

해적왕은 무엇 때문에 그토록 오랫동안 철심창룡의 행세를 했을까?

혹시 도중에 철심창룡을 죽이고 인피면구를 쓴 것일까?

그러나 그렇게 가정하면 또 따져야 할 부분이 생긴다. 철심창룡의 얼굴은 훔칠 수 있어도 그의 성격이나 기억 등을 모두 아는 것은 쉽지 않다.

강진이 소부와 같이 지내면서 소부가 어떤 행동을 해도 전혀 부자연스러운 점을 찾지 못했다. 소부는 정말 관인답게 행동했고, 그건 해적왕이 아무리 교묘하게 위장하려 해도 쉽지 않을 터였다.

"저도 믿기 어렵습니다."

강진은 방금 생각한 것들을 솔직하게 묘인에게 말했다.

그 말은 묘인의 주장을 부정하는 것이 아니라 오히려 인정하고 동의하는 내용이었다. 그로 인해 묘인은 조금 화를 가라앉히고 냉정해질 수 있었다.

"으음, 논리적으로는 말이 안 되는데 현실로는 일어났단 말인가. 세상에는 의외로 그런 일이 많지."

침중한 음성이었다. 묘인도 상대가 해적왕이고, 해적왕은 무슨 짓을 해도 이상하지 않은 그런 존재라는 것을 알고 있었다.

"결국 우리가 생각할 수 있는 것은 해적왕이라는 놈이 무슨 수를 썼는지 몰라도 소 형님을 제압하고 대신 완벽하게 소 형님의 행세를 했다는 건데……."

"그렇게 생각할 수밖에 없습니다."

"으으, 그럼 소 형님은 무사하기 어렵겠군."

묘인은 이를 갈며 신음성을 내었다.

철심창룡 소부의 성격은 부러질지언정 굽히지 않는 강골. 해적왕이 소부의 행세를 하기 위해 과거의 일들과 관인의 행동거지 등에 대해 알아내려면 심령적인 제압을 위해 무엇인가 사이한 방법을 쓴 것이 틀림없다.

그런 사이한 방법들은 고문과 약물, 그리고 방문좌도의 사술이 골고루 섞이는 경우가 많으니 죽지 않았다 해도 몸 성히 있다고는 보기 어려웠다.

강진의 말대로라면 의형인 철심창룡 소부가 해적왕에게 당한 것은 확실한 듯했다. 그건 묘인 자신이 죽거나 상처를 입는 것보다 더 괴로운 일이라 할 수 있었다.

의형제가 죽었으니 복수를 해야 한다!

그러나 묘인은 잠시 머뭇거리며 말을 아꼈다.

해적왕을 상대하는 것은 목숨이 열 개가 있어도 해서는 안 되는 일이다. 단순히 혼자 죽는 것이 아니라 그와 연관된 모든 사람이 해를 입는다.

묘인은 이미 성혼을 하여 가족이 있다. 의형의 원수를 갚기 위해 그들의 안위를 걸어야 할 것인가?

잠시 후, 묘인은 결심한 듯 강하게 말했다.

"형제는 피와 같고 가족은 의복과 같은 것. 내 의형이 환난을 만났으니 다른 생각은 차후에 하겠다."

그것은 바로 중화의 독특한 사상 중 하나였다. 수호전을 보면 양산박의 호걸들이 관의 장수인 화영을 끌어들이기 위해 화영의 가족을 죽이는데, 화영은 그것을 일종의 성의로 받아들였다고 한다.

묘인은 평생 협의를 따지지 않고 관에 충성한 인물이지만, 하나뿐인 의형의 복수를 위해 모든 것을 버리기로 했다.

가족의 입장에서는 기가 막히다 못해 입에서 피를 토하며 기절할 사상이지만 완고한 의협한들은 이쪽에 마음이 끌리는 듯했다.

강진은 그런 묘인의 각오를 마음속으로 느끼고는 속으로 중얼거렸다.

'누가 관인을 냉혈한이라고 했던가. 이 응안귀영이야말로 알고 보면 누구보다도 의리를 중시하는 협사라 할 수 있구나.'

그때 묘인이 말했다.

"어서 갑시다. 사건의 추이를 볼 때 사라진 진 소저와 제갈 소저의 행방을 쫓는 것이 가장 먼저인 것 같으니 그쪽부터 추진하는 게 좋겠소."

"협력해 주신다니 감사합니다. 단지 지금 당장 떠날 것이 아니라 조금 시간을 들이더라도 묘 포쾌의 주변을 정리하는 것이 좋겠습니다."

"하루가 늦으면 하루가 위험하고, 한 시진이 늦으면 그만큼 추적하기 어려운 법이오."

"급할수록 서두르지 말고 돌아서 가라고 했습니다. 적은 해적왕이니 경솔해서는 안 될 것입니다. 묘 포쾌께서 갑자기 사라진다면 틀림없이 사태를 짐작하고 대비를 할 테니 일단 은 자연스럽게 일을 처리하고 은밀하게 행동하는 것이 좋을 듯합니다."

청산유수 같은 강진의 말에 묘인도 다시 냉정을 되찾았다. 강진의 말은 틀림이 없는 것으로 이번 사건은 서두른다고 해결될 일이 아니었다.

"그럼 하루만 시간을 주시오. 내 손을 써서 다른 흉악범을 쫓는 것으로 해놓을 테니."

묘인이 잘 쓰는 수법 중에 성동격서가 있다. 그건 바로 갑이라는 흉악범을 쫓는 척하고 을이라는 더 흉악한 놈을 찾는 것인데 이번에 그 방법을 쓰기로 했다.

다음날 묘인은 광동에서 큰 물의를 일으키고 있는 대도를 잡는 데 협력하기로 하고 상부의 명을 받아 관청을 나섰다. 그가 떠나고자 하는 것이 아니라 상부의 명이라 어쩔 수 없이 나서는 것이다.

사실 알고 보면 그는 광동의 지부에서 내리는 명령서 몇 개를 항상 지니고 있다. 그중 한 장을 어젯밤 상관에게 보여 허락을 받았으니 다른 사람이 보기엔 한 점의 의혹도 없을 터이다.

第五章
독멸쇄폭(毒滅鎖爆)

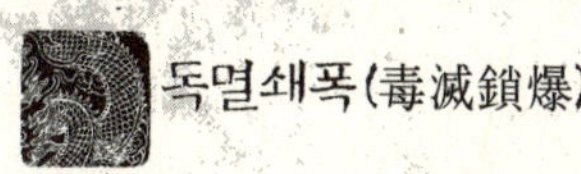

"여긴 어디지요?"

제갈소소는 깨어나자마자 진소군에게 물었다. 그녀는 진
소군이 자신을 제압했었다는 것을 똑똑히 기억하고 있었다.
그러나 진소군은 자신이 언제 그랬냐는 듯 부드러운 목소리
로 대답했다.

"소 백부가 제갈 군사를 만나고 싶어해요. 그러니 잠시만
기다려요."

"철심창룡? 그는 해적왕이에요!"

제갈소소가 아무리 외쳐도 진소군은 아랑곳하지 않았다.

다른 말은 다 들리는데 오직 소부가 해적왕이라는 말은 진소군의 귀에 들어와도 머릿속으로 전달이 되지 않았다.

이제 제갈소소는 진소군이 이상하다는 것을 확실히 알 수 있었다. 아무래도 진소군은 해적왕에게 세뇌를 당한 듯했다.

'이렇게 된 이상 어떻게든 그녀를 속여서 여길 벗어나야 해.'

제갈소소가 그렇게 결심할 때, 문이 열리며 몇 명의 사람이 들어왔다. 그들은 진소군과 제갈소소에게 정중히 인사를 하고는 말했다.

"비원심구(秘願心求), 철심창룡 소부의 부하입니다."

진소군은 그제야 안심을 한 듯 미소를 지으며 말했다.

"암호를 아는 걸 보니 틀림없군요. 소 백부는 어디 계시죠? 여기 무림맹의 제갈 군사님을 모셔왔어요."

"이삼 일 내로 오실 것입니다. 일단 제갈 군사님은 저희가 모실 테니 진 소저께서는 이쪽으로 오셔서 그동안 있었던 일들에 대해 말씀해 주십시오."

"그러죠. 제갈 군사님, 그럼 나중에 봬요."

진소군은 비원심구란 암호를 말한 자가 시키는 대로 순순히 따랐다. 결국 제갈소소는 진소군이 아닌 다른 사람의 손아귀에 넘어가게 되었다.

진소군이 방을 나가자 사람들은 금세 태도를 바꾸어 음흉

한 미소를 지었다. 그들은 즉시 제갈소소의 혈도를 몇 군데 더 짚어 제갈소소가 완전히 대항하지 못하게 했다.

"크크크, 상당한 대어로군. 설마 정말로 무림맹의 제갈소소를 납치해 올 줄이야."

"해적왕께서 직접 손을 썼는데 당연하지."

"제갈소소, 이왕 여기까지 왔으니 성대하게 대접을 해주지. 이제 며칠이면 네년이 아는 건 우리들도 모두 알게 될 것이다."

"그렇게 떨 필요는 없어. 거칠게 하겠다는 소리가 아니야. 어차피 네년도 우리 편이 되어서 설옥인가 하는 계집을 납치하는 데 일조를 해야 하니 몸에 상처를 낼 수는 없거든. 크크크."

제갈소소는 이제 상황을 똑똑히 알게 되었다. 그녀는 악의 손아귀에 떨어진 것이다. 진소군이 어떻게 세뇌를 당했는지는 몰라도 그녀와 같은 고수가 당했다면 제갈소소 자신도 피하지 못할 것이다.

순간 제갈소소는 혀끝으로 어금니 안쪽에 심어져 있던 하나의 작은 막을 열고 그 안의 주머니를 터뜨렸다. 주머니 속에 들어 있는 물약은 거의 한 방울에 불과한 적은 양이었지만 곧 제갈소소의 목을 타고 흘러들어 갔다.

그러자 제갈소소의 안색이 금세 퍼렇게 변하고 피부에 검은 반점이 생겨나기 시작했다.

제갈세가의 요인들이 항시 지니고 다니는 금린남영(錦鱗藍瑛)은 비밀을 유지하지 못하게 될 때 주저없이 먹도록 되어 있는 독액이다.

제갈소소는 아직 시집도 못 가고 죽고 싶지는 않았는데, 하고 생각하며 그대로 의식을 잃었다.

"엇, 독이다!"

"이런 독한 계집!"

놀란 사내들이 서둘러 제갈소소의 전신 혈을 두드리고 억지로 입을 벌렸다. 그러나 이미 목구멍 속으로 흘러들어 가 몸 전체로 퍼지는 독을 막을 수는 없다.

오히려 제갈소소의 몸에 손을 댄 자들이 손가락에 따끔함을 느끼며 비명을 질렀다.

"아얏!"

어느새 그들의 손가락 끝에 검은 반점이 생겨나고 핏줄이 툭툭 불거지며 붉은색이 녹색으로 변해갔다. 금린남영이 얼마나 독한 것인지를 쉽게 알 수 있는 광경이다.

쾅!

"무슨 일이에요!"

방문이 깨질 듯 거칠게 열리며 진소군이 뛰어들어 왔다. 그녀는 제갈소소의 상태를 보자마자 놀란 표정을 지으며 급히 쌍장을 제갈소소의 등에 대어 진기를 주입했다.

금린남영의 독이 진소군의 손바닥을 타고 손목까지 올라왔지만 진소군은 진심으로 제갈소소를 살리고 싶었기에 결코 손을 떼지 않았다. 막대한 진기가 진소군의 장심을 통해 제갈소소의 몸속으로 흘러들어 갔다.

곧 진소군의 내력과 금린남영의 독기가 서로 치열한 공방전을 벌이기 시작했다. 주변에 있던 사내 중 독에 감염된 자들 중 하나는 스스로 손목을 잘라 살 수 있었지만 마음이 독하지 못했던 둘은 결국 죽었다.

밖에 있던 자들도 들어와 심각한 표정으로 진소군과 제갈소소가 어떻게 되는지를 살폈다.

반 시진쯤 지났을 무렵, 진소군과 제갈소소의 안색이 원래대로 돌아왔다. 그러나 둘은 완전히 기력을 잃었는지 그대로 옆으로 쓰러져 버렸다.

사내들이 두 여자를 들어 침상 위에 눕힐 때쯤, 진소군이 겨우 눈을 뜨고 들릴락 말락 한 소리로 말했다.

"독을 완전히 제거하진 못했어요. 오히려 제 몸속에도 독이 침투했으니 서둘러 소 백부를 불러주세요."

그 말을 끝으로 진소군도 의식을 잃어버렸다.

"어떻게 해야 하지?"

남은 사내들 중 하나가 동료들에게 물었다.

"해적왕께서 오실 때까지 이년들이 살아 있을까?"

"해적왕께서 내일이나 모레 오신다면 살아 있겠지만, 보름이나 한 달쯤 뒤에 오시면 아무래도 힘들겠지?"

"젠장, 이년들이 죽으면 우리도 무사하진 못해."

"일단 만독전에 통보를 해보자."

"독이라면 만독전에 물을 수밖에 없지."

"만독전에 고수가 남아 있어야 할 텐데."

상의를 끝낸 사내들은 서둘러 전서구를 날리고 진소군과 제갈소소에게 그들이 지닌 벽독단을 먹였다.

*　　　*　　　*

강진은 묘인과 함께 무림맹의 비밀 분타로 돌아왔다. 요재를 제외한 다른 사람들은 이미 다른 지부로 이동하고 없었다. 이곳은 이제 버려져 해적왕이 사라질 때까지 비워둘 것이다.

"어떻습니까?"

강진은 묘인에게 제갈소소가 사라진 방을 보여주며 물었다.

묘인은 대답을 하지 않고 조용히 방의 구석구석을 살핀 후, 창문을 통해 밖으로 나갔다. 그다음엔 산보를 하듯 뒷짐을 진 채 앞으로 나아갔다. 조금 있다가 다시 돌아온 묘인은 이번에는 근처에 있는 나무 위로 올라가 원숭이처럼 나무를 타고 이리저리 움직였다.

강진과 요재는 조용히 묘인의 조사가 끝나기를 기다렸다. 한참을 기다리니 거의 시야에 보이지 않을 정도까지 멀어진 묘인이 돌아왔다.

"진소군이라는 소저는 행적을 감추고 움직이는 훈련을 받은 것 같구려. 전문적이지는 않지만 상당한 수준이라고 봐야 할 거요."

"그럴 겁니다. 야행에 익숙하더군요."

"하지만 아무리 잠행 훈련을 받았어도 한 사람을 짊어지고 움직이면 틀림없이 흔적이 남게 되는 법이오. 내 이미 단서를 찾았소이다."

묘인의 말에 요재는 두 눈을 크게 뜨고 엄지손가락을 치켜세웠다.

"과연 응안귀영이오. 흔적을 찾았으면 어서 쫓읍시다."

묘인은 고개를 저었다.

"사람이 떠난 지 시간이 얼마나 지났는데 지금부터 흔적을 찾아가며 추적을 하겠소?"

"그럼 어떻게 하는 게 좋겠습니까?"

강진의 물음에 묘인은 손가락으로 동북쪽 방향을 가리켰다.

"진 소저는 땅에 흔적을 남기지 않기 위해 나무 위로 이동했는데, 본인이 찾아낸 바로는 이쪽 방향으로 향했소. 아마 저쪽에 보이는 산과 산 사이의 계곡 사이를 지나가려 했을 것이오. 그러니 일단 그곳으로 가봅시다."

묘인의 추적법은 사람의 심리를 이용하는 바가 컸다. 지리를 정확히 알지 못하는 자가, 또한 뒤를 추적당하기 싫어하는 사람이 어떻게 생각하고 움직이는지를 그는 너무나도 잘 알고 있었다.

근거리에서 흔적을 찾으면 원거리의 지형을 보고 상대의 이동 경로를 유추해 내는 것이다.

그럼으로써 추적의 속도를 높이고 심지어는 상대보다 앞질러서 미리 매복을 하기도 했다.

강진은 묘인의 설명에 바로 그 사실을 알 수 있었다. '과연!' 이라고 감탄할 만한 부분이 상당히 많았다.

강진은 일단 유재에게 뒷일을 부탁하고는 묘인과 함께 떠났다. 이제부터는 인내와 끈기를 가지고 일을 행해야 할 때이다.

둘은 계곡으로 가서 다시 조사를 하고, 그 뒤의 경로를 유추해 내었다. 그렇게 몇 번을 반복하니 완전히 산을 벗어나 대로로 나올 수 있었다.

"북쪽이오. 산속에서도 가능한 한 북쪽으로 방향을 잡은 것으로 보아 길을 따라 북으로 향했을 것이오.”

묘인은 길을 따라 달리면서 다시 말했다.

“마을에 도착하면 근래에 수레나 마차가 사라진 집을 찾읍시다. 그럼 확실히 방향이 틀리지 않았다는 게 되니까.”

과연 마을에서는 며칠 전에 마차를 도둑맞은 사람이 있었다. 마차와 말은 감쪽같이 사라졌고, 그 대신 은자가 든 돈주머니가 놓여 있었다는 것이다.

묘인은 입가에 미소를 지었다.

“진 소저가 어느 정도 안심을 한 모양이군. 조금은 편해질 거요.”

두 사람은 마차와 말의 생김새를 자세히 물어 기억하고는 추적을 계속했다.

그렇게 사흘을 더 쫓으니 도둑맞은 말과 마차를 발견할 수 있었다. 근처에는 마을도 없다.

묘인은 다행이라는 듯이 말했다.

“가장 찾기 어려운 건 바로 대도시 안에 있는 안가라 할 수 있소. 그런데 적들은 사람 사이에 숨지 않고 산과 들의 안쪽에 숨었구려.”

이제 멀지 않았다. 그런 느낌이 꽉 하고 들었다.

묘인은 주변의 지형을 살피며 말했다.

“귀신은 귀신이 살 수 있는 곳에서 살고 사람은 사람이 살

만한 곳에서 사는 법. 사람이 살 만한 지형이라면 바로 물을 얻을 수 있는 곳이니 아무래도 적의 비밀 거점이 있다면 저기나 저기 둘 중 하나겠구려.”

묘인을 손가락으로 두 군데를 가리켰다. 그러나 정작 몸을 움직여 나아가는 방향은 지적한 곳과는 조금 떨어진 산봉우리였다.

강진은 묵묵히 묘인의 뒤를 따랐다. 그를 따르다 보면 추적술에 대해 배우는 것이 많았는데, 이번에 그가 지적한 곳과 다른 방향으로 나아가는 것은 처음 보았다. 이번에는 무슨 이유일까 궁금했지만 굳이 묻지는 않았다.

산봉우리를 두어 개 넘은 후 묘인은 방향을 바꾸어 다시 나아갔다.

“우리가 길에서부터 곧바로 적의 거점을 향해 나아갔다면 적의 눈을 피하기 어려울 것이오. 그러니 좀 힘들더라도 돌아가는 것이 좋겠소이다.”

묘인의 설명에 강진은 알았다는 듯이 고개를 끄덕였다. 그가 그렇다면 그런 것이다.

묘인은 어떤 산속에서도 방향과 위치를 잃지 않는다. 강진 역시 그런 부분은 비슷했지만 그의 경우는 뛰어난 무공에서 비롯된 기감의 덕이 컸다.

그들이 산의 그늘과 진법에 가려져 있는 몇 개의 작은 가옥을 찾아냈을 때에는 때마침 해가 져서 하늘이 어둑어둑해질 무렵이었다.

강진은 그중 한 곳을 가리키며 말했다.

"제대로 찾았습니다. 저곳에 두 사람이 있군요."

"어떻게 알 수 있소?"

"두 분 소저의 기에는 익숙하니까요."

"허, 이 거리에서 사람의 기운을 느끼고 구별할 수 있다고?"

묘인은 믿기 어렵다는 표정이었지만 강진은 굳이 설명하려 하지 않았다. 그 자신도 전에는 이 정도까지는 아니었기에 뭐라고 말을 할 수도 없었다.

"그럼 이제부터는 강 소협이 앞장서시오."

묘인의 말에 강진은 조용히 앞으로 나섰다. 그는 가옥 주변에 매복한 사람들도 모두 느낄 수 있었고, 그들을 소리없이 제압하는 것은 문제도 아니었다.

격공지로 한 명 한 명 제압을 하니 매복한 자들은 신음성도 내지 못하고 그대로 의식을 잃었다.

목표가 되는 집은 나중으로 미루고 주변을 돌아다니며 일단 모든 사람을 제압하니 뒤를 따르는 묘인이 소리없이 혀를 내두르는 기척이 느껴졌다.

이윽고 모든 사람을 제압하니 묘인이 고개를 절레절레 저으며 말했다.

"소문에 강 소협의 무공이 절대삼무에 필적할 정도라고 해서 내 믿지 않았는데 이제 보니 사실이었구려."

묘인이 보기에 강진이 해적왕의 비밀 거점 하나를 통째로 제압하는 게 너무나 쉬워 보였다.

이런 식이면 천하에 누가 이 사람을 감당할 수 있겠는가? 가고 싶으면 가는 거고 오고 싶으면 온다. 만 명이 대적해도 감당할 수 없어 보이니 국법으로도 상대하기 어렵다는 생각이 들었다.

하지만 강진은 말도 되지 않는다는 듯 손을 좌우로 저었다.

"제가 작은 성취를 얻기는 했지만 사부님에 비할 수는 없습니다."

"하아, 그럼 절대삼무의 경지는 도대체 어떤 수준이란 말이오?"

"글쎄요."

강진도 그걸 알고 싶었다. 왜냐하면 절대삼무 중 한 명인 해적왕은 기필코 싸워 이겨야 할 대상이기 때문이다.

강진이 대답을 어정쩡하게 하자 묘인은 화제를 바꾸었다.

"두 분 소저가 계신 건물 안에는 사람이 없소?"

"없습니다. 아무래도 두 사람은 정상이 아닌 듯하군요."

강진은 그녀들의 숨소리가 가늘고 불규칙하다는 것을 알

왔다. 서둘러 방 안으로 들어가니 공기 중에 독기가 섞여 있
었다.

"독기가 있습니다. 대비하십시오."

강진은 묘인에게 주의를 주며 조심스럽게 안으로 들어갔
다.

두 개의 침상 위에 진소군과 제갈소소가 나란히 누워 있었
는데, 독기는 바로 그녀들로부터 나오고 있었다. 같은 종류의
독인 듯했다.

강진은 일단 제갈소소의 몸에 진기를 주입하여 몸을 보호
하는 한편, 백회혈을 자극하여 정신을 들게 했다. 그가 보기
에 제갈소소의 상태가 훨씬 심각했는데, 지금 당장 숨이 끊어
져도 이상하지 않을 정도였다.

"으으음."

거의 들리지 않을 정도의 신음 소리와 함께 제갈소소가 눈
을 뜨니 강진은 기를 더욱 부드럽게 하여 그녀가 몸의 고통을
최대한 느끼지 않게 했다.

"안심하시오, 적은 이미 모두 제압했으니."

"그대가 왔군요."

순간 제갈소소는 자신의 입에서 튀어나온 말에 담긴 감정
에 당황했다.

제갈소소는 눈을 뜨자마자 가장 보고 싶은 사람이 앞에 있

는 것에 놀랐다. 가장 보고 싶은 사람이란 걸 느낀 것도 바로 지금인데 이 점에 대해서도 크게 놀랐고, 의자매인 설옥에 대해서 미안한 생각마저 들었다.

그러고 보니 남궁세가의 남자들을 비롯해 제갈소소의 주변에는 항상 무림에서 내로라하는 명문의 자제들이 상재했지만 지금까지 크게 관심을 가진 일은 없었다. 그런데 강진의 경우는 소문만 듣고도 자주 생각을 했고, 설옥과 만난 이후에는 거의 강진에 대한 이야기를 매일 했다.

또한 강진을 직접 만난 다음에는 강진이 요구하는 것을 들어주고, 그의 행적에 대해 조사하는 등 제갈소소의 가장 큰 일은 바로 강진에 연관된 일뿐이었다.

제갈소소는 잠시 정신이 혼미한 듯 눈을 껌벅거리며 말을 하지 않았다. 그러면서 속으로 생각했다.

'감정을 겉으로 드러내는 것은 제갈세가의 사람이라면 해서는 안 되는 일이야. 지금 그를 곤란하게 해서는 안 돼.'

곧 제갈소소는 냉정한 눈으로 강진에게 물었다.

"진 소저께서는 무사한가요?"

"옆에 누워 있습니다. 어떻게 된 건가요?"

"해적왕에게 의식을 제압당한 것 같아요. 진 소저는 철심창룡이 해적왕이라는 것을 받아들이지 않고 제가 철심창룡과 만나야 한다고 했어요."

"으음, 그렇다면 지금은 진 소저를 깨우지 않는 게 좋겠군요. 독은 누구한테 당한 것입니까?"

"제가 먹었어요. 치료하기 힘든 독이에요."

"완치는 몰라도 독을 몰아내는 것은 가능하니 염려하지 않아도 됩니다."

말하는 동안에도 강진의 내력이 제갈소소의 몸을 돌아다니며 독기를 태우고 있었다. 단지 그 고통이 만만치 않을 것이기에 제갈소소의 감각을 보호해 고통을 느끼지 않게 하고 있을 뿐이었다.

물론 이런 독한 독은 내력만으로 완전히 치료할 수는 없다. 자신의 몸에 쌓인 독이라면 몰라도 남의 몸속을 완전히 파악하고 구석구석 침투해 있는 독을 모두 몰아내는 것은 불가능한 것이다.

특히 지금 제갈소소의 몸속에 퍼진 독은 이미 내장에도 침투해 있어 후유증이 만만치 않을 것 같았다.

단전에도 독 기운이 쌓여 기존에 있는 제갈소소의 내공을 모두 흩어놓았다. 아무래도 제갈소소는 이제 평생 무공을 익히지 못하는 몸이 될 것 같았다.

강진은 그 점에 대해서는 제갈소소에게 말하지 않았다. 제갈소소가 스스로 마신 독이라고 했고, 독한 것이라고 이미 알고 있으니 말할 필요가 없었다.

"미안합니다."

강진은 작은 목소리로 말했다. 그러자 제갈소소가 미소를 지었다.

"진 소저는 괜찮나요? 그녀가 왜 독에 중독됐는지 모르겠어요."

"아마 그대를 구하려다 그런 것 같군요. 그렇게 심하게 중독된 것은 아니니 제갈 군사의 독이 어느 정도 해소된 후에 치료해도 늦지는 않을 겁니다."

"예."

제갈소소도 이제 강진이 그녀의 몸을 치료하고 있다는 것을 눈치 챘다. 그녀는 강진의 왼쪽 손이 자신의 배에 닿아 있다는 것을 느끼고 살짝 얼굴을 붉혔다.

어느 정도 시간이 흘러 제갈소소의 몸에서 검붉은 땀방울이 한차례 흐르니 몸의 상태가 훨씬 좋아졌다.

그다음에는 진소군 차례였다. 진소군의 경우는 내공도 심후하고 독의 중독도도 얕았다. 단지 의식을 깨우지 않고 치료를 해야 했다.

강진은 진기도인술의 묘리로 진소군의 몸속에 흐르는 기에 자신의 힘을 더했다. 그럼으로써 자연스럽게 진소군의 몸이 독기를 알아서 배출하게 했다.

제갈소소의 경우는 중독도 심하고 기도 약해서 이런 식의 치료는 불가능했다. 반대로 말하면 진소군의 내공이 깊다는 뜻도 된다.

강진이 치료를 마치고 손을 떼자 제갈소소가 물었다.

"진 소저는 몸이 상하지 않았나요?"

걱정스러운 표정이다. 자신의 내력이 모두 사라진 것을 알고 진소군도 그렇게 되었나 하고 염려하는 듯했다.

"진 소저의 내공은 극히 심후하여 웬만한 독은 범접하기 어려운 수준이오. 본인이 조금 도왔으니 이제 충분합니다."

"다행이군요."

"일단 이 자리를 벗어납시다."

"그게 좋겠어요."

진소군은 의식을 잃은 상태이고, 제갈소소는 몸을 가누지 못한다. 강진이 제갈소소를 업고, 묘인이 진소군을 맡았다.

그런데 막 방을 나오자 강진이 거점의 입구 쪽을 보았다. 몇 사람이 입구를 통해 들어오고 있었다. 그들은 거점에 변고가 생긴 것을 알고 서둘러 달려오다 강진 일행을 보았다.

강진은 묘인을 돌아보았다.

"두 분 소저를 부탁합니다."

"그러시오."

다시 방 안으로 들어가 침상에 진소군과 제갈소소를 누이고 강진 혼자 방을 나왔다.

밖에는 이미 사람들이 집을 둘러싸고 있었는데 강진이 보니 모두 여덟 명이었다.

그중 얼굴에 푸른 기가 가득하고 곰보처럼 이곳저곳이 패인 자가 외쳤다.

"네놈들이 다른 자들을 제압한 것이냐?"

"그렇소. 그런데 그대들은 본인을 감당할 수 있겠소?"

강진이 당당하게 버티고 서서 묻자 곰보는 큭큭대고 웃었다.

"한가락 하는 솜씨를 지녔다고 해서 너무 자만하지는 말아라. 세상은 넓다."

"해적왕은 어디 있소?"

싸울 때는 상대가 뭐라고 하든 자신의 말을 하는 것이 강진의 또 다른 특기다. 일종의 도발 행위인데 이게 의외로 잘 먹혔다. 특히 나름 대우받는 인생을 산 고수들에겐 즉효성이라 할 만했다.

푸른 얼굴의 곰보는 웃음을 그치며 인상을 썼다. 무시당했다는 느낌이 그를 분노하게 했다. 그는 아직 강진의 이름도 묻지 않았다. 물었다면 분노하지 않았을 것이다.

"권주를 마다하고 벌주를 받겠다니 어쩔 수 없구나."

곰보는 여유를 가장하여 분노를 감추며 손을 들어 올렸다. 그의 손가락에는 청동으로 된 끝이 뾰족한 대롱이 끼워져 있

었는데, 끝부분이 푸르지 않고 검은 것이 독이 묻어 있는 듯
했다.

건물 안에서 묘인이 외쳤다.

"청독작(青毒雀) 도막! 조심하시오. 그는 삼십 년 전부터 독
으로 명성을 날린 자요."

"크크크, 나를 알아보는 자가 있다니? 그럼 네놈들이 얼마
나 큰 무례를 했는지 알았겠지."

강진은 도막의 자신만만하면서도 음흉한 웃음소리에 같이
미소를 지어주었다.

"본인도 알고 있었다. 과거 그대가 사부님이 마시는 술에
독을 풀었다가 사부님께서 그 술을 얼굴에 뿜어서 결국 청면
에 곰보가 된 것이 아니냐? 사부님께서 말씀하시기를 바위를
부술 정도의 주전(酒箭)을 얼굴로 받아내고도 살아 있는 그대
를 보고 금정공을 안면으로 극성까지 익힌 전무후무한 철면
이라고 칭찬하신 적이 있다."

"크윽, 네놈이 내 평생 가장 큰 치욕을 입에 담다니! 으응?
사부님?!"

청독작 도막은 순간적으로 얼굴이 붉어졌다 다시 파래졌
다. 평생 기억하기 싫은 일이 거론되어 눈이 뒤집히려다가 강
진이 말한 사부란 대사로부터 그의 정체를 알았기 때문이다.

"홍의검협!"

“이제는 홍의를 입지 않으니 그 명칭은 맞지 않는다.”

“도(逃)!”

도막은 수십 년간 강호에서 명성을 떨친 자답게 상황 판단이 빨랐다. 그는 단말마 비명 같은 명령을 외치며 급히 뒤로 몸을 날렸다.

도막이 서 있던 자리엔 손가락에 끼고 있던 대롱 열 개만 그대로 남았다.

퍼퍼펑!

청독작의 성명절기인 흡혈동조는 주인이 자신을 버리자 더 이상 존재할 이유가 없다는 듯 그 자리에서 터지며 안에 담겨 있던 독분을 사방으로 퍼뜨렸다. 녹색의 독연은 사람의 접근을 막을 뿐만 아니라 시야를 가리는 효과도 있다.

“좋은 수법.”

강진은 간단히 평하며 품속에 손을 넣었다. 흩어져 도망가는 자들을 일일이 쫓을 정도로 재주가 없지는 않았다.

품속에서 나온 손가락에는 철로 된 버드나무 잎이 들려 있었다.

한 사람당 버드나무 잎 세 장. 바로 삼첩비엽술이 펼쳐지니 도망가는 자들은 명부에서 온 저승사자처럼 떨쳐 낼 수 없게 되었다.

“끄아아악!”

“커컥.”

단 한 명을 제외하고는 모두 비명과 함께 쓰러졌다. 오직 청독작 도막만이 등 뒤의 위협을 느끼고 순간적으로 신형을 틀었다. 확실히 고수는 뭐가 달라도 달랐다. 강진은 고개를 한 번 끄덕이고는 손을 슬쩍 저었다.

우우웅!

공간을 격하고 무엇인가 눈에 보이지 않는 것이 날아갔다. 그것은 도막의 머리 위에서 하나의 형태를 이루었는데, 바로 사람의 주먹 모양이었다.

빡!

강기로 된 주먹이 도막의 머리를 사정없이 후려쳤다. 이제는 완전히 강기의 기운을 조절할 수 있게 된 강진이기에 도막의 머리는 터지지 않았다.

강진은 바닥에 쓰러져 신음하고 있는 자들 중 하나에게 말했다.

“청독작을 주워 와라.”

신음하고 있던 자는 끙 하는 소리를 내며 일어나 도막이 쓰러진 쪽으로 걸어갔다. 강진이 자신의 상관이라도 되는 듯 고통을 참고 명에 따른 것이다.

“다른 놈들도 죽을 정도는 아니니 이리 와라.”

강진이 명하자 쓰러져 신음하던 자들이 모두 모였다.

　　강진은 잠시 기운을 안정시키며 사방으로 기감을 퍼뜨렸다. 매복하고 있는 자가 또 있나 살폈지만 건너편 봉우리까지 사람은 아무도 없었다. 이것으로 상황이 정리되었다고 봐도 될 것 같았다.

　　강진은 청독작을 끌고 온 자에게 물었다.

　　"네놈들은 어디 소속이냐?"

　　"저희는 만독전 소속입니다."

　　"음, 만독전이라……."

　　처음 듣는 곳이다. 하기야 해적왕의 수하 조직은 워낙 비밀스럽게 감춰져 있어서 흑룡방 사람들도 잘 모르는 부분이 많았다. 이름을 보아하니 독을 다루는 곳 같은데, 해적왕의 수하들인만큼 범상한 독을 쓰지는 않을 것이다.

　　강진은 대답을 한 자에게 손을 저으며 말했다.

　　"떠나라."

　　"네?"

　　"네놈의 눈을 보니 해적왕에게 충성을 맹세한 것 같지는 않다. 대답을 했으니 이대로 떠나서 해적왕이 사라질 때까지 숨어 살도록 해라."

　　"그건……."

　　"아니면 여기서 해적왕의 수하로 죽겠느냐?"

　　"아닙니다. 그 정도 의리는 없지요. 헤헤헤."

사내는 비굴한 웃음을 지으며 바로 일어나 떠났다. 다른 자들이 노려보든 말든 신경 쓰지 않았다.

강진은 자신의 짐작이 맞았음을 깨달았다. 이들은 확실히 다른 해적왕 수하들과는 달랐다. 착하지는 않아도 눈빛이 정상이었다. 자신의 목숨을 무엇보다 최우선으로 생각하는, 사파 무인의 전형적인 마음가짐을 확실히 유지하고 있었다.

다른 자들을 보니 그들도 상당히 마음이 흔들리는 듯했다. 강진은 그중에서 앞서 떠난 자 다음으로 상태가 양호한 자에게 물었다.

"만독전의 일은 무엇이냐?"

"그건… 독, 독을 다루는 일입죠."

사내가 얼른 대답했다. 그런데 그의 눈동자가 살짝 굴러가는 것을 강진은 놓치지 않고 보았다.

강진의 손이 움직였다.

퍽!

사내의 머릿속에서 묘한 울림이 퍼지며 그대로 땅에 쓰러졌다. 눈과 귀, 그리고 코와 입에서 모두 피가 흘러나왔다. 대충 봐도 즉사였다.

"정사는 상대적이고, 함부로 타인의 죄를 판결할 수는 없는 법. 난 천하의 사파를 다 죽이고 싶은 마음은 없다. 하지만 해적왕의 수하는 죽는다. 내 앞에서 거짓을 말하는 자도 죽는다."

"으으으."

단숨에 가차없이 손을 쓰는 모습은 비정함 그 자체였다. 사람들은 강진이 협의만 찾는 사람 좋은 애송이가 아니라는 것을 알았다.

기백과 살기에 압도당한 자들은 평소의 대담함은 모두 잊고 강호 초출했다가 떼강도를 만난 삼류무사처럼 떨었다.

사실 강진이 그동안 계속해서 겪은 싸움은 보통 무인이 평생 한 번 경험하기도 힘든 것들이었다. 어설프게 적을 상대할 마음은 추호도 없었다.

강진은 다음 사람에게 물었다.

"만독전의 일은 무엇이냐?"

질문은 한 글자도 다르지 않았지만 대답은 같을 수 없었다. 사내는 벌벌 떨면서 대답했다.

"저희 만독전은 해적왕이 중독될 만한 독을 만드는 일을 하고 있었습니다. 그런데 이번에 조직이 개편되면서 완전히 해적왕의 수하로 편입되어 다른 부서들의 지원을 하게 된 것입니다."

"해적왕이 중독될 만한 독이라……. 그렇군."

강진은 이들의 정체를 알 수 있었다. 해적왕을 중독시킬 정도라면 적포천존도 중독시킬 수 있을 터이다. 꼭 그렇다는 보장은 없지만 그럴 가능성이 생긴다.

그러니까 만독전은 대 적포천존 용의 비책 중 하나였다가 적포천존이 죽자 업무 변경을 한 것이다.

'과연 이들은 해적왕을 두려워하지 않게끔 취급되었을 것이다. 해적왕을 두려워한다면 정말로 그를 중독시킬 독을 만들 수는 없을 테니까.'

앞뒤가 맞았다. 그런데 문제는 이들의 임무가 변경되었다는 데에 있다.

'해적왕이 그렇게 판단했다면 그만한 자신이 있다는 뜻이다. 정말로 사부님께서 일을 당하신 것일까?'

강진은 마음 한구석에 접어두었던 검은 그림자가 더욱 커지는 것을 느꼈다. 사부님의 능력이라면 절대로 그럴 리가 없다고 생각하면서도 상황적으로 보면 안심할 수가 없다.

해적왕이 그렇게 자신할 정도면 적포천존이 당한 함정은 해적왕의 능력으로는 절대 빠져나올 수 없는 것이라고 봐야 한다. 그 점이 강진의 믿음을 흔들리게 했다.

화산 폭발, 책에서나 볼 만한 재앙이니 당해봐야 무서움을 실감할 수 있다.

'지금은 사부님의 능력을 믿자. 눈앞에 할 일을 해야 한다.'

강진은 고개를 저어 불안감을 떨쳐 내었다.

"가라."

강진이 말하자 사내는 살았다는 표정으로 몸을 일으켜 떠났다. 암기에 당한 상처의 고통이 만만치 않을 터이지만 이 자리에 머물러 치료하고 싶은 생각은 없는 듯했다.

강진은 다시 남은 자들에게 몇 가지 질문을 했다. 질문에 대답을 할 때마다 한 명씩 보내주니 마지막으로 남은 것은 정신을 잃고 쓰러진 청독작 도막뿐이었다.

강진은 잠시 도막을 바라보다가 격공지로 그의 혈을 짚었다. 끄응 하는 신음 소리와 함께 도막이 일어나더니 억지로 정신을 차리며 주변을 둘러보았다.

"네 수하들은 모두 떠났다."

"흐으, 홍의검협의 무공이 이미 절대삼무에 버금간다더니 정말 할 말이 없게 만드는군."

도막은 죽음을 각오한 듯했다.

"따로 할 말은 없는가?"

"있다. 난 해적왕의 수하가 아니었다. 내가 해적왕과 손을 잡은 것은 바로 적포천존에 대한 원한 때문이다."

"이미 들었다."

"크크크, 그놈들이 다 불었군. 하기야 그놈들은 충성심보다는 용독술의 수준으로 뽑은 놈들이니 언제라도 배신할 수 있지. 지금부터 차근차근 교육을 시키려고 했는데 좀 늦었군."

"그것이 그들의 생명을 구한 셈이지. 하지만 넌 아니다."

"흐, 네놈이 날 놔주지 않으리란 건 알고 있다. 염려 마라. 난 평생 남에게 목숨을 구걸한 적이 없다."

도막의 말은 사실이었다. 적포천존도 도막이 술에 얼굴을 상하고 기절하자 죽이지 않고 떠났다. 도막이 살려달라고 한 게 아니다.

적포천존 이외에는 평생 패배를 몰랐던 독의 최고수가 바로 청독작 도막이다. 성격이 독하기로는 이미 반 갑자 전부터 전 중원이 인정한 자다.

도막은 핏발 선 눈으로 강진을 보았다. 그리고 누런 이를 드러내며 웃었다.

"내가 그동안 무엇을 했는지도 알겠군?"

"독을 연구했다고 하더군. 사부님을 해할 만한 독을."

"그렇지. 내 스스로 해적왕을 찾아가 제의를 했다. 해적왕에게 실험대상이 되어달라고 요구했지. 크흐흐흐. 미친 짓이라 생각했지만 그 수밖에 없었다. 의외로 해적왕이 그걸 승낙했을 때에는 해적왕의 도량에 놀랐지만 어쨌든 난 그로 인해 수십 년간 독의 연구에 몰두할 수 있었다."

"그렇게 된 것이군."

해적왕이 도막을 포섭한 것이 아니라 도막이 해적왕을 찾아갔다. 이 사실은 강진을 내심 놀라게 했다. 도막의 집념은 그야말로 광기에 가까운 것으로 감탄할 만했다.

도막은 강진의 놀라는 모습을 보며 다시 웃었다.

"크크크, 사실 독은 이미 완성되어 있었지. 그런데 이건 해적왕을 상대로 시험을 할 수가 없는 독이었거든. 한 번 쓰면 다시는 못 쓰는 독이라서 말이야."

강진의 눈빛이 날카롭게 빛났다. 도막의 몸속에서 기운이 움직이는 것이 느껴졌다. 순간 도막이 무슨 짓을 하려는지 알았다.

강진의 몸이 움직였다. 이형환위의 묘리로 급격히 도막으로부터 멀어졌다.

하지만 도막의 수가 조금 빨랐다. 도막은 말을 하면서 이미 몸 안의 기운을 폭주시켰다.

펑!

도막의 몸이 터졌다. 그의 피는 검붉은 안개가 되었고, 살점은 모두 치명적인 암기가 되어 사방으로 퍼졌다.

도막이 평생을 연구한 독공의 최고 수법은 바로 사람의 몸에 독을 쌓아 독인으로 만든 다음, 그걸 터뜨려 피와 살점으로 상대를 공격하는 자폭기였다.

독멸쇄폭(毒滅鎖爆)!

적포천존을 상대하기 위해 청독작 도막이 스스로의 몸을

병기화시킨 결과물이었다.

　원래 시간 여유가 있었다면 이 독공을 다른 자의 몸에 옮겨서 쓰는 법을 연구하려 했는데 결국 거기까지 방법을 찾아내지는 못하고 스스로의 몸을 희생시키게 된 것이다.

　"크윽."

　강진은 도막의 살점이 자신의 호신강기를 뚫는 것을 느꼈다. 동시에 피의 안개가 그 틈으로 들어와 피부에 닿았다. 살점과 피에 섞인 독은 서로 달랐는데, 둘 다 치명적이었다. 또한 둘이 힘을 합하니 더욱 무서웠다.

　폭발의 영역을 벗어난 강진은 즉시 내공을 운기하여 몸 안의 독을 한쪽으로 몰아갔다. 그런데 강진이 내공으로 독에 압력을 가하자 독의 성질이 분열되어 차갑고 뜨거운 것으로 나뉘었다.

　차가운 기운은 강진의 내공을 막는 벽이 되었고, 뜨거운 기운은 압력을 받을수록 더욱 뜨거워졌다.

　"강 소협, 괜찮소?"

　묘인이 밖으로 나오며 외쳤다. 강진은 즉시 손을 저으며 말했다.

　"나오지 마십시오. 독연이 퍼지고 있으니 위험합니다."

　말과 함께 강진의 몸이 다시 움직였다. 묘인이 서 있는 곳 바로 앞까지 가서 묘인을 방 안으로 밀어 넣고는 강진 역시 들어갔다.

타타탁!

문을 닫고 창문까지 모두 닫은 후, 강진은 바닥에 가부좌를 틀고 앉았다. 그의 몸에서 청명한 기운이 흘러나와 방 안에 가득 찼다.

기공의 힘이 방을 경계로 하나의 막을 치니 외부의 공기는 일절 안으로 들어오지 못했다. 이것으로 묘인을 비롯해 다른 두 여자가 중독을 당할 염려는 없게 되었다.

강진이 느끼기에 이 독에 중독당하면 웬만한 사람은 그 즉시 살이 녹아버릴 정도였다. 아까 혈독연이 퍼질 때 바닥에 쓰러져 있던 시체 한 구가 피에 물들어 녹는 모습은 다시 보고 싶지 않은 광경이었다.

이 계곡 안은 이미 독지가 되었다. 오직 강진 일행이 있는 방 안만이 안전했다.

하지만 강진과 진소군, 제갈소소는 모두 중독된 상태다.

특히 강진은 독멸쇄폭의 기운에 제대로 당해 피부가 점점 붉게 물들어가고 있었다. 그의 내공으로도 피부가 녹아내리지 않게 버티는 것이 고작이었다.

혈맥을 틀어막아 얼리는 냉기의 벽은 더욱 두꺼워졌고, 피부를 태우려는 화기도 지지 않겠다는 듯 기세를 더했다.

'이런 독이 있다니!'

강진은 극심한 고통 속에서도 새삼 놀랐다.

냉기의 벽을 뚫으려면 내공을 화기로 바꾸는 것이 가장 좋다. 그런데 스스로 화의 성질을 일으키면 화독을 자극하여 그쪽이 더욱 심해질 것 같았다. 반면에 화독을 누르려면 열기를 식혀야 하는데 그런 짓을 했다가는 혈맹이 모두 얼어붙을 게 뻔했다.

청독작 도막이 집념으로 탄생시킨 독멸쇄폭은 불과 얼음이 같이 존재하게 하는 기적적인 독이라 할 수 있었다. 그러면서도 서로의 힘을 깎아먹지 않고 오히려 자극하니 무공의 새로운 경지를 보는 것과 같이 천하의 모든 독 중에 으뜸이라 할 만했다.

하기야 현재 강진의 신체는 만독불침이라고 불릴 수 있는 것이다. 몸 안의 기운을 모두 마음대로 다스릴 수 있기 때문에 독을 먹어도 그대로 밖으로 배출할 수 있다. 적포천존이나 해적왕 역시 마찬가지일 것이다.

그런 경지의 사람들에게 쓸 수 있는 독이니 확실히 독중지왕이라 불러도 손색이 없다.

감탄은 순간이고 고통은 계속된다.

"크으으으."

신음 소리가 다문 입술 사이로 새어 나왔다. 입가로 한줄기 피가 흘렀다. 피의 색은 붉었다.

아직 내장까지는 독이 침투하지 않았는데, 만약 화기가 내장에 들어가면 순식간에 내장이 녹아내릴 것이니 피가 아닌 내장 조각이 입으로 나오게 될 것이다.

'이대로는 당한다.'

강진은 언제까지나 독 기운을 내공으로 막아내기 어렵다는 생각을 했다. 내공은 무한하지 않고 독의 기운은 점점 강해진다. 버틸 수 있을 때 방법을 강구해야 한다.

'어떤 방법이 있을까? 내가 익힌 수법은 적지 않다. 그중에는 틀림없이 이 독을 해결할 방법도 있다.'

일찍이 전무후무한 독의 최고수라 불리는 독왕 서문기가 한 말이 있다.

"독에도 초식이 있다. 살초도 있고 변초도 있는데 보통 무공 초식과 다른 점은 바로 발동 시간에 있다. 살초 중 가장 무서운 것은 펼치면 돌이킬 수 없는 출즉견사의 독이다. 하지만 독을 쓰는 사람들 중 대부분은 독을 쓸 때 실수했을 경우를 대비해 해독할 방법을 마련해 둔다. 칼은 순간적으로 사람의 생과 사를 결판내기 때문에 실수하면 종종 돌이킬 수 없는 경우가 있다. 독이 칼보다 좋은 점은 바로 출수하고 결과가 나타날 때까지 시간을 조절할 수 있다는 점에 있다."

이 말에 대해 사부인 적포천존은 이렇게 평했다.

"그러니까 독공의 고수가 적은 거다. 실수하면 망한다는 각오가 목숨 걸고 수련하게 되는 계기가 되는 거 아니냐?"

강진은 적포천존의 말에 어느 정도 동의하고 있지만 지금은 독왕의 말이 가슴에 와 닿았다.

도막이 자신의 목숨과 바꿔 펼친 수법은 출견즉사라 할 만하지만 일단 죽기까지는 시간이 있다. 해적왕한테 이렇게 제대로 당했다면 운기요상이고 뭐고 이미 죽어도 벌써 죽었을 것이다.

시간이 있다. 고민해서 방법을 찾을 여유가 있다. 강진은 마음속으로 몇 번이나 반복해서 중얼거렸다. 그러다 보니 천룡교의 비전인 천뢰신기의 구결이 머릿속에 떠올랐다.

천뢰신기는 자연의 힘을 자신의 내공에 섞어 그 위력을 더한다. 이름에 천뢰가 붙은 이유는 벼락의 힘마저 끌어 쓸 수 있다는 뜻이다.

'그렇다면 독의 기운도 쓸 수 있지 않을까?'

그의 몸 안에 날뛰고 있는 독도 기운이라 할 수 있다. 천뢰신기의 묘리와 합해 내공과 융합할 수만 있다면 밖으로 발출하는 것은 쉬운 일이다.

　'문제는 그러려면 독을 거부해서는 안 된다. 스스로 받아
들여야 한다.'

　기운은 살아 있다. 마치 감정이 있는 것처럼 거부하면 토라
지고 받아들이면 친밀하게 다가온다. 문제는 강진이 지금 독
의 기운을 받아들이려면 이놈들이 자신의 몸을 해하도록 놔
둬야 한다는 데에 있다.

　강진은 피식 웃었다.

　'번개를 맞으면 죽는다. 그런데도 이용하지 않나? 그리고
벼락의 힘을 쓰려면 찰나의 순간에 전력을 집중해야 한다. 독
이 나를 해하는 게 아무리 빨라도 벼락보다 빠를 수는 없겠
지.'

　순간 강진은 깨달았다.

　자연의 기운과 융합할 수 있다면 상대의 내공과도 융합을
할 수 있다.

　그것이 바로 천뢰신기가 말한 대우주와의 혼일이 아니겠
는가! 대우주 속에는 나도 있고 적도 있으니 세상에 쓰지 못
할 기운은 없다.

　"그런 것이군."

　강진은 미소를 지으며 몸 안의 독을 제어하려던 생각을 버
렸다. 스스로의 의지로 독을 받아들이며 진기를 솜처럼 만들
어 그것들을 빨아들였다.

강진의 내공이 순간적으로 독공으로 바뀌었다. 그것은 독의 흐름을 바꾸어 강진이 원하는 곳으로 인도했다. 독은 강진의 손가락 끝을 통해서 앞에 있는 의자를 향해 발출되었다.

팍, 푸스스스!

나무로 된 의자가 검게 변했다. 그리고는 그 자리에서 재로 변해 바닥에 떨어졌다.

성공이다.

"나를 해하려는 기운도 모두 끌어들일 수 있다. 그것이 바로 천뢰신기다."

강진은 지금 얻은 깨달음을 가슴속에 새겼다. 하지만 이러한 깨달음이 실현되어 상대의 기운을 역으로 이용하려면 독과는 비교하기 어려운 몇 가지 문제를 해결해야 했다.

일단 시간이다. 벼락의 기운을 빌리는 것과 같이 찰나의 순간에 상대의 기운을 내 것과 융합해야 한다.

둘째는 융합의 정도이다.

벼락의 기운은 일부만을 빌려 쓰는 것이다. 나머지는 그대로 땅에 떨어져 지하로 들어가니 놓쳐도 문제는 없다.

하지만 상대의 기운은 나를 해하기 위한 것. 끌어들이려면 남김없이 모두 먹어치워야 내가 살 수 있다.

한 점이라도 남기면 그것이 비수가 되어 무방비 상태인 나를 찌를 것이다. 융합을 위해서는 거부를 하지 않아야 하니 이건 치명적이라 할 수 있다.

강진은 이 두 번째 문제가 아직 해결되지 않았음을 알았다. 어떻게 해결해야 할지 짐작도 가지 않았다.

"내 의지가 아무리 강해도 상대 또한 자신의 의지로 기운을 움직인다. 상대의 의지를 모두 끊을 수 있는 방법이 과연 있을까?"

알 수 없었다. 강진이 지금까지 얻은 무공 중 가장 근간이 되는 것이 바로 의형기이다.

원래는 살형기였다가 이제는 한계를 벗어나 더 높은 경지로 나아갔다. 하지만 의형기는 자신의 의지에 형태를 부여하는 것이지 상대의 의지를 지우는 수법은 아니다. 스스로 강해져서 무적이 되는 무공이 의형기이다.

이 점에서 천뢰신기와 의형기는 추구하는 점이 달랐다. 의형기와 천뢰신기는 서로 다른 봉우리라 할 수 있었다.

무학의 길은 너무나도 넓어서 만 가지 갈래가 있다는 말이 실감되었다.

사람들은 강기를 쓸 수 있는 경지를 또 다른 말로 만류귀종이라고 했는데, 만류귀종은커녕 더욱더 길이 많아져 어느 길로 가야 할지 갈피를 잡을 수 없을 정도였다.

"나는 아직 시작도 하지 않았구나."

강진은 스스로의 미숙함을 알았다. 길을 알면 정진할 텐데 길이 너무나 여러 갈래였다.

하나를 취하고 나머지를 버리려 해도 그게 뜻대로 되지 않았다. 이미 다른 길의 장점을 알아버렸기 때문에 '우직' 해질 수 없었다. 편한 길을 놔두고 고생을 하려면 그만큼 마음이 흐트러지는 것이다.

가장 큰 문제는 바로 강진의 마음의 이끌림과 이성의 지시가 서로 다르다는 데에 있다.

그의 근본은 바로 의형기이다. 그런데 근래에 와서 즐겨 쓰게 되는 것은 의형기가 아닌 천뢰신기 쪽이었다.

이성적으로 생각해 봤을 때 의형기 쪽이 천뢰신기보다 더 강해 보였다. 사부인 적포천존의 경지를 봐도 의형기를 이루는 것이 옳은 듯하다.

하지만 천뢰신기를 얻은 이후, 자꾸 주변의 기운에 신경을 쓰게 된다.

의형기는 주변의 기운을 모두 무시하는 경향이 있다.

천상천하 유아독존!

이게 바로 의형기의 요체라 할 수 있는데 강진에게 그 점이 맞지 않았다. 강진의 철학은 더불어 사는 세상인 것이다.

이렇게 혼동이 되기 시작하면서 의형기의 힘이 약해짐을 느꼈다. 집중력이 점점 사라지고 길을 잃었다. 그러면서도 내공 자체는 계속해서 강해지는 것이 스스로 생각해도 신기할 정도였다.

"후우, 멀고도 멀구나."

강진은 한숨을 쉬며 자리에서 일어났다.

시간이 없음이 안타깝다. 무공을 수련하다가 이러한 벽에 부딪치면 심산유곡에 틀어박혀 몇 년씩이나 명상을 하는 사람들이 있다는 것을 안다.

강진은 그럴 수 없는 상황이다. 하다못해 지금은 가르침을 청할 사부마저 행방불명되었다.

"강 소협, 괜찮소?"

묘인이 걱정스러운 얼굴로 물었다.

"괜찮습니다. 이미 독은 모두 몰아냈으니 이제 움직이지요."

강진은 창문을 열고 바깥 공기를 살폈다. 독기는 이미 계곡 바람에 쓸려 사라졌다. 바람을 탄 독이 산에 얼마나 영향을 줄지가 걱정이었지만 그것은 어떻게 할 수 없었다.

바깥으로 나오니 비밀 거점 자체가 죽음으로 가득 차 있었다. 강진이 잠입하며 제압한 모든 자들이 녹아 죽어 있었다.

묘인은 그것들을 보다가 고개를 돌렸다.

"내 평생 이렇게 지독한 독은 처음 보는군. 인간의 것이 아니야."

"해적왕과 관련된 자들은 대부분 비정상적이고, 설령 처음

엔 정상적이었다고 해도 점점 정상적이지 않게 변해갑니다. 그 점이 가장 무섭습니다."

"그런 것 같소. 미친놈들."

묘인은 욕을 하며 바닥에 침을 뱉었다. 숨이 약간 거친 것이 구역질을 억지로 참는 듯했다.

"이 자리를 얼른 뜨는 것이 좋겠소. 안전한 곳으로 가서 두 분 소저를 치료합시다."

"움직이지요."

두 사람은 바람을 등지고 산 위쪽으로 올라갔다. 능선을 타고 산봉우리를 두어 개 건넌 다음에 대로로 내려왔다. 그만큼 청독작 도막의 독에 대한 인상이 강했다.

第六章 천뢰세심(天雷洗心)

赤布龍王

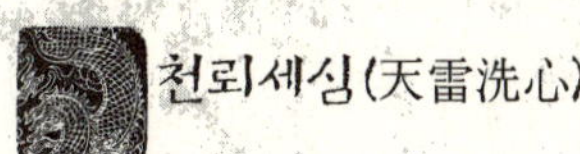

　　　　강남무림맹은 원래 해적왕과 그 제자인 흑
룡왕을 상대하기 위해 결성된 조직이다.

　일찍이 해적왕은 강남 전역의 무림 방파나 세가를 대부분
초토화시켰다. 그리고 뒤를 이은 흑룡왕은 흑룡방을 세워 십
년이 넘게 강남무림맹과 맞서 싸웠다.

　강진이 나타나기 전까지 무림맹은 흑룡방의 술수에 철저
하게 당해 항상 수세에 몰렸고, 제대로 된 전과를 올린 적이
없었다.

　흑룡방을 무너뜨리고, 해적왕의 세력과 대등하게 맞서 싸

울 수 있게 된 공은 모두 강진과 그의 스승인 적포천존에게 있다고 해도 과언이 아닐 것이다.

문제는 지금 적포천존이 생사 불명의 상태이고, 해적왕에 의해 무림맹 총단이 깨어졌다는 데에 있다.

그나마 기존의 무림맹에 자리 잡고 있던 각처의 명숙들이 적포천존에 의해 강남 각지로 흩어졌고, 강진이 시간을 끄는 사이 대부분 무사히 피할 수 있었기에 피해는 미세했다.

하지만 총단을 더 이상 쓸 수 없게 된 것만은 틀림없다. 해적왕은 떠났지만 언제 다시 올지 모르는 것이다.

비단 무림맹 총단만이 아니다. 해적왕이 직접 손을 쓰기 시작한 이상, 중원무림에 안전한 곳이란 없다고 봐야 한다. 소림이나 무당이라고 해도 해적왕 한 사람을 막을 수 있다고 장담하기 어려웠다.

물론 그런 대문파들은 나름대로 방비를 하고 있기에 해적왕이라고 해도 무조건 가서 쓸어버릴 수 있는 것은 아니다. 과거 무당파 장문인이 적포천존을 감당할 수 없는 존재로 평가한 이후, 그들이 정말로 적포천존이 오면 손가락을 빨며 죽을 수밖에 없다고 생각하고 포기했을까?

아니다. 오히려 더욱 용의주도하게 절대고수를 상대할 만한 기관진학이나 대규모 검진 같은 것을 연구하고 개발해 왔다.

그런 만큼 아무리 해적왕이라도 경솔하게 아무 생각 없이 공격해 들어갔다가는 오히려 죽을 수도 있다. 적어도 대문파들 쪽에서는 그렇게 생각하고 있었다.

해적왕도 그 점에 동의하는지는 알 수 없지만.

실제로 총단에 준비되어 있던 대 해적왕 시설은 대부분 파괴되었다. 그것들은 해적왕이 절대적인 무력 중 하나라는 것을 증명하는 도구에 불과했다.

이대로라면 각 문파들의 방비도 무용지물이 될 가능성이 크다고 봐야 한다. 그래서 각 문파들은 모두 비상사태에 들어 무림맹에 파견한 자파의 고수 중 상당수를 불러들였다.

또한 총단이 파괴될 때의 목격자와 흔적을 분석하여 새로운 대비를 연구하기 시작했다.

몇 사람의 인간 같지도 않은 사람들 때문에 수없이 많은 보통 무인들이 생고생을 하는 셈이다. 그래도 죽거나 멸문당하는 것보다는 나으니 할 수밖에 없다.

이런 식으로 위기가 고조되면 새로운 수법이 탄생한다. 전쟁이 무림 발전에 기여한다는 묘한 이론이 이렇게 나왔다.

어쨌거나 아무리 위험하다고 해도 총단은 필요하다. 상징적인 문제가 아니라 중원 각지의 지부로부터 오고 가는 정보나 물자의 유통을 위해서 중심이 될 만한 축이 필요한 것이다.

그런 이유로 요인들의 대부분이 흩어지거나 자파로 복귀했지만 새롭게 건설된 총단에 모인 자들도 상당한 능력자들뿐이었다. 누가 뭐래도 강남 무림의 핵심이 될 자리이다.

주요 구성원들은 대부분 해적왕에 의해 피해를 본 강남의 세가 고수들이 맡았다.

예외로 임시 맹주의 자리는 신창 양세방이 맡게 되었는데, 이건 혹시 적포천존이 살아서 돌아왔을 때 조금이라도 자기 주장을 내세울 수 있는 사람이라는 이유 때문이었다.

기존에 무림맹의 중추 역할을 했던 남궁세가는 원래의 본거지인 절강 지역으로 돌아가 지역 장악에 전력을 다했다.

아직은 남궁세가의 가주인 냉검유정 남궁무준이 무림맹주의 직을 맡고 있지만 곧 정식으로 신창 양세방에게 직위를 양도할 예정이라는 소문이 은근히 돌았다.

강진과 묘인은 제갈소소와 진소군을 임시 총단으로 옮겼다. 그곳에는 제갈소소의 부친이자 제갈세가의 현 가주인 제갈모가 와 있었기에 제갈소소가 먹은 독에 대해 물어야 했다.

사실은 제갈소소보다 진소군이 더 상태가 안 좋았다. 진소군의 독은 강진의 힘으로 깨끗하게 처리가 되었다. 진소군 자신의 내공도 심후하니 독이 강해도 충분히 극복할 수 있었다.

하지만 진소군은 몸이 정상으로 돌아와도 스스로 움직이려 하지 않았다. 하루 종일 멍하니 허공만 응시하며 가끔씩 입속으로 뭐라고 중얼거릴 뿐이다.

강진으로서는 어떻게 손을 써야 할지 알 수가 없었다.

제갈세가주를 만나야 하는 이유 중엔 진소군의 치료법에 대해 알아보기 위한 것도 있었다. 무림에서 가장 많은 정보를 보유한 세가이니만큼 어쩌면 방법이 있으리라.

강진과 동행한 묘인은 일단 인피면구를 써서 진면목을 숨겼다. 과거 소부가 그러했듯 묘인이 강진과 같이 다니는 것은 결코 알려져서는 안 되는 은밀한 일이었다.

묘인은 거지로 분장했다. 세상에 난민이 넘쳐 나니 득세를 한 세력 중 하나가 개방이다. 하지만 세상의 거지가 다 개방은 아니고, 개방 거지만이 무공을 익힌 것은 아니다.

개방의 힘은 주로 강북에 있는데, 강남 일대에는 개방을 흉내 낸 문파들이 몇 개 생겨났다.

개방으로서는 기가 막힐 일이라 할 수 있지만 넘쳐 나는 거지들이 알아서 뭉치고 깃발을 세우니 그걸 막을 방법은 없었다.

바야흐로 거지들의 전국시대!

이제는 천하의 거지가 모두 한 울타리 안에 속하지 않고 각 지방마다 다른 무력으로 존재하며 서로를 경계하는 시절이 도래했다.

비럭질도 자기 고장에서 해야 하고, 다른 곳으로 가면 찬밥 얻어먹기도 쉽지 않다.

　강남에서 개방의 정보망이 힘을 못 쓰는 이유가 여기에 있었다.

　묘인은 요즘 새롭게 기세를 뻗치고 있는 천의문(天衣門)의 표식을 했다. 이름만 들어서는 거지들의 문파라고는 생각할 수 없는 문파가 바로 천의문이다.

　천의문의 문주인 묵설걸인(墨舌乞人) 육도는 상당한 학식을 지닌 사람으로 요즘 세상은 거지도 배워야 산다는 기치 아래 어린 고아들을 모아 앵벌이를 시키면서 그 대가로 밤마다 글을 가르쳤다.

　글을 배우는 행위가 현실의 고통을 잊고 미래에 대한 희망을 준다는 것이 육도의 주장이었는데, 과연 그가 거두어들인 거지들 중 상당수가 육도를 존경하고 따랐다.

　그런데 육도의 제자들이 점점 늘어나 세력이라 할 수 있게 되고, 그중에 무공을 할 줄 아는 사람들이 있어 세력이 무력마저 갖추니 인근의 사파들이 견제를 하게 되었다.

　이때 육도의 진면목이 드러났는데, 알고 보니 육도는 상당한 고수였던 것이다.

　문무겸전 걸인! 육도야말로 걸인계의 신성이라 할 만했다.

　일단 자신의 힘을 드러낸 육도는 더 이상 재주를 숨기지 않았다. 기존에 무공을 아는 제자들에게 체계적인 수련법을 가르치고 어린 거지들 중 재능이 있는 아이에겐 기초부터 탄탄하게 가르쳤다.

이렇게 십여 년의 세월이 흐르니 천의문은 한 지방의 거지들을 아우르게 되었다. 이때 육도의 제자들은 정식으로 걸인에서 벗어나 남들이 우러러볼 만한 문파를 세우자고 제안했지만 육도는 단호하게 말했다.

"한번 거지는 영원한 거지다. 거지로 시작한 자가 재주 좀 배웠다고 근본을 잊고 어깨에 힘을 주면 그걸 어디다 쓰겠나? 거지를 그만둘 생각 하지 말고 훌륭한 거지가 되는 것에 전념해라."

이 말에 동의한 사람도 있고 불복한 사람도 있었지만 결국 육도는 그들의 사부이고 은인이니 대부분 따를 수밖에 없었다.

이렇게 해서 정식으로 개파한 천의문은 세상에서 가장 평균 학력이 높은 거지들의 집단이라 할 수 있었다.

개방에서도 다른 걸인 문파와는 다르게 천의문만큼은 포섭 대상 일순위로 지정하고 시시때때로 은밀하게 사람을 보내 친분을 다지고 있다고 한다.

하지만 표면적으로 개방은 자신들 이외에는 어떤 걸인 문파도 인정하지 않겠다고 선언했기에 천의문과도 공식적인 친교를 맺지는 않았다.

묘인은 육도와 개인적으로 상당한 친분이 있었는데, 처음 그가 육도에게 호감을 가진 것은 바로 남들 모르게 무공을 수련하고 환난이 닥칠 때까지 그걸 남 앞에 드러내지 않았다는 데에 있다.

이 점은 바로 묘인의 집안 가훈과 통하는 것이고 육도의 집안도 마찬가지였기에 둘은 쉽게 의기투합했다.

육도가 무림 방파의 주인이 아니었다면 소부처럼 의형제를 맺었을 터이지만 고지식한 성격의 묘인은 관인의 신분으로서 무림인과 일정 선 이상의 친분을 쌓는 것을 스스로 금했다.

현재 묘인은 천의문의 대학걸인(大學乞人)의 표식을 하여 머리에 먹물로 물들인 새끼줄을 감았다.

대학걸인은 이름 그대로 천자문을 떼고 소학과 대학마저 공부한, 나름 학식있는 걸인을 뜻하니 이런 의미를 알고 있는 사람들은 거지라고 얕보는 일도 없고, 또 동냥을 할 때에도 비교적 좋은 밥과 반찬을 내주는 형편이었다.

심지어는 개방의 거지들 중에서도 검은 새끼줄을 머리에 감은 거지는 공적인 문파관의 갈등 관계에 아랑곳하지 않고 존경하는 사람이 적지 않았다.

묘인이 대학걸인 행세를 하니 말투나 행동거지가 실물과 별반 다를 바가 없었다. 관인과 거지의 차이는 바로 의복에만 있다고 봐야 할지도 모른다.

강진이 임시 총단에 도착하니 미리 전갈을 받은 사람들이 그를 기다리고 있었다.

"강 소협, 어서 오시게."

임시 맹주인 양세방이 직접 강진을 마중 나왔다. 옆에는 군사인 제갈모도 있었다.

양세방에게 인사를 한 강진은 제갈소소의 몸을 제갈모에게 건넸다.

"죄송합니다. 저 때문에 제갈 소저께서 변을 당하셨습니다."

제갈모는 안쓰러운 시선으로 딸을 보았지만 고개를 들어 강진을 볼 때에는 이미 태연한 표정으로 돌아와 있었다.

"아닐세. 대의를 위한 일에 어찌 희생을 두려워하겠는가? 딸아이도 스스로 독을 먹은 것이니 그리 마음에 두지 말게."

제갈모는 손을 뻗어 제갈소소의 맥을 짚었다. 딸의 몸 상태를 자세히 확인하려는 듯했다.

"회복될 수 있겠습니까?"

강진이 묻자 제갈모의 얼굴에 어두운 기운이 스쳐 지나갔다.

"그건 아무래도 힘들 것 같네. 어쨌든 죽지는 않을 걸세."

강진도 제갈모처럼 침중한 표정이 되었다. 예상은 했지만 혹시나 하는 마음이 남아 있었는데 역시 무리였던 모양이다.

하기야 회복이 될 정도면 강진의 내력으로 어떻게든 되었을 가능성이 크다. 아무리 제갈세가에서 만든 독이고 해독제도 있다고는 하지만 이미 독이 내장과 골수에 침투한 지 오래되었다. 죽지만 않으면 다행이라 봐도 되리라.

제갈모가 볼 때 제갈소소는 내공이 소실되었고, 뼈마디와 근육도 독기에 상해 범인의 절반에도 미치지 못하는 힘만 쓸 수 있다. 조금 걷는 것은 가능하지만 오래는 걸을 수 없으니 몸의 거동이 쉽지 않게 되었다.

시력도 약해졌는데, 일단 눈이 완전히 멀지는 않았다.

무엇보다 내장에 침투된 기운이 치명적인데, 아마 평생 아이를 가질 수 없으리라.

또한 시시때때로 몸 곳곳에서 독이 움직여 적지 않은 고통을 받게 될 터였다. 그야말로 완벽하게 폐인이 되었다.

제갈모는 이런 점들을 강진에게 일일이 설명하지 않았다. 그저 수하들에게 제갈소소의 몸을 건네주고 치료를 하라고 시켰을 뿐이다.

하지만 강진도 지금까지 제갈소소를 데리고 오며 나름대로 진맥을 하여 살릴 방도를 궁리했다. 제갈소소가 어떤 상태인지는 이미 알고 있었다.

"면목 없습니다."

강진은 다시 한 번 사과했다. 마음이 무거웠지만 어쩔 방도가 없었다.

"그런데 진 소저는 어떻게 된 건가?"

양세방이 분위기를 환기시키려는 듯 화제를 바꾸었다. 그런데 그 화제도 별로 밝지는 못했다.

"해적왕이 진 소저에게 정신적인 금제를 한 모양입니다. 기존의 섭혼술과는 다른 사술인데, 치료할 방법을 모르겠습니다."

강진은 진소군의 상태를 자세히 설명했다.

"혹시 이쪽 방면에 뛰어나신 분이 계시면 소개 좀 해주십시오."

"사술이나 섭혼술이라면 모산파가 으뜸이라 할 수 있지. 마침 모산파의 동방극, 동방 장로께서 계시니 그분에게 보이도록 하세."

"그것참 다행이군요. 지금 당장 만나뵐 수 있겠습니까?"

"물론일세."

양세방은 뒤에 서 있는 제자에게 명해 먼저 동방극에게 소식을 전하라고 시켰다. 제자가 서둘러 뛰어가고, 강진 일행은 진소군과 함께 그 뒤를 따랐다.

"그런데 이분은 누구신가? 천의문의 협개이신 듯한데."

양세방이 진소군을 짊어지고 있는 묘인에게 시선을 주었

다. 원래는 처음 만났을 때 인사를 해야 했지만 강진이 소개를 하지 않았기에 그냥 있었다. 하지만 모산파의 장로를 만나러 갈 때에는 함부로 외인과 동행할 수는 없었다.

강진도 그 점을 눈치 채고 얼른 소개를 했다.

"천의문의 대학걸인인 허인 협개이십니다. 학문과 무공이 뛰어나고 추적술의 달인이라 이번에 도움을 받았지요."

"허인이오."

묘인이 미리 정해놓은 가명으로 인사하자 양세방은 잠시 고개를 갸웃했다.

아무리 강호에 숨은 기인이사가 많아도 이 정도의 인물이 무림에 전혀 알려지지 않을 수는 없다. 거기다 추적술의 달인이라 하지 않았나. 추적술의 달인에 숨은 기인이사란 있을 수 없다.

천의문의 인물들에 대해서는 그다지 자세하게 알지 못하나 강진이 도움을 받고 또 진소군을 맡길 정도라면 벌써 알고 있어야 했다.

순간 양세방은 깨달았다.

'응안귀영 묘인!'

강진은 제갈소소가 행방불명된 비밀 거점의 분타주인 요재에게 묘인에 대한 일을 비밀로 해줄 것을 부탁했다.

요재는 그걸 충실히 지켜 가족이나 수하들에게도 묘인이

왔다 갔다는 것을 알리지 않았다. 하지만 위에 올리는 보고서에까지 숨길 수는 없는 법.

일급 비밀의 딱지를 붙여 올린 보고서에는 강진이 묘인과 함께 제갈소소를 찾으러 떠났다는 사실이 적혀 있었다.

양세방은 이미 그걸 읽었기에 눈앞의 거지가 누구라는 것을 쉽게 깨달을 수 있었다.

'그렇군. 묘 포두의 정체는 숨겨야겠지.'

순간적으로 판단한 양세방은 미소를 지으며 자연스럽게 포권을 취했다.

"허 협개셨군요. 명성은 많이 들었습니다."

강진은 그 짧은 시간의 변화를 보고 살짝 고개를 돌렸다.

'양 대협이 눈치 챘군. 어쩔 수 없겠지.'

관계에서 잔뼈가 굵은 묘인도 눈치 챘다. 하지만 양세방이 말을 하지 않으니 그도 계속 모른 척 허인 행세를 했다.

양세방이 눈치를 챈 이상 무림맹 내에서의 비밀 유지는 그가 신경을 써줄 테니 그 부분은 오히려 신경을 안 써도 될 것 같았다.

인사를 끝낸 일행은 모산파의 구역으로 갔다.

모산파는 일반 무림 방파랑 조금 성질이 달라서 무공보다는 환술이나 도술에 심취해 있는 집단이다.

보통 그런 쪽을 중시하는 교파는 사이한 성격을 띠기 쉬워

종국에는 사교로 변화하여 혹세무민을 하게 된다. 그리하여 대부분의 무림인들은 무공이 아닌 이런 술법들을 사술이라 하여 경시하는데, 이것은 독을 암수라고 싫어하는 것과 일맥상통하다.

하지만 모산파는 그런 쪽으로 일가를 이루었고, 행동이나 규칙도 일반 방파와 다른 구석이 많음에도 불구하고 정파의 대열에 속해 있었다.

원나라 때 맥이 끊긴 전진파의 진전을 이었다는 소문도 있는데, 따지고 보면 전진파는 무당파에도 영향을 준 도가의 고조라 무당파는 항상 모산파와 친분을 유지했다.

모산파는 확실히 특이한 규칙이 많아서 평소에는 자신들의 구역에서 잘 나오지 않는다. 무림맹에서도 모산파의 도사들을 위해 따로 그들의 구역을 정해주고, 그 안으로는 함부로 들어가지 않았다.

양세방이 일행을 데리고 모산파 구역의 경계선으로 가자 입구를 지키고 있던 제자들이 알아보고 인사를 했다.

양세방은 손을 들어 그들의 인사를 받고 말했다.

"동방 장로께서는 계신가? 사술에 걸린 사람이 있어 도움을 청하고자 하네."

"잠시만 기다리십시오."

모산파의 제자들이 새소리를 내어 안쪽에 신호를 보내자

안쪽에서 마치 메아리가 울려 퍼지듯 새소리가 규칙적으로 계속 울렸다. 거리가 점점 멀어지는 것이 소리를 연결하여 먼 거리까지 빠르게 연락을 하는 것처럼 느껴졌다.

"이상하군. 모산파의 구역이 이렇게 넓었나?"

양세방은 이해하기 어려운 표정을 지었다. 그러자 모산파의 제자가 설명했다.

"원래는 그렇게 넓지는 않지만, 장로께서 조용한 것을 좋아하셔서 따로 진을 설치했습니다. 소리를 차단하고 방향을 뒤틀어 일직선으로 나아가기 어렵게 한 진이라 상대적으로 거리가 늘어난 셈이지요."

"그렇군. 과연 모산파답네."

양세방이 감탄하고, 제갈모도 대단하다는 표정으로 고개를 끄덕였다. 제갈세가에서도 기문진식에 일가견이 있지만 모산파의 것은 확실히 특이한 구석이 있어 결코 얕볼 수 없었다.

잠시 후, 안쪽에서 다시 새소리가 들려오자 제자가 문을 열었다.

"제가 안내하겠습니다. 제가 가는 길로 따라오시면 길을 잃지 않으실 겁니다."

다른 길로 새면 안전을 장담할 수 없다는 무언의 협박일까? 그는 말을 하자마자 바로 몸을 돌려 앞서 걸어갔다.

　구역 안으로 들어가니 과연 사방이 짙은 안개로 뒤덮여 있었는데 오직 정면으로 뚫린 길만 안개가 없었다. 길은 일직선으로 뻗어 있는 것 같으면서도 약간씩 굴곡이 있는데, 신기하게도 한참을 걸어도 계속해서 이어졌다.

　오직 강진만이 이 길이 이리저리 미로처럼 구부러져 있는 상태이고 그들이 백여 장의 거리를 다섯 배나 더 돌아서 걷고 있는 중이라는 것을 알 수 있었다.

　구역 안으로 들어가면 갈수록 안개는 더욱 짙어졌는데 사람의 기척은 전혀 느껴지지 않았고 가끔씩 새들이 우는 소리만 들렸다.

　자세히 들어보면 새들의 울음소리에 묘한 규칙이 있어서 그것이 사람의 청각을 혼란하게 만드는 역할을 하는 듯했다.

　한참을 걸으니 안쪽으로 다시 담이 나오고, 문이 있는 쪽에 두 사람이 지키고 서 있는 모습이 보였다.

　문 안쪽으로는 한 명의 소동이 그들을 마중 나와 있었는데 양세방은 그 아이를 알아보았다.

　"초몽이구나. 사부님께서는 안녕하시냐?"

　"양 숙부님, 오랜만이에요. 사부님께서는 이미 준비하고 기다리고 계세요."

　초몽이라는 아이는 동방극의 제자로 모산파 장문인의 막내아들이라고 했다.

강진이 보기에 커다란 눈에 또랑또랑한 빛이 흐르고 근골도 훌륭하여 모산파 사람들이 큰 기대를 하는 재목인 것 같았다. 하기야 동방극은 모산파에서 최고의 고수인데 그의 유일한 제자가 되려면 인연도 인연이지만 재능이 뒷받침되어야 할 터이다.

"어서 들어가세요."

초몽은 문을 열며 말했다. 문고리에 달린 문양을 기묘한 동작으로 비트는 것이 문에도 기관이 설치되어 있는 모양이다.

"이상하군, 모산파는 환술로 유명하지만 기관진학이 뛰어나다는 소리는 못 들었는데."

뒤에서 허인으로 분장한 묘인이 중얼거렸다. 그러자 양세방이 웃으며 답했다.

"확실히 모산파가 기관진학에 뛰어난 성취를 이루었다는 사실을 아는 사람은 많지 않소이다. 그리고 원래 기관진학과는 인연이 없었던 것도 사실이오. 하지만 전전대 장문인인 삼절무녀께서 따로 기연을 만나 기관진학에 대한 비결을 얻으신 후 비밀리에 발전을 해왔지요. 이 일은 외부 사람에게는 쉽게 밝히지 않는 일이니 허 협개께서도 조심을 해주시기 바라오."

"그랬었군요."

허인은 알았다는 듯 고개를 끄덕였다. 환술에 능한 모산파가 기관진학에도 상당한 수준에 이르러 있다면 그 위력은 상상하기 어려울 것이다.

그때 방 안에서 쇠를 긁는 듯한 목소리가 들려왔다.

"그걸 아는 사람이 이렇게 외인을 우르르 데려오는 것은 무슨 심술인가?"

동방 장로이리라. 양세방은 급히 포권을 취하며 답했다.

"상황이 급해서 그런 거니 동방 장로께서는 너무 화내지 마시오. 내 사과하리라."

"흥, 천하의 양세방이 맹주가 되더니 허리 근육이 많이 부드러워졌군. 빨리 들어오시게."

"어서 들어갑시다."

빨리 들어오란다고 어서 들어가잔다. 강진이 느낀 동방극의 성격은 수행자답게 깐깐하기 이를 데 없어 보였는데 양세방에게는 어느 정도 마음을 연 듯했다. 또 양세방도 동방극에게는 특유의 뻣뻣함을 드러내지 않았다.

방 안은 상당히 넓어서 건물 한 층이 모두 하나의 방으로 되어 있음을 알 수 있었다.

가히 대전이라고 말할 수 있는데, 특이한 것은 사방의 벽에 창문이라고는 전혀 없고 온통 가면이 붙어 있었다.

사람의 얼굴은 물론이고 각종 짐승들, 새들, 그리고 마귀들의 가면까지 모두 갖춰져 있어 경극 상품을 전문적으로 파는 곳보다 열 배는 더 다양해 보였다.

천장 또한 범상치 않아서 수천 조각의 구름이 그려져 있는데 해나 달은 보이지 않아 약간 칙칙한 기분이 들게 했다.

그래도 가장 특이한 것은 바닥이었는데, 도가의 선인들로 이루어진 만다라가 대전 가득 그려져 어디를 밟아야 할지 감이 잡히지 않았다.

모산파 역시 도가 문파이니 선인의 그림을 잘못 밟았다가는 무례하다고 칼을 던져도 할 말이 없는 것이다.

중앙에 단을 쌓고 앉아 있는 사람이 한 명. 분위기로 보아 그가 동방극인 듯했다.

동방극은 일행이 문 안으로 들어서자 소매를 저었다. 그러자 소매 속으로부터 하얀 천이 흘러나와 오솔길처럼 구불구불한 형태로 깔렸다.

"천을 밟고 오면 선인에게 무례를 범하지 않을 수 있을 걸세."

"허, 이 글은 올 때마다 바뀌는군."

"그건 자네가 날 한 달에 한 번도 안 찾아온다는 소리지."

"그런 거였소? 커흠."

도가 만다라의 그림 배치가 한 달에 한 번 바뀐다는 소리에 강진은 이 그림이 하나의 진법에 따른 것임을 깨달을 수 있었다. 다른 곳에서는 한 번도 보지 못한 방식이다.

그런데 강진이 다시 자세히 보니 바닥에 그려진 그림은 물감이 아닌 색 입힌 모래를 뿌려 모양을 만든 것이었다. 그리고 미세하게 움직이고 있었다.

"선인들이 스스로 배치를 바꾸는군요. 그러고 보니 구름도 흐르고 있고, 아무래도 우리들이 들어오면서 변화하는 것 같습니다."

동방극이 갑자기 크게 웃었다.

"껄껄껄, 그걸 알아보다니? 자넨 누군가?"

"심양 태생의 강진이라고 합니다."

"홍의검협? 그런데 왜 백의를 입고 있지?"

"원래 이 옷이 붉은색이었는데 입고 다니다 보니 하얗게 되더군요."

"오호, 그것참 특이하군. 어서 이리 오게. 내 자네 옷자락을 한번 만져 보고 싶네."

동방극이 손짓을 하여 재촉하니 사람들은 천으로 난 길을 따라 걸어 중앙까지 나아갔다. 과연 천이 깔린 곳에는 선인들이 없었다. 이게 왜 전에는 보이지 않았을까 신기할 정도였다.

강진이 동방극 앞에 서자 동방극은 자리에서 일어나 강진이 소맷자락을 손으로 만져 보았다. 호기심이 극도로 높은 사람인 듯 눈이 반짝반짝 빛났다.

"한 번도 보지 못한 재질이군. 천잠사 종류 같은데 말이야."

"특이한 천잠에 다년간에 걸쳐 기를 주입하니 천잠사도 성질이 바뀌었다고 하더군요."

"오호, 과연 그러면 더욱 질겨지고 기에도 민감하게 반응하니 아주 좋겠군. 혹시 천이 더 있는가?"

"선대가 만든 것이라 이 옷뿐입니다. 만드는 법도 구체적으로 전해지지 않았지요."

"그런 안타까운 일이! 내 이런 천잠사를 얻을 수만 있다면 만금을 줘도 아깝지 않네."

자꾸 천에 연연하는 것과 아까 소매에서 긴 천이 흘러나온 것으로 보아 동방극의 무기는 바로 천일지도 모른다는 생각이 들었다.

"혹시 그 옷 팔지 않겠나?"

"죄송합니다. 우리 적포문의 보물이라 다른 분께 드릴 수는 없군요."

"크윽, 적포문이라……. 그렇군."

"이제는 백포라 해야 할지도 모르지요."

"껄껄껄, 거참 말을 잘하는 사람이로군."

동방극은 미련을 끊은 듯 시선을 진소군에게 돌렸다.

"이혼대법 비슷한 것에 걸렸나 보군. 혼백에 상처를 입어

정신이 나간 상태야."

"해적왕이 한 짓입니다."

해적왕의 이름이 나왔는데도 동방극은 안색 하나 변하지 않고 진소군의 맥을 짚고 눈을 까뒤집어보는 등 자세히 살폈다.

그러나 시간이 지날수록 동방극의 안색이 조금씩 굳어갔다.

"허참."

"방법이 있겠습니까?"

동방극은 어색하게 웃었다.

"사실 난 해적왕의 섭혼술에 걸린 사람을 처음 보거든. 해적왕어 그런 수법에 능숙하다는 말도 들어보지 못했을 정도니."

"예."

"근데 이 소저의 상태로 볼 때 해적왕이 정말 무서운 건 무공뿐만이 아니라 이쪽 방면인 게로군."

"그럴지도 모르겠습니다."

"이건 쉽게 고칠 수 있는 성질의 것이 아니야. 아주 복합적인데, 술법 쪽도 그렇거니와 무공 쪽은 내가 손대기 어려운 경지거든. 쉽게 말해 진 소저의 머릿속에 해적왕의 내력이 그대로 살아 있다는 거지."

"아, 그런 거였군요."

"오잉, 방금 한 소리가 무슨 뜻인지 이해했나?"

동방극은 강진이 납득한 표정을 짓자 상당히 놀란 표정으로 되물었다.

"예, 기를 뭉쳐서 혈도 안에 집어넣은 채로 유지하는 거 아닙니까?"

"어, 혹시 강 소협도 그거 되나?"

"예. 사부님께 배웠습니다."

강진은 얼마 전 적포천존이 장대근의 머릿속을 이 수법으로 제압한 걸 기억하며 속으로 웃었다. 나중에 강진 자신도 강기를 자유롭게 다룰 수 있는 경지에 도달하고, 몸에서 떨어진 강기의 힘이 장시간 유지될 수 있게 연습했다.

해적왕도 그런 경지에 도달해 있는 모양이다. 하기야 그자의 무공이 강진보다 우위에 있으니 강진이 할 수 있는 것은 대부분 할 수 있다고 봐야 한다. 단지 그게 섭혼술에도 쓰일 수 있다는 사실은 처음 알았다.

강진이 된다고 말하자마자 동방극은 허리를 세워 상체를 앞으로 기울여 강진에게 반 자 정도 가까이 접근했다. 그리고는 두 손을 뻗어 강진의 손을 덥석 잡았다.

"자네 혹시 모산파에 들어와 술법을 익혀볼 생각 없나?"

"예?"

"자네가 모산파에 들어온다면 내 약속하는데 삼 년 뒤에는 모산파 장문인의 자리를 물려주겠네."

이건 또 무슨 황당한 제의인가? 강진은 당황했다. 옆에서 구경하던 사람들도 입을 벌리고 뭐라고 말을 하지 못했다. 특히 양세방은 한숨을 내쉬며 고개를 절레절레 내저었다.

강진은 최대한 정중하게 대답했다.

"아, 저는 이미 적포문 사람입니다만……."

"그거야 무슨 상관이 있나? 우리 모산파는 제자들의 출신을 따지지 않는다네. 왕후장상의 씨앗이라고 해도 출가하면 다 똑같은 도인일 뿐이 아닌가? 또 우리 모산파는 입문 제자들에게 속세의 인연을 정리하라고 강요하지도 않지. 강 소협이 적포문 사람이면 또 어떤가? 적포문 사람이자 모산파 제자를 겸하면 되는 걸세. 설령 강 소협이 적포문의 평제자라고 해도 모산파 장문인이 될 수 있는 거니 크게 신경 쓰지 말게나."

"언제부터 모산파 문호가 그렇게 크게 열린 거요?"

보다 못한 양세방이 한마디 했다. 그러자 동방극은 양세방을 노려보며 말했다.

"양 맹주 대리, 내가 문파 얘기 할 때에는 좀 조용히 해달랬지? 이게 농담인 줄 아나? 맹주 대리는 백팔 신선에게 죽도록 두들겨 맞아본 경험을 못해봤지?"

"어험, 계속하시오. 내 조용히 있으리라."

"잘 생각했네. 아무리 양 맹주 대리라고 해도 여기 들어오면 우리 규칙에 따라주어야 하지. 여길 나가면 내가 양 맹주 대리의 규칙에 따르겠지만 말이야. 껄껄껄."

뜬금없이 웃음을 터뜨린 동방극은 다시 강진을 보며 재촉했다.

"어떤가? 강 소협이 고개만 한 번 끄덕이면 삼 년 뒤에는 모산파가 통째로 그대 것이 될 걸세."

"다른 사람 몸속에 기를 심을 수 있는 것이 그렇게 중요합니까?"

"험, 그건 아주 중요하지."

강진이 노골적으로 묻자 동방극은 헛기침을 한 번 했다.

"우리 모산파에는 원래 한 분의 뛰어난 도사께서 계셨는데, 그분이 모산파의 술법을 싸악 정리하셨단 말일세. 그래서 모산파가 크게 발전했지."

"예."

"그런데 말이야, 사실은 그분이 정리한 걸 우리 후대 제자들이 익히려 해도 태반은 손도 못 대보는 상황이란 말일세. 초반 절반만 해도 대단하지만 후반부의 신묘함에 비하면 앞에는 기초라고 쓰여 있으니 우리 모산파 제자들은 술법의 기초만 배울 수 있을 뿐이지."

동방극은 한숨을 내쉬었다.

"그게 모두 그놈의 타인의 몸속에 기를 심는다는 구절 때문이거든. 그거 되는 사람이 지난 백여 년간 아무도 없었고, 또 책에는 그게 어떻게 될 수 있는지조차 쓰여 있지 않으니 이게 얼마나 답답한 일인가?"

"그렇겠군요."

"내 강 소협에게 장문인 자리를 넘길 테니 그걸 보고 빠진 부분에 대해 자세한 설명을 좀 해주게. 다른 거 안 바라네. 그 타인의 몸에 기를 심는다는 수법이 어떤 이치인지, 또 그걸 익히기 위해서는 어떤 수련을 해야 하는지만 가르쳐 주게나. 그러면 나를 비롯해 모산파의 제자들이 모두 강 소협에게 허리를 굽힐 걸세."

동방극의 눈동자는 진지했다. 그야말로 이 한 가지 수법을 배울 수만 있다면 어떤 대가도 마다하지 않고 치르겠다는 집념의 불길이 눈에서 타오른다. 그러나 강진은 섣불리 승낙을 할 수 없었다.

"죄송하지만 이건 이치나 수련법을 따로 설명하기가 어려운 무공입니다. 그러니까 일단 기를 실체화해서 강기를 발출할 줄 알아야 그 뒤로 제대로 수련을 할 수가 있는 겁니다."

"허극, 강기(罡氣)?"

"예, 강기입니다."

"그래서 해적왕이나 적포천존만 쓸 수 있는 거였군. 후우."

동방극은 크게 낙담한 듯했다. 하기야 그들이 아무리 죽어라고 무공을 수련해도 절대삼무의 경지에는 이르지 못하리라.

잠시 후 동방극은 미련을 털어버리려는 듯 고개를 절레절레 저으며 중얼거렸다.

"어쨌거나 삼절무녀께서 말년에 그런 경지에 올랐었다는 걸 알게 되었으니 이걸로 된 거지. 암, 우리 모산파도 알고 보면 훌륭한 무공이 적지 않단 말이야."

동방극은 입가에 미소를 지으며 흠흠 하는 소리를 내었다. 그리고는 갑자기 품속에서 한 권의 책을 꺼내 강진에게 건넸다.

"이건 무엇입니까?"

"별건 아니고, 삼절무녀께서 남기신 술법총요 중 후반부일세. 내가 말한 그 부분을 따로 정리한 거지. 가지게."

"예?"

"모든 물건에는 주인이 있는 법. 우리 모산파는 자격이 있는 자에겐 비법을 아끼지 않는다네. 당금 천하에 승려나 악인 빼고 그걸 익힐 수 있는 사람은 강 소협뿐이니 강 소협이 익히도록 하게나."

"그래도 되겠습니까?"

"되고 말고를 떠나서 지금 이 소저의 상태를 고치려면 그걸 연구하는 수밖에는 없다네. 그러니 강 소협이 익혀서 알아서 고치게."

"아, 그게 그렇게 되는군요."

동방극의 말은 틀림이 없었다. 진소군을 고치려면 강기를 쓸 수 있는 사람이 해적왕에 필적하는 술법을 익혀야 하는 것이다. 그런데 어느 세월에? 강진은 난감한 표정을 지었다.

그러다가 문득 한 가지 떠오른 생각이 있었다.

'이런, 내가 이 책을 펴서 내용을 보는 순간 모산파와는 인연을 맺는 것이 된다. 또 이 정도 되는 술법은 따로 기초를 제대로 수련하지 않으면 안 될 터. 이자가 지금 나한테 낚싯바늘을 던진 거구나!'

먼저 화려한 미끼를 던져 주고 낚싯바늘을 물게 한다. 동방극의 의도는 명확했다.

동방극은 강진이 일단 책의 내용을 보면 그 안에 담긴 신묘한 술법에 빠져들게 될 거라고 믿고 있는 것이다. 그 뒤로는 스스로 모산파의 문호 안으로 들어올 테니 앉아서 기다리기만 하면 된다.

강진은 책을 돌려주고 싶었다. 하지만 그럴 수도 없는 것이 진소군을 치료할 방법은 이 안에만 있는 것이다.

'그냥 확 모산파에 들어?'

생각해 보니 모산파 장문인이 되어도 하등 문제가 될 것은 없다. 현재 강진은 적포문의 문주이지만 따로 복잡한 문규가 있는 것도 아니다. 모산파 장문인을 겸한다고 하면 사부는 오히려 좋아할 가능성이 크다.

'아니다. 내가 지금 무공 하나만 해도 앞길을 몰라 헤매고 있는데, 여기에 다시 술법까지 수련할 수는 없다. 모산파에 들고 안 들고를 떠나 지금은 다른 데에 한눈을 팔면 안 된다.'

강진은 거절하기로 생각을 굳혔다. 그러나 역시 진소군을 생각하니 주저하게 된다. 잠시 고민하던 강진은 동방극에게 말했다.

"이런 귀한 것을 주시니 사양하지 않겠습니다. 하지만 제가 당분간은 해적왕과 싸우기 위해 무공 수련에 전념해야 하니 아마도 이걸 보는 것은 그 뒤가 될 것입니다."

서둘 거 없다. 강진은 그렇게 결론을 내렸다. 일단 급한 불을 끄면 나중엔 모산파에 들든 따로 방법을 찾든 할 수가 있으니 손에 들어온 책을 다시 돌려줄 필요는 없지 않은가?

동방극도 그거야 당연하다는 듯이 대답했다.

"내 준다고 했으니 그걸 구워먹든 삶아먹든 알아서 하게나."

확실히 동방극이란 사람은 통이 컸다. 문파의 최대 비전을 가지고 낚시를 하면서도 여유가 있으니 의도야 어떻든 간에 호감이 갔다.

강진은 일단 진소군을 데리고 그곳을 나오려 했다.

당장은 고칠 수 없으니 따로 진소군을 보호할 곳을 찾아야 한다. 해적왕은 한 번 손에 넣은 사람은 절대로 포기하지 않는다고 했다. 그런 만큼 진소군은 가장 위험한 처지이고, 그녀가 있는 장소는 해적왕의 공격을 받을 가능성이 항상 있는 셈이다.

그때 동방극이 다시 강진을 잡았다.

"잠깐, 이왕 왔으니 한 가지만 더 부탁함세."

"말씀하십시오."

비급까지 얻었으니 웬만한 부탁은 거절할 수 없다. 강진은 정중히 답했다.

동방극은 손을 휘익 저어 대전의 천장과 바닥을 가리켰다.

"이게 뭔지 아는가? 모두 해적왕을 상대하기 위한 거라네."

"알고 보니 그랬군요."

"암, 해적왕이 안 오면 모르지만 일단 오면 이쪽도 뭔가 상대할 방법을 강구해야 하지 않겠나? 우리 모산파에서는 이 역만상다라진을 준비했다네. 바로 삼절무녀께서 남긴 비법 중 하나이지."

"확실히 대단한 힘이 느껴집니다."

"그렇지? 해적왕이 이 구역 안으로 들어오면 내 한번 자웅을 겨뤄볼 생각일세. 그런데 말이야, 그게 자웅을 겨룬다고 해도 적이 얼마나 강한지 실감이 안 나니 승산을 점칠 수가 없단 말이지. 다른 사람도 아니고 절대삼무 아닌가? 명호에 절대가 들어가니 이쪽도 절대 이긴다고는 장담할 수 없는 거 아니겠나?"

"알겠습니다."

"응? 뭘 알아?"

"저를 상대로 진을 시험해 보겠다는 말씀 아니십니까?"

"아, 맞네. 어떤가? 괜찮겠나? 문제는 이걸 한 번 발동하면 정교하게 제어하기가 좀 힘들어서 꼭 다치지 않는다고는 말할 수 없네."

"저는 이미 대답했습니다. 만약 제가 버티지 못한다면 해적왕을 상대할 방법이 하나 생기는 셈이니 해볼 만하겠군요."

"껄껄껄, 내 강 소협의 성격이 그렇게 화통할 줄 알았네."

동방극은 크게 한 번 웃고 다시 소매를 떨쳐 하얀 천을 바닥에 깔았다.

"이걸 따라 걸어가서 천 끝을 벗어나는 순간 진이 발동될 걸세. 그곳이라면 사문은 아니니 잘못되어도 죽지는 않겠지."

"그럼 시작하겠습니다."

강진이 바로 천 위를 걸어가자 다른 사람들도 호기심 어린 눈으로 그의 등을 보았다.

절대삼무 이후 최고의 고수라 할 수 있는 강진, 절대삼무를 상대하기 위해 만든 기문진!

어떤 결과가 나올까? 어느 쪽이든 안목을 크게 넓힐 기회라 할 수 있다.

강진은 하얀 천 위를 걸으면서 주변의 기운이 움직이는 것에 주의를 기울였다. 또한 발바닥 아래로 느껴지는 천의 촉감과 그 아래 깔린 모래의 성질에도 신경을 썼다.

하얀 천이라고만 생각했던 천에 문양이 있다는 것을 알게 된 것도 그때였다. 하얀 천에 하얀 실로 수를 놓아 얼핏 봐서는 잘 안 보이지만 적포 역시 그런 식의 안배가 있었기에 알아보기 쉬웠다.

범어로 된 주문이 천에 빽빽하게 새겨져 있었다.

마침내 강진은 천 끝으로 가서 섰다. 그리고는 심호흡을 한 번 하고 천을 벗어났다.

순간, 강진은 발밑이 사라지는 느낌에 즉시 기를 끌어올려 허공으로 몸을 띄웠다. 과연 어느새 대전 안의 광경은 사라지고 하늘 한가운데에서 날고 있는 자신을 발견했다. 발아래로 땅은 보이지 않고 구름만 흘러가는 것이 가만히 있었다가는 어디까지 떨어질 것인지 알 수 없었다.

'환상인가!'

강진은 바닥이 없는 게 아니라 느끼지 못하는 게 아닐까 하고 생각했다. 하지만 정말로 느끼지 못하면 없는 것과 마찬가지이다.

'적어도 기감을 속일 정도의 환상이다.'

모산파에 기문진의 위력은 상상 이상이었다. 강진은 그대로 허공에 몸을 띄운 채 전신의 감각을 극대화시켰다. 기문진에 빠지면 결코 당황하여 경거망동해서는 안 된다는 것은 상식이다.

그리고 시험을 받는 입장이니 진이 완전히 발동될 때까지 기다려 변화를 봐야 한다. 그래야 나중에 이게 어느 정도 효과가 있는지 설명을 해줄 수 있다.

조금 있으니 사방에서 사람들의 웃음소리와 울음소리가 섞여 들려오기 시작했다. 주변을 보니 시체들이 허공에 떠서 다가오고 있었다.

그러다가 문득 섬뜩한 기운이 들어 위를 보니 하늘에서 신선들이 하강하는데 제각기 손에 무기를 들고 있었다. 봉신연의에 나오는 나탁이나 양선을 비롯해 한가락 한다는 신선들이 모두 있었다.

꽈등!

선인 중 한 명이 짧은 채찍을 휘두르자 번개가 쳐서 강진의 머리 위로 떨어져 내렸다. 동시에 또 한 신선이 들고 있던 창은 끝에서 불꽃을 뿜어냈다.

강진은 번개를 피하고 불꽃을 호신강기로 흘려냈다. 열기를 보니 이건 진짜다. 맞으면 죽거나 다칠 수 있다.

"대단하군!"

기합 겸 탄성을 지르며 강진은 몸을 위로 날렸다. 그러자 신선들도 강진과 함께 위로 솟구쳐 올라갔다. 신선의 자존심을 걸고 인간보다 아래에서 날 수는 없다는 것처럼 보였다.

아래쪽에서 죽은 시체들이 원령처럼 손을 위로 치켜들며 강진에게 혼자 가지 말라는 듯 울부짖었다. 신기하게도 그 손짓과 곡성에 강진은 몸이 무거워지며 다시 아래로 처졌다.

그사이에도 신선들은 제각기 법기와 도술을 이용해 강진을 공격해 왔다. 전신에 느껴지는 압력과 살기에 피부가 저릿할 정도였다.

"이 정도면 과거 흑룡왕 나용문에 필적하다."

강진은 언제까지나 피하거나 막기만 해서는 안 되겠다고 생각하고 처음으로 검을 뽑아 출수를 했다.

마음이 움직이니 검은 이미 휘둘려지고 강기가 무지개처럼 사방으로 퍼졌다.

휘리리리링, 파파파팍!

중간에 걸리는 상대의 공격을 모두 파쇄하며 나아가는 강기의 힘은 그야말로 무적이라 할 만했다. 그러나 하늘은 넓고 신선들은 빨랐다.

강기가 아무리 강해도 피해 버리면 소용이 없다. 보통 사람은 피할 엄두도 못 내겠지만 신선들이라 그 정도는 당연히 피했다.

"좋지 않군."

단순한 환상이라면 방금의 강기로 대전 전체가 터져 나갔을 것이다. 그러나 강기의 힘은 망망대해에 돌 하나 던진 것처럼 흔적도 없이 사라졌다.

힘만으로는 안 된다. 강진은 본능적으로 그걸 느꼈다. 그러나 기문진에 대해서 그렇게까지 아는 것이 없는 강진으로서는 딱히 머리를 쓰려고 해도 할 게 없었다.

상대는 실제 사람이 아니라 기문진에 의한 환상이니 속이거나 도발을 할 수도 없다.

"실제 사람이 아니다."

강진은 그 말이 마음에 와 닿는 것을 느꼈다. 그렇다면 상대는 자신의 움직임에 따라 반응할 터.

단지 이건 단순히 함정처럼 파놓은 채 놔두는 것이 아니라 동방극이 중앙에 앉아 진을 조종하고 있으니 가만히 있어도 상대는 능동적으로 공격을 해온다.

"어쨌거나 이것들 모두가 실물은 아니란 거다."

강진은 다시 한 번 사방의 모든 대상이 환상이라는 것을 되뇌었다.

"하압!"

콰콰콰콰!

결심을 한 강진은 연속으로 검을 휘둘러 사방의 선인들을 적극적으로 공격하기 시작했다. 비단 선인들뿐만이 아니라 원령이 된 시체들도 파괴해 보려고 했다.

그런데 선인들은 강진의 공격을 모두 피해 버렸고, 시체들은 멍하니 얻어맞고 산산조각이 나지만 어디선가 계속해서 몰려와 오히려 점점 수가 많아졌다.

"끝이 없군!"

이대로 가다가는 기력이 소진되어 버린다. 아직 걱정할 정도는 아니지만 내공이 무한할 수는 없다는 것을 강진은 알고 있었다. 주변의 대기로부터 기운을 빌리려 해도 선인들의 영향 때문인지 조금도 몸 안으로 흡수되지가 않았다.

마땅한 대응책이 생각나지 않는다. 강진은 고민을 하면서도 계속해서 공격을 가했다. 가만히 있는 것보다 공격을 하는 쪽이 아무래도 상대의 빈틈을 찾아내기 쉬울 것 같았다. 하지만 연이은 거센 공격 속에서도 강진은 흥분하지 않았다. 그의 눈은 더욱 차가워지고 마음은 냉정해졌다.

*　　　*　　　*

"허참, 어떻게 저럴 수가 있지?"

동방극은 두 팔의 소매로부터 각각 세 자락씩 도합 여섯 개의 긴 천을 사방으로 날려 보내 역만상다라진을 조종하고 있었다.

이 진의 위력을 누구보다도 잘 알고 있는 동방극이었기에 나름대로는 강진을 제압할 자신이 있었다. 그런데 막상 진을 발동시키고 강진이 어떻게 대응하는지를 보았을 때, 동방극은 기가 막혀 연이어 헛웃음만 흘렸다.

놀란 눈으로 강진을 관찰하는 사람은 동방극만이 아니었다. 다른 사람들도 모두 벌어진 입을 다물지 못했다.

강진은 대전 한가운데에 떠서 바둥거리고 있었다. 그런데 문제는 그가 허공에 그냥 떠 있는 게 아니라 머리를 바닥으로 한 채 거꾸로 떠 있다는 데에 있다.

"기문진의 위력이 저런 것이오?"

양세방이 물었다.

"아니, 기문진이 아무리 신묘해도 사람을 어떻게 저런 식으로 띄울 수 있겠나? 저건 강 소협이 스스로 뜬 거야."

"그럼 왜 거꾸로 떠 있소?"

"강 소협에겐 하늘과 바닥이 거꾸로 느껴질 테니까. 거참, 사람이 어떻게 반 시진이나 허공에 떠서 버틸 수 있지? 양 맹주 대리는 그런 걸 들어본 적 있나?"

"뭐, 사람이 하늘을 난다는 소리는 들어봤소. 그런데 얼마나 날 수 있는지는 모르오."

"이대로 가면 얼마나 날 수 있는지 알게 되겠군. 껄껄껄, 언젠간 떨어지겠지만 말이야."

어쨌거나 강진이 진에 빠져 반 시진이나 나오지 못하고 있는 것은 틀림없었다. 동방극은 기분이 나쁘지 않은 듯 다시 웃었다.

그가 손을 휘젓자 하얀 천들이 펄럭이며 바닥에 깔려 있던 형형색색의 모래가 위로 말려 올라갔다가 다시 흩날리며 떨어졌다. 그런데 그것은 때로는 검의 형상을 했다가 다시 방패의 모양이 되기도 했다.

원래 모래들이 그려내고 있던 선인들의 모양은 전혀 손상되지 않은 채 주변의 기묘한 문양만 계속해서 변했다.

그 모래들은 강진이 몸에서 강한 기를 내뿜을 때마다 더욱 강하게 흔들렸는데, 양세방과 같은 고수는 모래로 인해 강진의 기가 점점 흩어져 모두 벽 쪽으로 흘러가는 것을 느낄 수 있었다.

그런데 일단 벽에 닿은 기운은 가면의 입속으로 빨려 들어가 흔적도 없이 사라졌다. 그러니까 강진이 아무리 공격을 해도 그 힘은 대전 안에 머물지 못하고 허공을 때리는 셈이라 할 수 있었다.

"허, 정말로 강기를 막아내는군."

"껄껄껄, 그렇지 않다면 왜 그토록 시간과 자본을 들여 이걸 만들었겠나? 어떤가? 예산만 확보되면 이 기문진을 대여섯 군데에 설치할 수 있네."

"열 근이나 되는 보석 가루는 황금으로 백 근이 넘는 금액이오. 그걸 다섯 군데나 만들다니? 무림맹 일 년 예산을 전부 들이부어도 반도 못 미칠 거요. 그리고 이게 다섯 군데라면 무림맹 총단 전체를 모산파 구역으로 인정해 달라는 소리밖에 더 되겠소?"

"그만큼 안전해지지 되는 거 아닌가?"

그들의 대화에 허인으로 분장한 묘인은 문득 깨닫는 바가 있었다.

'모산파 장문인이 왜 이런 비전을 외부인에게 보이는가 했더니 맹주로부터 자금과 영역을 확보하기 위한 시범이었구나. 모산파 같은 도사들의 집단도 돈을 따지다니.'

하기야 바닥에 깔린 모래가 모두 보석 가루라고 한다면 그 가치가 범인의 상상을 초월할 것이다.

원래 모산파에서는 그다지 돈에 연연하지 않았다.

하지만 구슬이 서 말이라도 꿰어야 보배라고 한다. 모산파에서는 선대가 남긴 비술이 있어도 그걸 만들 자금이 없으니 오로지 책으로만 공부를 해야 할 뿐 실습할 기회가 없었다.

결국 무림맹이 설 때 도움을 주면서 가까스로 하나의 역만상다라진을 만들 수 있었지만 아직 익숙하게 모든 것을 이해했다고 할 수는 없었다.

특히 이 진은 처음부터 진을 만들고 계속해서 운용의 연습을 한 사람만이 겨우 조종할 수 있게 되어 있다.

진의 기운과 변화에는 중앙에 앉아 조종하는 자의 능력과 성품까지 섞여 버리기 때문에 다른 사람으로 대체하는 것은 처음 설치하는 것보다 훨씬 힘들어서 적어도 백여 일 동안은 제 힘을 발휘하지 못한다. 그러니 지금 같은 상황에서 사람을 바꿀 수도 없다.

실제로 이걸 다룰 수 있는 사람은 동방극 혼자였는데, 다른 모산파 인사들도 이 진에 대해 지대한 관심을 보이고 있었다.

이제 무림맹에서 총력을 기울여 몇 개 더 만들어주기만 한다면 모산파의 주요 인사들은 모두 이런 진법에 대한 큰 성취를 이루게 될 터이다.

"어떤가? 일단 효과는 확실하니 한두 개라도 더 만들어보세. 해적왕이 쳐들어왔을 때 이 안으로 유인하기만 하면 되는 거 아닌가? 함정은 하나만 설치하는 것보다 두 개, 세 개를 설치해야 효과가 확실한 법일세."

동방극이 재차 제안하자 양세방은 섣불리 대답을 하지 않고 심사숙고에 잠겼다. 확실히 강진이 당할 정도면 해적왕도 잡을 수 있을 것 같은 느낌은 들었다. 해적왕만 잡을 수 있다면 일 년 예산이 문제겠는가?

모산파의 명성이 하늘을 찌르겠지만 양세방은 모산파 장문인과 친분이 있으니 그건 오히려 환영할 만한 일이다.

"으음, 그럼 어디 한번 회의 안건에 올려봅시다."

"껄껄껄, 올리면 틀림없이 통과할 걸세. 다른 대안이 없지 않은가?"

동방극은 일이 다 되었다고 생각하고 통쾌하게 웃었다.

그런데 그 순간, 갑자기 대전 전체가 흔들리기 시작했다.

드드드드드!

"뭐, 뭐지?"

이건 동방극도 예상치 못한 현상이다. 그는 놀라서 두 눈을 휘둥그레 떴다.

강진은 허공에 거꾸로 뜬 채 검을 가슴과 수평으로 세우고 있었다. 그의 몸 전체에서 하얀 백광이 흘러나와 점점 강해져 가고 있었다.

"어딜!"

심상치 않음을 느낀 동방극은 두 팔을 번개처럼 휘저었다.

여섯 갈래의 백색 천이 어지럽게 날며 모래가 일제히 위로 떠
올라 수백 개의 창처럼 변했다.

모래의 창들은 강진의 주변 호신강기를 사정없이 찔렀다.

부딪쳐 깨어진 모래는 다시 바닥으로 가라앉았다가 또 떠
올라 창이 되었다. 아무리 잘게 부서져도 모래 색은 변하지
않았고, 신기하게도 날카로움만 더해갔다.

강진이 만약 모래를 목표로 강기를 발출했다면 모래는 완
전히 먼지로 변해 사라졌겠지만, 현혹당한 감각은 힘의 집중
을 불가능하게 만들었다. 모래는 그저 무서울 정도로 강한 힘
에 의해 튕길 뿐이다.

그렇게 보석 가루로 된 모래는 강진의 몸에서 흘러나오는
기의 힘을 계속해서 깎아 나갔다. 마치 강진이 힘을 모아 터
뜨리는 것을 사전에 막으려는 듯했다.

하지만 그럼에도 불구하고 강진의 몸을 감싼 호신강기는
더욱 강해졌다. 이제는 눈을 뜨고 제대로 보기 힘들 지경이었
다.

"어, 어떻게 인간이 이런 힘을!"

동방극이 놀라 외쳤다. 동시에 강진이 검을 앞으로 주욱 뻗
었다.

콰콰콰쾅!

검강이 모든 것을 파괴하며 앞으로 나아가니 모래는 더 이

상 그 힘을 흩어버리지 못했다. 대전의 벽 한쪽이 완전히 둘로 갈라져 버렸다.

파파파팍!

갈라진 벽면에 있던 가면들은 일제히 깨어져 바닥으로 떨어졌다. 가면이 모두 힘을 합해도 강진의 일검을 감당할 수 없었던 모양이다.

"휴, 역시 이런 것이군."

강진이 안도의 숨을 내쉬며 허공에서 몸을 뒤집어 동방극과 일행 앞에 내려섰다.

"어떻게 진을 깬 거냐? 허점은 없었을 텐데!"

동방극은 아직도 믿기지 않는다는 표정이었다. 강진은 분명히 진에 완전히 빠져 있었다. 역만상다라진의 위력으로 볼 때, 한 번 빠진 사람이 빈틈을 찾을 가능성은 없다고 봐도 된다. 동방극 자신이라고 해도 진 안에 갇힌 다음에는 나올 수가 없는 것이다.

"그게 설명 드리기 좀 그렇지만……."

강진은 겸연쩍은 표정을 지었다.

"그냥 있는 힘을 다 동원해서 검을 찔러본 것입니다."

"뭐라고!"

"주변의 모든 것은 환상이라고 해도 제 몸속의 기운만은 거짓이 아니지요. 그렇다면 제가 발출한 기는 어떤 수단으로

든 막거나 흘려내고 있지 않겠습니까? 결국 막을 수 있는 한
계보다 더한 힘으로 치면 진이 깨어지지 않을까 하고 생각한
것이지요."

강진은 솔직하게 자신이 의도한 바를 밝혔다. 그리고 그건
바로 역만상다라진의 한계를 명확하게 정하는 뼈아픈 일침이
나 다름없었다.

양세방이 진지한 표정으로 물었다.

"강 소협, 그렇다면 혹시 해적왕이 이 진 안에 갇히게 되면
어떻겠는가? 그자도 강 소협처럼 능히 빠져나올 수 있을까?"

"그건 그럴 겁니다. 아무래도 해적왕의 기운이 저보다 강
하고, 또 그자는 이런 술법에 능한 것처럼 보였으니까요."

"크윽."

동방극이 좌절의 신음성을 내었다. 양세방은 동방극을 돌
아보며 고개를 살짝 저었다. 방금 전 제안은 없었던 것으로
하자는 의미였다.

그걸로 모산파와의 일은 끝났다. 나름대로 얻은 것은 있지
만 진소군을 고치지는 못했다.

*　　*　　*

삼 일이 지났다. 그동안 무림맹 임시 총단에서는 별다른 일

이 없는 평온한 나날들이 계속되고 있었다.

강진이 바다로 나가기 위한 준비도 얼마 후에는 끝날 것 같았다.

문제는 해적왕의 행방을 아무리 찾아도 알 수 없다는 데에 있다. 해적왕뿐만 아니라 해적왕의 수하들도 거의 활동을 하지 않았다. 마치 그들은 세상을 뒤집어엎으려는 계획을 모두 포기하고 잠적한 듯했다.

하지만 강진은 아직 일이 끝나지 않았음을 본능적으로 느끼고 있었다. 그의 감각 속에서 위기의 신호가 끊임없이 울려퍼졌다. 과거 해적왕이 소부로 변장하고 강진을 따라다닐 때에나, 본색을 드러내고 무림맹 총단에 쳐들어왔을 때의 기분과 비슷했다.

이럴 때 바다로 나가야 하니 더욱 불안해진다. 그래도 강진은 애써 평정을 유지하며 무림맹의 사람들과 더불어 전후의 대비를 해나갔다.

소림사에도 가야 했지만 일단은 진소군의 백부인 진소군이 와서 진소군을 데려갈 때까지는 남아서 기다리기로 했다. 직접 전후 상황을 설명하고 사죄를 한 후에 소림사로 갈 계획이었다.

그러던 중 무림맹 임시 총단에 강진이 예기치 못했던 사람들이 찾아왔다.

천뢰비동에 들었던 설옥과 쌍룡도인이 바로 그들이었다.

강진은 쌍룡도인을 보았다. 설옥이 나오려고 해도 쌍룡도인이 허락을 안 하면 나올 수가 없었을 터, 그리고 쌍룡도인은 설옥이 천뢰신기를 연성하기 전까지 출관을 허락하지 않겠다고 했었다.

그때 연녹색의 비단옷으로 단아하게 차려입은 설옥이 인사를 했다.

"상공."

"설옥, 어찌 된 거야?"

강진은 의외라는 표정으로 물었다.

지금처럼 위험한 상황에서 다른 사람의 이목이 많은 임시 총단에 설옥이 나타나는 것은 정말 위험한 일이다. 아무리 쌍룡도인이 힘을 합하면 천하에 적수를 찾기 힘들다고는 해도 해적왕보다 강할 수는 없다.

설옥은 최소한 앞으로 몇 년 동안은 천뢰비동에 틀어박혀 폐관수련을 할 예정이었다. 피신과 수련을 같이 하는 셈이니 효율적인 대책이라 생각했다. 그런데 갑자기 나오다니?

"천뢰신기를 수련하던 도중 따로 발견한 것이 있어요. 이게 아무래도 지금 상공에게 필요할 것 같아서 우선 나왔어요."

"따로 발견한 것?"

천뢰신기보다 더 강한 무공이 숨겨져 있었다는 뜻일까. 강진은 설옥이 내민 한 권의 얇은 책자를 보았다.

천뢰세심(天雷洗心).

그것은 종이가 아닌 얇은 양피지로 되어 있고, 표지는 검은색이었다. 고풍스러운 느낌이 드는 것이 예사롭지 않았다.

책 첫 장을 보니 천룡교의 교주 중 한 사람이 제작한 것임을 알 수 있었다.

마선의 무공은 하나같이 기괴하여 사람의 정신을 흐리게 한다. 사람의 육신을 해하는 무공은 오히려 무섭지 않으나 정신을 해치니 더욱 흉험하다.

천만다행으로 우리 천룡교의 무공은 마선의 것과 상극이라 정신을 침식당하지 않는다.

명문 대파의 심법 중에서도 대성하면 마선의 사술에 흔들리지 않는 경지에 이르는 수법도 있다. 하지만 어느 것도 본 교의 심법만큼 효율적이지 못하다.

하지만 본 교의 정문 심법을 익히지 못한 자들 중 본 교와 친분이 있는 사람들은 항상 마선의 표적이 되어왔다.

그 결과 친인들이 마선에게 세뇌당하여 예측하지 못한 순간에 배신을 하는 경우가 많았다.

기존의 어떤 수법으로도 한 번 세뇌당한 사람을 구할 수 없다. 한 번 당한 사람은 죽음보다 더한 수치 속에서 살다가 마침 내 정신이 완전히 붕괴되어 버린다.

이는 사람으로서 참기 어려운 고통이라 할 수 있다.

또한 가까운 사람부터 해를 당한다는 사실은 교를 위해서도 결코 좋은 부분이 아니다.

그동안 본 교는 이들을 구하기 위해 많은 노력을 해왔다. 마선의 사술의 상극은 본 교의 심법이다. 그렇다면 본 교의 심법으로 마선의 사술을 제거할 수는 없을까?

이러한 연구가 마침내 결실을 맺었으니, 아직 완벽하다 할 수는 없지만 천뢰는 마음속의 모든 번뇌를 태울 수 있다. 본 교의 교주 된 자는 마선이 출현할 경우 무엇보다 이 무공을 우선하여 익혀야 할 것이다. 그럼으로써 친인을 구할 수 있다.

"이것은!"

상극이라는 말은 쉽게 쓰이지 않는다.

천룡교의 무공은 원래 마선의 무공에 상반되는 성질을 지니고 있었는데 오랜 세월 동안 마선과 싸움을 계속하면서 점점 더 마선의 무공을 상대하기 쉽게 발전해 왔다.

그리고 지금 강진의 손에는 그중에서도 특히 상극이라 할 만한 무공의 이치가 적혀 있었다.

천뢰세심은 사람을 해치기 위한 무공이 아니었다. 그것은 정신무학의 일종이지만 목적은 극히 한정되어 있었다. 전문적으로 마선의 수법을 파괴하고 세뇌된 사람의 의식을 정상적으로 되돌리기 위한 치료법이라 할 수 있었다.

무공이 가지는 목적이란 무엇일까? 강진은 상승 무공의 효용 중 하나를 천뢰세심의 구결에서 느낄 수 있었다. 살무가 아닌 활무란 이런 것이구나 하는 감동이 왔다.

그토록 찾았던 해적왕의 섭혼술을 푸는 수법은 모산파나 다른 어떤 곳이 아니라 천룡교 내에 있었던 것이다.

설옥이 말했다.

"그런데 제가 아둔해서 그런지 그 천뢰세심을 익히려고 해도 잘 되지가 않아요. 이해는 되는데 막상 구결대로 운기를 하려고 하면 힘드네요."

"이 무공은 정신무학이라 내공만으로 이루어지지 않아. 아무래도 어느 정도 경지에 들어야 효과를 볼 수 있어. 그리고 이론적으로 틀린 곳은 없는데 느낌상 제대로 효과를 보기는 좀 힘들 듯해. 내가 보기에 이 무공은 만들어진 후에 한 번도 사용되지 않았어. 아니면 천뢰비동에 있었던 것이 원본이고, 천룡교에 전해진 구결은 실전을 겪으면서 점점 보강되었지만 그 부분은 천뢰비동으로 다시 전해지지 않았던가 말이야."

"그럼 아직 미완성이란 말인가요?"

"응, 그래도 효과가 아주 없지는 않을 거야."

“다행이에요. 그럼 진 소저를 구할 수 있겠네요.”

설옥은 이곳에 도착하고 강진이 일을 끝내기를 기다리며 다른 사람들에게 진소군과 제갈소소에 대한 이야기를 들었다.

그중 더욱 걱정이 되는 것은 제갈소소라 할 수 있었다. 뭐라고 해도 제갈소소와 설옥은 서로 의자매를 맺은 사이가 아닌가. 하지만 지금 설옥이 가져온 천뢰세심이 도움이 될 사람은 바로 진소군이다.

설옥의 질문에 강진은 잠시 생각에 잠겼다가 고개를 살짝 저었다.

“음, 그건.”

“문제가 있나요?”

“진 소저의 상태는 상당히 심한 편이야. 이미 의식이 붕괴되기 시작해서 스스로 현실을 받아들이려 하지 않아. 그러니 이 천뢰세심의 수법으로도 치료를 하려면 단시일 내로는 힘들어.”

“나을 수만 있다면 그보다 좋을 수는 없잖아요.”

“그게 어쩌면 오 년이나 십 년쯤 걸릴지도 몰라.”

“그래도 평생 안 낫는 것보단 백배 좋아요.”

“그건 그렇지.”

강진은 설옥의 말에 동의했다. 설옥은 미소를 지으며 다시 말했다.

"상공께서 사부님과 함께 돌아오시면 그때부터 정식으로 치료를 해요. 저도 나름대로 조금이라도 익혀보겠어요."

"그럼 그렇게 하지. 그런데 그동안 성취는 좀 있었어?"

"예, 그곳의 무공은 하나같이 훌륭하고, 쌍룡도인들께서도 자상하게 가르침을 베푸세요."

"허허, 우리가 뭐 한 일이 있나? 교주 부인께서는 한 번 보고 깨닫지 못하는 무공이 없었다네."

쌍룡도인들이 웃으며 말했다. 그들은 그동안 설옥한테 완전히 빠져 버린 모양인지 아주 친밀한 할아버지의 얼굴을 하고 있었다.

특히 그들은 설옥이 해주는 요리에 심취해 있었다. 그날 저녁에도 설옥은 오랜만에 만나는 남편을 위해 정성껏 요리를 했고, 쌍룡도인도 그 덕을 보았다.

며칠이 지났다. 강진이 막 명상 수련을 끝냈을 때 설옥이 차를 내놓으며 진지한 표정으로 그에게 말했다.

"상공."

"무슨 일이지?"

"제갈 동생과 진 소저 말인데요."

"응."

"저 상태라면 아무래도 시집도 가기 어려울 것 같아요."

"으음, 아무래도 그렇겠지?"

강진은 대답을 하면서 한숨을 내쉬었다. 습관처럼 차를 들어 한 모금을 마시니 기분 탓인지 차의 향보다 쓴맛이 더욱 민감하게 느껴졌다.

설옥의 말처럼 두 여인의 일생은 거의 망가진 것이나 다름없었다.

진소군의 경우 하루 종일 멍하니 앉아 있을 뿐이다. 삼 일에 한 번씩 모산파의 도사가 와서 마음을 안정시키는 술법을 펼치게 되어 있기는 하지만 그건 진소군을 치료하기 위한 것이 아니라 해적왕의 암시를 억누르는 임시방편에 불과하다.

그러니까 진소군은 강진이 천뢰세심을 연구, 보완하여 치료를 끝낼 때까지 이 상태로 있어야만 하는 신세다.

제갈소소의 경우는 의식은 멀쩡하지만 몸에 독기가 스며들어 폐인이 되었다.

무공을 익히거나 아이를 낳을 수 없는 몸이란 것은 처음 제갈세가주를 만났을 때 들었고, 강진도 예상한 바이지만 또 한 가지 문제가 있었으니 그건 바로 몸속의 독기 때문에 다른 남자와 관계를 가질 수 없다는 데에 있다. 관계를 가지게 되면 남자에게도 해를 끼칠 수 있는 것이다.

강진은 두 여인에 대한 말이 나올 때마다 기분이 울적해졌

다. 그와 친분이 있는 사람들이 그 때문에 불행해지는 것은
가장 참기 어려운 일이라 할 수 있었다.

강진의 표정을 살핀 설옥은 다시 말했다.

"그래서 말인데요, 상공께서 그 두 사람도 맞아들이는 것
이 어떨까 싶어요."

"응?"

너무나도 뜻밖의 말이라 강진은 마시던 차를 내려놓으며
설옥을 보았다.

설옥은 침을 한 번 꿀꺽 삼키고 약간 빠르게 말을 이었다.
여기서 강진이 뭐라고 말을 하면 그녀가 생각하고 결심한 것
을 다 말하지 못할 것 같았다.

"제가 저번에 진 소저에게 가봤어요. 그리고 물어봤죠. 상
공을 좋아하냐고요. 그러니까 진 소저가 좋아한다고 대답하
더라고요. 계속해서 몇 번이나……."

"그건……."

"책에 보니까 강한 섭혼술을 위해 암시를 걸 때에는 대상
이 마음속으로 간절하게 원하는 일 중에 이루기 어려운 것에
심리적 함정을 판다고 하더라고요. 제가 보기에 해적왕이 진
소저에게 건 사술의 기틀은 바로 가족에 대한 걱정과 상공에
대한 연심이에요."

"으으음."

"그리고 어차피 진 소저를 고칠 수 있는 사람은 상공밖에
는 없잖아요. 그것도 하루 이틀에 되는 게 아니라 시간이 얼
마나 걸릴지 모르지요. 그러니 상공께서 맞아들이시는 게 옳
다고 봐요."

"설옥, 그 말이 틀린 건 아니지만 난 너 이외에는 따로 부인
을 들일 생각이 없어."

"상공께서 그렇게 생각해 주시는 것에 전 더할 나위 없이
고마움을 느껴요. 하지만 저 때문에 두 사람의 일생이 망가진
채로 있는 것은 참기 어려운 일이에요. 이건 음덕에도 크게
해를 끼치는 일이고, 무엇보다 제갈 소매는 제 의동생이에
요."

"……."

강진이 대답을 않자 설옥은 다시 제갈소소에 대해 말했다.

"그리고 제갈 소매도 지금의 몸을 회복하려면 아무래도 천
뢰신기를 수련하는 것이 가장 효과적일 것 같아요. 그리고 상
공이 수차례에 걸쳐 그녀의 전신 혈맥을 추궁과혈해 주면 틀
림없이 효과가 있을 거예요. 다른 방법이 있을지는 모르겠지
만 제가 아는 수법 중엔 그게 최고라고 봐요."

"천뢰신기를 수련한다라……."

확실히 설옥의 말이 맞다. 천뢰신기는 다른 기운을 흡수하
여 이용할 수 있는데, 그게 일정한 성취를 이루면 몸 안의 독

기를 해소하여 외부로 배출하는 것은 그다지 어렵지 않다.

아무리 단전에 독기가 쌓여 무공을 익힐 수 없게 되었다고는 해도 강진이 계속해서 추궁과혈을 해주면 못 익힐 것도 없다.

단지 그런 식으로 전신을 두드리고 주무르는 것은 온몸을 어루만지는 것과 같다.

격공타혈법을 쓴다고 해도 외간 남녀 사이에 맘 편히 쓸 만한 방법은 아니다. 그것도 한 번도 아닌 여러 번이라고 한다면 확실히 부인으로 맞아들이는 편이 더 낫다고 봐야 할 것이다.

설옥은 강진의 마음이 약간 움직이는 것을 느끼고 재차 간청했다.

"두 사람을 고칠 사람은 상공밖에 없어요. 그리고 둘 다 단시일 내에 고칠 수 있는 것도 아니니 상공께서 맞이하는 게 좋을 것 같아요. 저는 상관하지 마시고 그녀들을 들이세요. 저는 오히려 두 자매와 함께 지내는 게 더 좋아요. 평생 형제가 없이 혼자 지냈잖아요."

"그래도 난 그녀들에게 그런 감정이 없어."

"감정이야 살다 보면 생기겠죠. 헤헤헤."

"하아, 뭔가 이야기가 거꾸로 진행되는 것 같군."

강진은 고개를 절레절레 흔들었다. 하지만 계속되는 설옥의 설득에 결국 그도 승낙을 하고야 말았다.

그 뒤로는 일이 일사천리로 진행되었다. 제갈세가에서는 그야말로 만세를 외칠 만한 일이었기에 말을 꺼내자마자 세가주가 강진의 두 손을 덥석 잡으며 '딸을 잘 부탁하네' 라고 말했다.

진소군의 경우도 무림맹 총단에 도착했을 때에 그 이야기를 꺼내니 '알았네. 그럼 난 이 사실을 진 노야께 보고하러 가야겠군' 하고 대답하고는 바로 떠나 버렸다.

그야말로 팔려가듯 쉽게 성사된 두 건의 혼사이지만 두 여인의 경우 미모는 물론이고 재간과 성품이 모두 훌륭하여 강진으로서는 불만이 없었다. 오히려 복이 넘쳤다고 생각할 정도였고 단지 설옥에게 미안할 뿐이었다.

그렇게 두 사람의 일이 매듭지어지자 강진은 한결 가벼워진 마음으로 소림사로 떠날 수 있었다.

第七章
정종무학(正宗武學)

赤龍王
布王

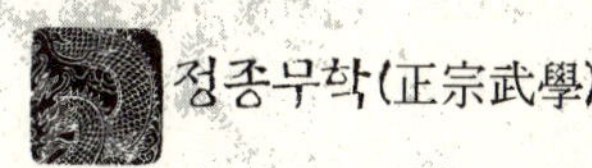

　　숭산에 올라 소림사에 도착하니 지객승이
바로 안으로 전갈을 넣었다. 곧 일엽 대사가 직접 나와 강진
을 맞이했다.
"제가 늦었습니다."
"늦지 않았네. 늦지 않았어. 때마침 잘 왔으니 어서 가세."
　손을 두어 번 흔들고 바로 몸을 돌려 안으로 들어가는 일엽
대사를 따라가니 경내를 지나 뒤쪽에 있는 오솔길로 들어섰
다.
　주변에 건물은 하나도 보이지 않고 온통 수풀로만 우거진

지역으로 오솔길 이외에는 사람의 손이 닿은 흔적도 거의 없었다. 소림사 뒤쪽에 이런 곳이 있었나 하고 의아하게 생각될 정도였다.

"저곳일세."

일엽 대사가 뒤를 돌아보며 손으로 앞쪽을 가리켰다. 작은 공터에 토굴이 하나 보였다.

"형님!"

"대근아."

토굴 옆에 앉아 있던 장대근이 벌떡 일어나 강진에게 다가왔다.

"네가 있었구나."

"형님을 만날 수 있어 다행입니다."

장대근도 며칠 전에 왔다고 한다. 군무에 매인 몸이라 오래도록 있을 수는 없지만 할아버지인 신승 공진 대사를 만나지 않을 수는 없었던 모양이다.

강진은 간간이 장대근이 이끄는 의용군이 왜구와 만나 용맹하게 싸웠다는 소식을 들었다.

사람은 경험을 하며 성장하는 법이다. 장대근의 눈빛에선 예전의 어수룩함은 찾아볼 수 없었다. 전신에 전포(戰布)를 입고 투구까지 쓴 것이 제법 장군의 티가 났다.

"네가 자랑스럽구나."

"별말씀을 다 하십니다. 저는 형님 대신 싸우고 있는 것이니 제가 세운 공은 모두 형님의 것입니다."

"너에게 미안할 뿐이다."

따지고 보면 강진이 동생인 장대근을 싸움터로 내몬 셈이다. 웃고 있는 모습을 보면 죄책감이 더욱 강해졌다.

그러나 장대근은 고개를 저으며 말했다.

"형님, 저는 이 일에 큰 자부심을 느끼고 있습니다. 강도의 자식인 제가 장군이 되어 나라를 위해 싸울 수 있게 되었으니 이제는 죽어도 한이 없습니다. 단지 제가 아직 군의 지휘에 익숙하지 않아 왜구를 상대로 제대로 싸우지 못하니 부하 정병들에게 죄스러울 뿐입니다."

"그래, 죽은 정병들에겐 우리가 죄를 짓는 것과 같다. 그들은 우리에게 목숨을 걸었지만 우리가 해줄 수 있는 것은 많지 않구나."

"예."

장대근도 그동안의 싸움에서 부하들의 목숨의 무게를 느낀 듯 숙연한 표정을 지었다. 자신의 목숨을 걸고 싸우는 데에는 익숙한 편이지만 다른 사람의 생명까지 책임을 져야 한다는 것이 그에겐 적지 않은 부담인 듯했다.

"그래, 왜구들은 강하니?"

강진은 장대근의 군대가 왜구들에게 여러 번 패했다는 사실을 알고 있었다. 승리한 수만큼 패배도 있었다. 장대근 정도의 고수가 지휘하고 수하들 중에도 무림인이 상당수 있는 군대가 일진일퇴를 거듭할 정도라면 왜구들의 힘은 도적떼의 한계를 넘어선 것이 아닐까? 강진은 그 점에 대해 듣고 싶었다.

"그놈들은 정예 중에서도 정예입니다. 천 명이든 이천 명이든 한 덩어리로 뭉쳐 움직이는데 빠르기가 정말 바람 같아요. 또 병사들 한 명 한 명이 상당한 무위를 지니고 있어서 이쪽의 병력이 많아도 피해 없이 이기는 게 불가능할 정도죠."

"그 정도란 말이냐?"

"병사 한 명이 모두 병장기의 사용에 뛰어나고, 또 집단전에도 익숙하니 아군의 병사들은 그들과 대등하게 싸우기 힘듭니다."

이런 말은 수하들에게는 할 수 없다. 장대근은 속에 감추어 두었던 말을 강진을 만나서야 겨우 털어놓을 수 있었다.

"소속된 무림인들의 무공으로는 대적할 수 없었니?"

"웬만해서는 안 됩니다. 오히려 어설프게 무공을 쓰려다간 진형을 스스로 깨어버리는 결과가 되어 피해가 커지더군요. 사실 우리가 익힌 무공은 군대에서 쓰기엔 어울리지 않는 것들이 많아요. 그래서 요즘은 군문 전통의 집단 전용 무공을 따로 수련시키고 있는 실정입니다."

“그렇구나.”

적응하고 있다. 적의 강함을 인정하고 그걸 극복하기 위해 연구하고 노력한다.

강진은 장대근의 말에서 그런 점을 느낄 수 있었다.

그렇다면 적이 아무리 강해도 상관없다. 군대에 속한 무림인들이 장대근의 말처럼 군부대용 실전 무공을 수련하기 시작했다는 것은 스스로의 자존심을 버리고 집단의 이익을 먼저 생각하게 되었다는 소리다.

“네가 장하다.”

강진은 다시 한 번 말했다. 손을 들어 장대근의 어깨를 툭툭 두드려 주었다. 그걸로 두 사람은 더 이상 말할 필요가 없었다.

“아미타불, 선재로다.”

뒤에 서서 두 사람의 해후를 지켜보던 일엽 대사가 조용히 합장하며 불호를 외웠다. 소림 안에서 두 사람의 영웅이 형제의 정을 나누는 것이 기분 좋은 듯했다.

강진은 시간을 너무 지체했음을 알고 몸을 돌려 일엽 대사에게 말했다.

“신승께 제가 왔음을 알려주십시오.”

“알릴 필요는 없네. 그냥 들어가게. 단지 신승께서는 강 소협을 알아보지 못할 수도 있네.”

옆에서 장대근도 말했다.

"할아버지께서는 가끔씩 의식을 되찾으세요. 저도 한 번 이야기를 나누었는데, 시간이 없어서 두 번은 힘들 것 같아요."

"그럼 너도 같이 들어가자."

"아니에요. 할아버지께서 형이 오면 혼자 이야기를 하고 싶다고 하셨어요."

"그런가."

강진은 걸음을 옮겨 토굴 쪽으로 걸어갔다. 여러 가지 상념이 파도처럼 그의 뇌리를 스쳐 지나갔다.

'신승 공진 대사가 무슨 일로 나를 찾을까? 임종의 순간이 다가와 유언을 남기려는 것일까? 그렇다면 내가 아닌 대근이를 불러야 할 텐데. 나하고만 할 이야기는 무엇이 있을까?'

과거 마지막으로 공진 대사를 만났을 때에는 허름하기는 해도 그래도 멀쩡한 집이었는데, 이제 이런 토굴 속에서 신승이 지낸다고 하니 강진의 마음이 편치 않았다.

"대사님, 강진입니다. 지금 들어가겠습니다."

강진은 입구에서 인사를 하고 조심스럽게 안으로 들어갔다.

토굴은 자연스러운 동굴이 아니라 사람이 땅을 파서 만든 것이었다. 새로 파낸 지 얼마 되지 않은 것 같았고, 천장에서 흙이 부스스 떨어지는 게 그다지 튼튼해 보이지도 않았다. 또

한 벽에 등잔 같은 것도 걸려 있지 않아 보통 사람은 거의 앞을 보기 힘들 정도로 어두웠다.

이곳은 강호에서 가장 존경받는 사람이라 할 수 있는 신승의 거처로는 너무 초라했다. 스스로 원해서 이곳으로 옮겼다 하나 이건 아니라는 생각이 들었다.

어느 정도 들어가니 흙을 모아 만든 단이 있고 공진 대사가 그 위에 누워 있었다.

공진 대사는 비쩍 말라 있었고 몸 어디에서도 생기가 느껴지지 않았다. 턱에 난 수염도 딱딱하게 굳어 손으로 잡으면 뚝 끊어질 것 같았다.

무엇보다 신승의 두 눈엔 아무런 감정도 담겨 있지 않았다. 그저 멍하니 천장의 한구석만을 바라보고 있을 뿐이다.

그곳에는 사람 머리만 한 구멍이 뚫려 땅 위로 통하는데 통풍을 위한 공기구멍인 듯했다. 공진 대사는 그곳을 통해 땅속에서 하늘을 보고 있는 셈이다.

강진은 조용히 옆에 앉아 공진 대사를 지켜보았다.

과거 공진 대사를 봤을 때에는 빨려 들어갈 것처럼 맑은 눈이었는데, 이제는 탁해질 대로 탁해졌다.

내공을 전부 장대근의 벌모세수에 쓴 후, 신승은 그야말로 병들어 죽을 날만을 기다리는 노인이 되어버린 것이다.

강진은 이미 그 사실을 알고 있었지만 이렇게 직접 눈으로 보니 뭐라고 말을 할 수 없는 기분이 되었다.

"사숙께서는 삼사 일 정도마다 한 번씩 의식이 돌아오시니 기다려 주시게."

동굴 밖에서 일엽 대사가 말했다.

강진은 조용히 고개를 끄덕이고는 계속해서 신승의 눈을 보았다. 신승이 제정신으로 돌아올 때까지 지켜볼 생각이었다.

일엽 대사는 강진을 여기까지 데려온 것으로 자신의 할 일이 끝났다는 듯 불호를 한 번 외우고 조용히 떠났다. 장대근도 할아버지의 말에 따라서 강진이 단독으로 신승과 나누는 이야기를 듣지 않기 위해 같이 내려갔다. 마음이 아플 텐데 내색을 않는 것을 보니 확실히 대장부가 된 것 같았다.

산속의 토굴에는 신승과 강진 둘만 남았다. 바람 소리나 새가 우는 소리도 전혀 들리지 않고 어둠과 적막함이 주변을 덮었다.

강진은 정갈하게 앉은 자세에서 조금도 움직이지 않았다.

신승이 눈을 감고 있지 않기 때문에 무의식중이나마 자신을 보고 있을 것이라 믿었다. 신승이 보는 앞에서 흐트러진 모습을 보일 수는 없다.

해가 졌다가 뜨니 하루가 지났다. 신승은 가끔씩 팔다리에 경련이 이는 듯 부르르 떨었지만 여전히 그런 상태였다.

그러던 중 어느 순간, 수면에 달이 비치듯 신승의 눈동자에 지혜의 빛이 돌아왔다.

"강 소협, 와 있었군."

"예, 제가 왔습니다."

"신수가 훤한 것이 성취가 있었군. 놀라운 일일세."

"아직 작은 성취일 뿐입니다."

그게 어떻게 작은 성취냐! 다른 사람이 강진의 말을 들었다면 그렇게 욕을 했을지도 모른다. 하지만 공진 대사는 정말로 그렇게 받아들이는 듯 웃으며 말했다.

"허허허, 그렇지. 작은 성취는 작은 성취일 뿐이야. 아직 진짜는 얻지 못했으니 아무것도 얻지 못한 것과 같단 말일세."

"가르침을 베풀어주십시오."

"왕 시주를 만났나?"

"예, 한 번 싸웠는데 당할 수 없었습니다."

"음, 앞으로 십 년을 더 수련하면 적포 시주와 대등한 무공을 지닐 수 있겠나?"

"그건… 무리일 것 같습니다."

"어째서 그렇게 생각하지?"

"사부님은 몸과 마음이 무공 그 자체와 합일되어 있습니다. 반면에 저는 그렇게 일심으로 무공에 전념할 수 없습니다. 그 차이는 평생 메우지 못할 만큼 크다는 것을 비로소 깨달았습니다.”

“허허허, 그렇다면 왕 시주도 감당하기 어렵겠군?”

“그렇습니다.”

강진은 살짝 고개를 숙이며 대답했다. 과연 공진 대사는 신승답게 강진의 마음속에 있는 것을 바로 집어내었다.

해적왕 왕진 역시 무공과 정기신을 합일시키는 경지에 이르렀다고 할 수 있었는데, 이건 강진이 생각하기에 자신에겐 절대 불가능한 일이었다. 그의 마음속에 가장 무겁게 자리 잡고 있는 것은 무공이 아니었다.

강진은 이런 사실을 공진 대사에게 말했다.

“한계를 느끼고 있습니다. 저는 그런 경지에 결코 도달할 수 없는 것일까요?”

공진 대사는 미소를 지었다.

“그런데 말이야, 왕 시주는 결코 무공에 뜻이 있는 게 아닐세. 세상에 해악을 끼치는 일에 뜻이 있는 것이지. 그런데 어째서 왕 시주는 그런 경지에 들 수 있었을 것 같나?”

“그건!”

“강 시주가 잘못 생각하고 있는 거야. 강 시주가 한계를 느끼는 진정한 이유는 무공을 잘못 익혔기 때문이거든.”

“아!”

처음 듣는 소리다. 사부인 적포천존도 그런 소리는 한 번도 하지 않았다. 그런데 신승의 눈에는 무엇인가 다른 게 보이나 보다. 강진은 입을 다물고 신승의 설명을 기다렸다.

"그러니까 말일세. 내가 요즘 하늘의 별자리를 보며 다시 생각을 해봤는데, 나도 별의 기운을 잘못 읽었단 말이네. 십 년 전에 적포 시주의 별이 지극히 강한 빛을 발하기에 그게 강 소협 때문인 줄 알았지. 그런데 다시 보니 적포 시주의 힘 자체가 비약적으로 강해진 거야."

어떻게 그럴 수가 있을까?

적포천존의 성취는 신승이 이해할 수 있는 범주를 넘어선 것이었다. 그냥 강해진 게 아니라 도의 경지에 이르러 반노환 동까지 했다고 하지 않는가!

그것은 바다에 사는 고래에게 갑자기 날개가 돋아나 하늘 을 자유자재로 날아다니는 것처럼 있을 수 없는 일이라 할 수 있었다.

가뜩이나 강한 적포천존이 어떻게 다시 새로운 경지로 접 어들 수 있었을까? 신승 공진 대사는 그 점에 대해 계속해서 고민했다. 내공까지 잃고 의식조차 점점 흐려지는 상황에서 도 궁금증은 사라지지 않았다.

죽기 전에 꼭 알고 싶은 것이 생겼다. 이렇게 되면 체면이 고 뭐고 없다.

　공진 대사는 토굴로 들어와 천장에 구멍을 뚫고 적포천존의 별과 강진의 별을 집중적으로 연구하기 시작했다. 그리하여 결국 해답을 얻었다.

　"적포 시주는 원래 사파의 무공을 익혔고, 그 극에 달했지. 그런데 세상이 아무리 만류귀종이라고 해도 사파의 무공은 사파의 성질이 있으니 결코 정종무공이 추구하는 도의 경지에는 이르지 못한다네. 애초에 추구하는 것이 다르단 말이야. 그래서 역사상 사파의 고수가 반노환동을 한 일은 없었지."

　공진 대사는 기가 막히다는 표정을 지었다. 어린애처럼 감정이 그대로 드러나는 얼굴이 오히려 신승다운 느낌이 들었다.

　"그런데 적포 시주는 그게 가능했으니, 이건 말도 안 되는 일이거든. 억지로 말하자면 적포 시주가 십 년 동안 정종무학에 심취하여 도를 닦았다는 소리가 되는 건데, 그 사람 성격상 그건 아니라고 생각했다네."

　강진은 그 이유를 알았다.

　"낚시를 하셨습니다."

　공진 대사가 손으로 흙 침상을 탁 하고 쳤다.

　"그래, 바로 그거지. 낚시를 하면서 도를 닦아서 정사의 한계를 넘어선 거였어. 나중에 그걸 깨닫고서 얼마나 허탈했는지 말로 설명하기 어렵다네. 내가 수십 년간 쌓아 올린 평정심이 무너지는 줄 알았다니까. 허허허."

“……”

강진은 그냥 계속 듣고 있었다. 모처럼 제정신을 되찾은 공진 대사는 한마디라도 더 하고 싶은 모양이다. 가끔씩 맞장구만 쳐주고 가능한 한 공진 대사의 말을 많이 들어주기로 했다.

공진 대사는 계속 말했다.

“결국 적포 시주는 사파의 성격을 타고 태어나 사파의 무공을 익혀 극에 달했지만 강 소협을 만난 이후 정종무공의 깊은 도를 추구하는 방식을 우연히 깨닫게 된 거지. 그거야말로 적포 시주 최대의 기연이라고 할 수 있어. 그런데 강 소협.”

“예, 말씀하십시오.”

“빈승이 보기에 강 소협은 성격상 사파의 무공을 익히기에는 적합하지 않아. 본능의 힘을 추구하는 적포 시주의 무공이나 광기의 도를 추구하는 왕 시주의 무공은 사도와 마도라 할 수 있는데, 그 어느 쪽도 강 소협과는 맞지 않거든. 그런데 강 소협의 재능이 워낙 뛰어나 적포 시주에게 무공을 배우면서도 계속해서 성취를 얻었다네. 틀린 길을 걸으면서도 그게 틀린 줄 모른 거지.”

“아!”

순간 강진은 머릿속에 강한 충격을 받았다. 그가 그동안 고민해 왔던 것이 일순간에 펑 하고 터지며 사라지는 듯했다. 잘못된 해답을 추구해 온 자신의 어리석음을 느꼈다.

공진 대사는 염화시중의 미소를 지었다.

"강 소협이야말로 정종무공에 가장 적합한 성격과 체질을 타고났으나 가르침을 받은 사부가 적포 시주라 정종무공의 마음가짐을 배우지 못했지. 몸을 움직이고 내공을 사용할 때에는 큰 문제가 없었지만 의지로 무를 사용하니 마음에 공허함이 남을 수밖에."

그건 아주 중요한 부분이었다. 일반적인 상식으로 볼 때, 자신의 성격과 다른 길을 걷게 되면 상승의 경지에는 절대로 들어가지 못한다. 설혹 재능이 아주 뛰어나 경지에 도달한다고 해도 그 성장은 남들보다 몇 배나 느리게 된다. 하물며 한 계를 넘어 기의 유형화인 강기를 다루는 경지에 도달한다는 것은 언어도단이라 할 수 있었다.

그런데 강진은 그걸 해냈다. 적포천존의 무공이 완전한 사파의 무공이 아니고 정파의 심득이 섞여 있었던 점도 있었지만, 그건 강진의 재능이 하늘이 놀라고 땅이 뒤집힐 정도라는 뜻도 된다.

하지만 그럼에도 불구하고 강진의 성취는 그의 재능에 비해 얕은 것이 되었다. 적포천존도 감탄한 성장 속도가 알고 보면 제대로 길을 열었을 때에 비해 서너 배나 느린 것이었다.

"내 강 소협의 별도 찾았지. 그건 굉장히 밝은 기운을 내고 있었기에 천공에 자리 잡은 모든 별들 중에 으뜸을 다투지만, 자세히 보면 아직 본래의 힘을 발하진 않은 듯했네."

"그러면 제가 어떻게 해야 길을 열 수 있겠습니까?"

결국 강진은 공진 대사에게 절을 하며 물었다. 완전히 공진 대사의 말에 감복한 것이다. 강진은 무공에서 공진 대사보다 강할지는 모르지만 깨달음의 깊이에서는 아직 비교조차 될 수 없었다.

"이걸 받게."

공진 대사는 수전증으로 떨리는 손으로 강진에게 한 권의 얇은 책자를 내밀었다.

"소림에는 수많은 절기와 수련법이 있지만 그 근원은 두 개라네. 바로 역근경과 부동심결이지."

책의 표지에는 부동심결이라는 제목이 쓰여 있었다.

"제가 이걸 봐도 괜찮겠습니까?"

소림의 비전 중의 비전이다. 외부인인 강진이 함부로 보아서는 안 되는 것일 터. 하지만 공진 대사는 별것 아니라는 듯 말했다.

"이건 내공심법이 아닌, 그야말로 불경에 가까운 것이네. 하지만 이걸 읽고 받아들일 수 있다면 틀림없이 길을 찾을 수 있을 것이네."

부동심결이 강진에게 건네졌다.

"잊지 말게. 소림의 무공은 달마 대사가 승려들이 건강을 유지하도록 고안한 체술로부터 출발한 것이고, 무당의 검법은 하늘에 떠다니는 구름의 허허로움을 표현하려는 춤이 근원이지. 무공은 그 자체로 도일 수도 있지만, 때로는 수단으로서도 충분함이니. 가장 중요한 것은 바로 마음이 흔들리지 않고 있는 그대로의 힘을 자연스럽게 흐르게 함일세. 마음을 비우게. 모든 것을 비우는 것이 바로 정종무공이 추구하는 목표이네."

"명심하겠습니다."

강진은 책을 펼쳐 읽기도 전에 깨달음을 얻었다. 무엇이 몸에 맞지 않고 무엇이 몸에 맞는 것인가?

그의 몸에는 그동안 쌓아 올린 힘이 있고, 그의 주변에는 의지에 반응하는 기운으로 꽉 차 있다. 투지나 광기, 욕망! 이런 것이 없어도 기운은 오로지 기운일 뿐이다.

몸은 이미 그걸 알고 있는데 마음이 아직 따라주지 않음이라. 강진은 조용히 부동심결을 펼쳐 읽었다.

역사(力士)는 백 근 무게의 사람을 들어 던질 수 있다. 하지만 오십 근 무게의 바위는 들 수 없으니 무릇 움직이는 것은 흔들리기 쉽다.

마음이 흔들리면 몸이 약해지고 감정이 격양되면 움직임이 정교하지 못하며, 기운이 떨리면 스스로 무너진다.

그리하여 움직이지 않는 것은 가장 순수하다.

그것은 공진 대사의 말대로 무공의 초식이나 내공법의 요결에 대한 글이 아니었다. 오로지 모든 감정으로부터 벗어나 스스로를 관조하는 마음가짐에 대해 말하고 마지막으로 벗어나려는 것 또한 집착임을 주의하고 있었다.

소림에서는 비우는 것을 움직이지 않는 것으로 해석했는데, 그 결과 장중한 무게가 무공 전반에 실리게 되었다.

그것은 강진이 지금까지 깨달은 의형기나 천뢰신기 이치와도 전혀 다른 길이었다. 하지만 구결을 읽어 나갈수록 결국은 모든 것이 같다는 걸 알 수 있었다. 그것은 지식이 아닌 몸과 영혼의 경험에 의한 자연스러운 취득이었다.

강진은 드디어 본능이 원하는 길을 알고 나아갈 수 있게 되었다. 그것은 바로 적포천존과 나란히 설 가능성이 있는 정종무학의 극을 넘어서는 길이었다.

"허허헐, 별이 빛나는군."

공진 대사는 하늘을 보며 웃었다. 그가 강진의 것이라고 생각하는 별의 기운이 점점 강해져 천공 전체에 영향력을 미치기 시작했다. 이런 광경은 그도 처음 보는 것으로 가히 신성이 나타났다고 할 만했다.

강진은 부동심결을 연달아 세 번 읽었다. 그사이 날이 밝아 하늘의 별이 보이지 않게 되었지만, 강진의 기운은 여전히 잔향처럼 남아 동녘의 태양을 감싸듯 맞이했다.

"이제 내려가 보게. 가서 할 일을 하게나."

공진 대사는 책에서 눈을 뗀 강진에게 말했다. 강진은 말없이 공진 대사에게 절을 했다. 말로는 표현하기 힘든 고마움을 느끼니 오히려 할 말이 없었다.

"아래로 가서 대근이에게 더 이상 기다리지 말고 떠나라고 하게. 군무에 종사하는 자가 사사로이 군을 떠나선 안 되지. 대의(大義)는 사정(私情)보다 앞에 있어야 하는 법. 난 앞으로 이 년은 더 이렇게 있을 테니 내후년 중추절에 인사를 오면 될 걸세."

"그렇게 전하겠습니다."

강진은 토굴을 나와 소림의 경내로 들어섰다. 아래에서 기다리고 있던 장대근에게 공진 대사의 말을 전하자, 대근은 잠시 고개를 숙인 채 말을 하지 않았다. 대의를 위해 사정을 절제하라는 공진 대사의 말에 섭섭함을 느낀 듯했다. 하지만 장대근은 그 말에 담긴 무게를 가슴속에 심으려는 듯 입속으로 몇 번이나 '사정보다는 대의'라고 중얼거렸다.

“그럼 저 먼저 떠나겠습니다.”

마음을 진정시킨 대근이 어른스러운 표정으로 포권을 취했다. 예전처럼 ‘먼저 떠날게요’ 하는 식이 아닌 딱딱한 어투였다.

강진은 그 뒤로도 배가 떠나기로 한 기한까지 소림에 머물렀다. 그동안 그가 익힌 모든 무공을 부동심결의 요결에 따라 정리하니 흐트러진 것들이 하나로 모여 거대한 무엇인가로 변해갔다. 불순한 것은 모두 사라지고 잘 정제된 무공의 요체만이 강진의 몸속에 남았다.

그것은 하나의 보검과 같았다. 날카롭지는 않지만 천하의 어떤 것이라도 벨 수 있을 것 같은 느낌이 들었다.

강진은 검에 연연했고, 그것이 그의 성장에 한계를 만들었다고 생각한 때도 있었다. 하지만 지금에 와선 다른 모든 것을 버릴 수 있게 하는 힘이 되었다.

강진은 검을 얻었다.

소림에 들어설 때의 강진과 나올 때의 강진은 다른 사람이라 할 수 있었다.

*   *   *

항구의 바람은 차가웠다. 배에 탄 선원들의 얼굴도 하나같이 좋지 않았다. 그도 그럴 것이, 얼마 전 그들은 죽을 고비를 넘기고 겨우 살아서 돌아왔는데, 이제 또다시 그곳으로 가야 하는 것이다.

그나마 이번에는 토벌이 아닌 탐색이 목적이었다. 싸움은 없고 터질 화산도 더 이상 없을 것이다.

강진이 도착했을 때, 항구에는 이미 여러 사람이 와서 기다리고 있었다.

강진은 우선 무림맹의 사람들과 일일이 인사를 나누고 마지막으로 부인인 설옥을 보았다. 다른 사람들은 모두 자리를 비켜주었다.

"다녀올게."

"보중하세요."

"응."

둘 다 나이는 젊어도 이미 십 년을 넘게 산 부부이다. 말은 길지 않지만 정은 충분히 오갔다.

새로 강진이 맞아들이기로 한 제갈소소와 진소군은 아직 회복되지 않아 나오지 못했다. 강진이 돌아올 때에는 그녀들도 조금은 더 좋아질 것이다.

그사이 설옥과 제갈소소, 그리고 진소군은 천뢰비동에 들어가 있기로 했다.

강진은 뒤쪽에 서 있는 쌍룡도인을 힐끗 보고는 설옥에게 재삼 당부했다.

"해적왕이 무슨 짓을 할지 모르니 절대로 나오지 마."

"염려 마세요. 이제는 정말 당신이 데리러 올 때까지 그곳에서 기다릴게요."

설옥은 태연하게 말했지만 강진은 안심할 수 없었다.

가장 무서운 적은 모습을 드러내지 않는 적이다. 그리고 체면을 따지지 않는 자이다.

해적왕의 목적은 무림 제패가 아닌 천하 전복이다. 부귀영화도 원하지 않는 악의 구도자! 목적을 위해서라면 무슨 짓이든지 할 수 있다.

그런 해적왕이 적포천존과 강진이 모두 없는 무림에서 무슨 짓을 할지는 상상하기 어렵다.

특히 가장 위험한 것은 강진과 관계가 있는 사람들이다.

진소군과 제갈소소의 일만 봐도 조금만 빈틈을 보이면 해적왕은 틀림없이 파고들어 그녀들을 노릴 게 뻔했다.

실제로 지금 이 자리에 나와 있는 무림맹의 명숙 중에 자신도 모르는 사이 해적왕에게 심령을 금제당한 사람이 없다고는 장담할 수 없다.

오직 믿을 수 있는 것은 원래부터 천뢰비동을 관리하고 있던 쌍룡도인뿐이다. 그러니 천뢰비동의 위치는 설옥과 다른 두 여인, 그리고 쌍룡도인만 아는 비밀이 되어야 한다.

각 무림 방파들도 모두 비상이 걸렸다. 가장 강대한 문파라고 해도 해적왕이 맘먹고 멸문시키고자 한다면 살아남기 어렵다. 아직 해적왕이 그런 짓은 하지 않고 있지만 이제부터는 다를 수도 있다. 이미 대부분의 문파들은 후대를 따로 나누어 감추었다.

무림맹의 명숙들이 모두 중원 각지에 흩어져 따로 행동하는 이유도 마찬가지다. 모여 있다간 한 번에 당할 수 있다.

이렇듯 단 한 사람 때문에 천하에 비상이 걸려 있다. 그리고 그걸 어느 정도라도 저지할 수 있는 강진도 이제는 바다로 나간다.

무림맹 사람들의 안색이 좋지 못한 이유다.

강진은 설옥을 보며 마지막으로 말했다.

"사부님을 찾아서 돌아올게."

설옥은 대답하지 않았다. 강진이 배에 올라탈 때까지 가만히 보고만 있었다.

배가 서서히 움직이고, 배 위에 서 있는 강진의 모습이 점점 멀어졌다. 그렇게 떠날 사람은 떠났다.

*　　　*　　　*

우려와는 달리 강진이 떠난 후에도 무림에는 별일이 없었다. 해적왕의 소굴들은 묘인이 이끄는 수색대의 활약으로 하나둘씩 위치가 밝혀져 갔다.

적들의 무공은 강했고, 하나같이 필사적으로 대항했지만 무림맹의 전투 부대들을 감당할 수는 없었다. 희생은 있었지만 전력이 약화되지는 않았다. 이쪽의 전력은 무림 전체라고 할 정도이니 무인들의 수가 부족할 일은 없었다.

그래도 이렇게 무림 전체가 몸을 사리지 않고 적극적으로 힘을 합치게 된 것은 강진의 영향력이 컸다. 해적왕의 세력을 가만 놔두면 정말 큰일 난다는 것을 강진이 알게 해주었다.

이판사판! 무림맹과 해적왕의 관계는 이미 돌이킬 수 없는 수준이니 조금이라도 더 상대방의 힘을 줄여야 했다.

그러는 사이 임시 무림맹 총단에 일단의 사람들이 찾아왔다. 그들은 저 멀리 북쪽 변방으로부터 온 사람들로 모두 열네 명이었다. 바로 북해빙궁 궁주의 대리인이라는 화소군이란 이름의 아가씨와 십삼설인으로 불리는 무인들이었다.

서장과 몽골, 그리고 북해는 중원무림과 왕래를 안 한 지 꽤 오래되었다. 명이 혼란하여 변방에 대한 영향력을 사실상 잃었기 때문이다.

그런데 갑자기 찾아온 북해빙궁 사람들의 목적이 무엇인가? 혹시 해적왕의 음모가 아닐까? 사람들은 걱정하고 경계했다.

그러나 화소군이 밝힌 방문 목적은 아주 간단했다.

"사람을 한 사람 찾아야 합니다. 우리 북해빙궁의 죄인으로 이름은 화소천, 여성으로 나이는 오십이 넘었지만 조금 젊어 보일 거예요."

화소군을 상대하고 있는 사람은 바로 신창 양세방이었다.

비혼도에서 돌아와 임시 총단의 단주 역할을 하고 있는 그는 차기 무림맹주의 자리가 거의 확정된 상황으로 해적왕이 임시 총단에 쳐들어오면 죽을 가능성이 아주 높다는 것을 알면서도 누군가는 총단을 이끌어야 한다는 결정에 대담하게 나섰다. 적포천존에게 몇 차례 당하면서 점점 배짱이 생겼는지도 모른다.

양세방은 뜬금없는 화소군의 말에 잠시 대답을 아끼고 고민했다.

이들이 원하는 것이 무엇일까? 외교란 항상 간단한 것도 복잡하게 꼬여야 제 맛이다. 변황팔패 중의 하나인 북해빙궁의 궁주 대리라면 결코 만만히 봐서는 안 될 상대다. 무엇보다 신창 양세방 자신은 외교적 성향이 약하다. 평상시라면 맹주 대리 따위는 하라고 해도 안 할 성격인 것이다.

양세방은 말 한마디 잘못했다가 외교적으로 곤란한 지경에 처하는 것을 원치 않았다. 정말 토씨 하나라도 실수하면 덤터기를 쓸 수 있다고 생각했다.

하지만 어느 순간 양세방은 눈앞 상대의 눈빛을 보고 괜히 어렵게 생각하는 자신이 부끄러워졌다. 아직 소녀라고 해도 될 정도인 화소군을 상대로 무엇을 꼰단 말인가?

양세방은 솔직하게 물었다.

"화소천이란 사람이 무슨 죄를 지었는지 물어도 되겠소?"

"금지된 무공을 수련했으면서도 궁주의 금족령을 어기고 출궁한 죄입니다. 생사에 관계없이 화소천은 궁으로 돌아가야 합니다."

"금지된 무공이라……."

"숨길 생각은 없어요. 화소천은 과거에도 한 번 중원에 나왔고, 그때 빙혈마녀란 호칭으로 불렸습니다."

"빙혈마녀! 그렇다면?"

"그래요. 백치설녀공은 바로 우리 북해빙궁의 무공입니다."

"그렇게 된 것이군."

상대가 스스로에게 불리한 사실도 숨기지 않으니 적어도 악의는 없다고 봐도 되리라. 신창 양세방은 놀람과 함께 오히려 마음이 어느 정도 놓임을 느꼈다.

화소군은 계속 말했다.

"화소천은 적포천존을 만나려 할 거예요. 그러니 적포천존을 만나게 해주세요. 아니면 그분께서 계신 곳을 저희에게 알려주시면 저희가 찾아가겠습니다."

"적포천존을 만나려 한다니, 설마 원한을 갚겠다는 것이
오?"

과거 빙혈마녀는 길 가던 적포천존에게 걸려 싸움을 걸었
다가 일 장에 패했다. 적포천존이 한 일 중 무림에 좋은 영향
을 끼친 몇 안 되는 사건이라 양세방도 아직 기억하고 있었
다.

그런데 빙혈마녀가 다시 적포천존을 찾으려 하다니, 설마
빙혈마녀의 무공이 적포천존을 넘볼 정도란 말인가?

백치설녀공이 그런 위력을 지니고 있다면 그건 정말 큰 문
제였다. 아니, 북해빙궁의 무공이 생각보다 훨씬 무섭다고 봐
야 할 것이다.

"원한은 아닐 거예요. 제가 보기에 화소천은 그냥 적포천
존을 한 번 만나고 싶은 듯해요."

"으음, 이유없이 그냥 만나려 한다는 것이오?"

"그래요. 화소천은 그걸 위해 목숨을 걸고 북해빙궁의 규
칙을 어긴 거예요."

화소군은 단정하듯 말하며 참지 못하고 한숨을 내쉬었다.

화소천을 잘 아는 그녀였기에, 그리고 같은 여인이었기에
화소천의 심정을 이해할 수는 있었다. 하지만 북해빙궁으로
서는 이건 정말 수치다. 화소천은 어찌 되었든 죽음을 면치

못하리라.

양세방은 영문을 알 수 없는 눈으로 화소군이 한숨 쉬는 것을 지켜만 보았다.

어쨌거나 적포천존은 지금 행방불명이고 제자들도 모두 찾을 수 없다. 강진은 사부를 찾기 위해 바다로 떠났고, 설옥은 숨었는데 아무도 숨은 위치를 모른다.

양세방은 이런 사실을 화소군에게 설명했다.

"그러니 화소천의 용모파기를 알려주신다면 맹에서 찾도록 하겠소이다."

"그럴 수밖에 없겠군요. 여기 화소천의 초상화가 있으니 잘 부탁드립니다."

화소군은 최근에 그린 화소천의 초상화를 건넸다. 머리가 반쯤 하얗게 샌 초로(初老)의 여인이 단아한 자세로 앉아 있는 그림이었다. 무표정한 얼굴이지만 눈썹이나 입술을 보면 상냥한 성격이라는 느낌이 들었다. 어쩌면 그림을 그린 사람이 그렇게 느꼈는지도 모른다.

화소군이 말했다.

"일 년 전에 제가 그린 그림이에요. 실물과 거의 차이가 없으니 이 초상화로 찾으면 될 것입니다."

"알겠소. 화공들로 하여금 이걸 베끼게 해서 각 지부로 보내도록 하겠소이다. 아마 산속에 틀어박혀 나오지 않는다면 몰라도 곧 찾을 수 있을 것이오. 그런데 발견했을 때에는 어떻게 하면 좋겠소? 우리가 손을 써도 될지, 아니면 그대들에게 알려야 하는지를 먼저 정합시다."

"손을 쓰셔도 됩니다. 설령 화소천이 죽어도 우리 북해빙궁에서는 감사를 하면 했지 결코 원망하지는 않을 것입니다."

대답은 그렇게 했지만 화소군의 눈동자가 흔들리는 것을 양세방은 보았다. 공을 위해 친인의 죽음을 선언하기엔 너무 나이가 어린 모양이다.

양세방은 짐짓 모른 척하고 담담한 표정으로 대답했다.

"그럼 그렇게 합시다."

그것으로 모든 일이 결정되고, 초상화는 수십 장으로 복사되어 중원 각지로 퍼졌다. 그들 중 누구도 설마 화소천이 이미 일 년 전과는 전혀 다른 모습으로 변했다고는 짐작조차 하지 못했다.

第八章
쌍웅재전(雙雄再戰)

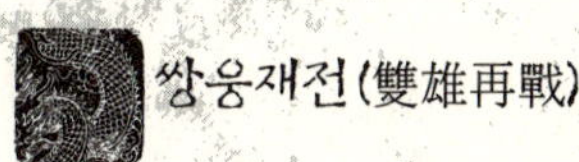

　　무림맹 사람들에게 들은 그대로였다. 사행신마도는 남아 있지만 그 옆의 비혼도는 흔적도 없이 사라졌다. 단지 작은 암초들만 군데군데 보일 뿐이다.

"암초가 많아 더 이상 접근하기 힘듭니다."

　　선원이 다가와 조심스럽게 말했다. 얼굴 표정을 보니 상당히 불안한 모양이다. 그러고 보니 이 선원은 첫 출진 때에도 이곳에 왔었다.

　　'무리도 아닌가. 한 번 그런 일을 겪었는데 또다시 이곳에 와야 했으니.'

강진은 사람을 안심시키는 잔잔한 미소를 지어 보였다.

"그럼 배는 이 근처에 정박시켜 주십시오. 제가 경공으로 혹시 무슨 흔적이 있나 찾아보겠습니다."

"저어, 이 근처는 해면의 경사가 급하고 또 해류가 빨라 정박하는 것도 쉽지 않습니다. 괜찮으시다면 해류를 따라 작게 원을 그리며 움직이고 있어도 될까요?"

"편하실 대로 하십시오."

강진은 승낙을 하고 뱃머리로 걸음을 옮겼다. 그리고는 두 팔을 활짝 펼치며 소매에 기를 주입했다.

"차앗!"

짧은 기합 소리와 함께 강진의 몸이 갈매기처럼 날아 수면을 따라 앞으로 주욱 나아갔다. 선원들은 일제히 탄성을 질렀다.

"우와, 사람이 새처럼 난다!"

"그러고 보니 전에 적포천존 어르신도 저렇게 날았지?"

"저 문파는 하늘을 나는 무공도 가르치나 본데?"

"무공 익힌 사람들은 저렇게 하늘도 곧잘 날더라고."

선원들이 무공에 대해 얼마나 알까? 그들은 자신들이 술집에서 들은 이야기들을 하기 시작했다.

산동의 누가 한번 뜨더니 삼십 장을 날아 강적 열 명을 일초에 격살했다더라. 소림사의 일견 대사가 익힌 연대구품은

극성으로 익히면 허공에서 아홉 시진 동안 자유롭게 날아다
닐 수 있다더라 등등.

모두 이야기꾼들이 흥미를 돋우기 위해 지어낸 이야기였
다. 그들은 지금까지 그게 모두 허풍이라 믿었는데 눈으로 두
번이나 보니 그것도 다 사실인 것처럼 느껴졌다. 무공에 대한
환상을 품은 사람들이 순식간에 늘어났다.

선원들의 눈빛을 한 몸에 받으며 강진은 비혼도의 중앙 부
근까지 날아갔다.

수면 아래쪽 땅속에서 뜨거운 기운이 느껴지는 게 아직 화
산의 기운이 완전히 식지는 않은 모양이다. 유황 냄새가 코를
찔러 숨을 쉬기가 쉽지 않았다. 유독한 기운이다. 강진은 숨
을 멈추고 기로 몸을 보호했다.

"사부님!"

강진은 내공을 주입하여 크게 외쳤다. 사실 적포천존이 몸
성히 살아 있다면 강진이 탄 배가 수평선에 나타날 때쯤엔 이
미 알아보고 나타났을 터이다. 그걸 익히 아는 강진이었지만
소리쳐 부르지 않을 수 없었다.

역시 대답은 없었다. 갈매기들만 내공이 든 목소리에 놀라
일제히 날아올랐을 뿐이다.

강진은 적포천존이 죽었다는 사실을 믿을 수 없었다. 그러
나 화산이 폭발하는 한 중앙에 있었다면 견디기 어려울 것이

다. 수화불침의 경지에 달해 불속에서도 털끝 하나 그슬리지
않는 사람이라고 해도 한계는 있다.

"으음."

강진은 자신이 만약 화산의 폭발 한가운데에 있었다면 어
떻게 했을까 하고 생각해 보았다. 그러나 실제로 화산 폭발을
경험하기는커녕 용암을 본 적도 없는 그였기에 상상하기가
쉽지 않았다.

쇠나 바위도 녹이는 열기라 했다. 용암이란 돌이 녹아서 생
긴 것이니 틀림없을 것이다. 어떤 열양지공도 바위나 쇠를 녹
이지는 못한다. 자연의 힘은 어떤 무공보다 강하다.

"호신강기로 막을 수 있을까?"

장담할 수는 없지만 잠시라면 막을 수 있을 듯했다. 버틸
수만 있다면 강기로 몸을 감싸고 화산의 폭발을 뚫고 날아오
를 수 있지 않을까? 문제는 그 압력이다. 집이 무너지는 아래
에 깔리는 건 대수롭지 않지만 산이 통째로 무너지면 그걸 감
당하긴 어렵다.

"나중에 생각하자. 지금은 사부님을 찾는 게 우선이다."

강진은 고개를 저어 생각을 털어냈다. 그리고는 사행신마
도 쪽을 보았다.

"사행신마도 쪽도 찾아보자. 혹시 사부님께서 부상을 당하
셔서 나오지 못하는 것일 수도 있으니."

사람들의 말에 의하면 그곳에도 독 안개를 일으키는 장치가 되어 있었다고 한다. 자세한 함정 내역은 직접 당한 적포천존만이 알 뿐이니 안에 무엇이 있는지 모른다. 하지만 강진은 웬만한 함정은 신경도 쓰지 않았다.

그런데 막상 의식이 사행신마도 쪽으로 향하자 강진의 감각에 무엇인가가 잡혔다.

"이런, 내가 평정을 잃고 있었나."

난생처음으로 사부에 대한 걱정을 하다 보니 감각이 둔해졌었나 보다. 사행신마도의 뒤쪽으로 사람의 기척이 몇 있었다. 모두 범상치 않은 무공을 익힌 자들이다.

휘익!

그들이 무슨 단서를 가지고 있을지도 모른다. 강진은 그쪽으로 향했다.

과연 사행신마도의 뒤쪽으로 배가 한 척 떠 있었다. 아무래도 강진 일행이 나타나자 섬 뒤쪽으로 배를 숨긴 듯했다. 그들의 몸에서 느껴지는 기운은 사악함이다.

"해적왕의 일당이군. 살아남은 자들이 있었나?"

이곳에 살았던 자라면 상처 입은 사람이 피할 수 있는 곳을 알지도 모른다. 강진은 잘되었다는 생각에 몸에서 일으키는 기를 한층 더했다.

휙!

바닷바람보다 빠르게 강진의 신형이 모래사장 위를 스치고 지나갔다. 거리는 그에게 있어 그다지 큰 의미가 없었다. 그러나 다음 순간 강진은 움직임을 멈췄다. 거대한 벽이 그의 앞을 가로막고 있는 듯한 느낌이 들었다.

"해적왕!"

모래사장 반대편에 버티고 서 있는 자는 틀림없이 해적왕 왕진이었다.

"기다린 지 오래되었다. 네놈을 죽이지 않고는 중원 땅을 비울 수 없지."

"으음, 먼저 와 있었군."

"흐흐, 조진항에서 네놈이 탄 배가 떠났다는 소리를 듣자마자 우리도 이곳으로 왔지."

왕진은 웃었다.

먼저 떠난 것은 강진의 배였지만 뱃길을 잘 아는 해적왕 일행은 하루 먼저 이곳에 도착할 수 있었다.

왕진은 일찍이 마선도로 돌아가기 전에 두 가지 할 일을 정하고 그것을 위해 손가락 두 개를 희생했다. 그중 하나는 엄씨 부자를 구하는 일이고, 두 번째는 이곳 비혼도로 와서 강진을 처치하는 것이었다.

첫 번째도 중요하지만 두 번째는 더욱 중요하다. 강진이란 놈은 천룡교의 후인으로 그대로 놔두면 대업에 무슨 악영향을 끼칠지 왕진도 짐작하기 어려웠다.

비혼도의 함정이 성공적으로 발동하여 적포천존을 제거한 지금, 강진이 틀림없이 사부의 생사를 두 눈으로 직접 확인하러 오리라 왕진은 판단했다. 도망가서 숨은 자가 나타날 곳을 예측할 수 있으니 이 기회를 놓칠 수는 없었다.

강진도 그런 왕진의 의도를 짐작할 수 있었다.

'마음의 평정을 잃고 적에게 수를 읽혔구나.'

강진은 속으로 탄식했다. 결과적으로 그의 눈앞에는 커다란 장벽이 나타났고, 사방이 바다라 도망갈 구석도 사라졌다.

강진은 크게 심호흡을 한 번 하며 천천히 걸음을 옮겨 앞으로 나아갔다. 마치 처음 싸움에 나선 초보 무사가 투지와 공포를 같이 느끼는 듯한 모습이었다.

하지만 걸음을 옮길 때마다 강진은 평정을 되찾아갔다. 눈빛도 호흡도 점점 노련한 백전노장의 그것으로 바뀌어 나갔다.

"위험은 피하는 것이 아니라 뚫고 나가는 것."

사부의 평소 지론이 그랬다. 피하면 피할수록 커지는 것이 위험이니 수습이 될 만하면 적극적으로 부딪치란 소리였다. 하지만 지금처럼 어쩔 수 없는 상황에서 더 머릿속에 떠오르는 구석이 있었다.

당시 적포천존은 이렇게 말했다.

"궁지에 몰린 생쥐가 고양이를 문다고 했지? 그거 거짓말이다. 쥐가 고양이한테 쫓기다가 길이 막히면 전신을 부들부들 떨면서 조금도 못 움직이거든. 그럼 고양이는 잔인하게 쥐를 가지고 놀다 죽이지. 급하다고 이빨 내세우고 덤빌 정도면 천적이라 할 수 있나?"

사부의 가르침엔 싸움의 정석이 있다. 무공의 초식보다 이런 마음가짐이 결정적인 순간에 마음에 와 닿는다.

하지만 지금의 강진은 적포천존의 가르침 위에 또 하나의 도리를 얻었다.

강진은 왕진에게 다가가면서 한 걸음마다 과거의 일을 하나씩 기억해 내었다. 태어나서 지금까지의 모든 경험을 다시 한 번 경험하는 것처럼 모든 것이 생생하게 떠올랐다. 그리고 다음 걸음을 걸을 때에 그는 그걸 모두 잊었다. 기억의 흐름과 함께 감정도 강진의 가슴속에서 사라져 갔다.

투지와 분노, 그런 것에 의지해서 싸우기보다는 공의 마음을 취했다.

강진은 왕진의 삼십 장 앞에서 멈췄다. 싸울 준비가 다 되었다. 그는 천천히 허리에 찬 청명보검을 뽑아 왕진의 가슴을 향해 겨누었다.

“긴 말은 필요없겠지. 와라.”

강진이 오히려 먼저 말하자 왕진은 살짝 이를 내보이며 미소를 짓더니 순순히 알았다는 듯 고개를 살짝 끄덕였다.

그는 산 사람에겐 자비가 없지만 시체에는 관대한 성격이었다. 화를 낼 필요도 없이 한시라도 빨리 상대를 사람이 아닌 사물, 즉 시체로 만드는 데 신경 쓰면 된다.

다음 순간 왕진의 눈동자가 거의 사라져 흰자만이 보였다. 마선의 독문기공인 현혼사기(玄混邪氣)를 극성에 이르도록 펼친 증거였다. 동시에 왕진의 머리 위쪽으로 신묘한 기운이 일어나 형태를 이루었다. 그것은 세 송이의 꽃 모양을 하고 있었는데, 바로 마공의 극치를 나타내는 마화취정의 현상이었다.

미리 준비를 하고 기다린 자는 무섭다. 왕진은 처음부터 전력을 다 할 수 있도록 준비한 듯했다.

반면 강진은 과거 무림맹 총단에서의 일전에 비해 준비가 모자라다 할 수 있었다.

그때 강진은 주변의 기운에 동화하여 힘을 더하는 천뢰신기의 장점을 십분 활용했다. 폭우나 번개를 이용하고 심지어는 화약이 터지는 기운에도 내공을 실었다. 하지만 이곳엔 바닷바람이나 갈매기의 울음소리 정도뿐이다.

기다린 자는 해적왕이고 대비없이 부딪친 쪽이 강진이다.

순식간의 주변 공간이 해적왕의 기운으로 가득 찼다. 강진의 몸은 천군만마에 포위된 것이나 마찬가지였다.

강진의 몸에서 일어난 기운은 여린 갈대와 같이 힘이 없어 보였다. 그럼에도 불구하고 부드럽기 짝이 없어 해적왕의 기운을 흘려낼 수 있었다.

곧 강진의 주변도 완전히 해적왕의 기운으로 가득 찼다. 강진의 몸이 해적왕의 기운 속에 있는 것이나 마찬가지였다. 그러나 강진은 흔들리지 않았다. 오히려 평온해 보였다.

해적왕의 눈동자 없는 눈에서 이채가 일었다.

"더 강해졌군. 네놈은 정말 알 수가 없는 놈이다."

한 번 싸우고 얼마나 지났다고 이렇게까지 기도가 달라질 수 있단 말인가? 해적왕은 놀라서 순간적으로 현혼사기가 흐트러질 뻔했다.

빈틈이 보이면 찌른다.

강진의 마음이 의식하기도 전에 검이 먼저 움직였다. 청명보검을 감싸고 있던 오색의 보광이 더욱 찬란하게 빛나니 빛으로 이루어진 휘장처럼 강진의 모습을 가렸다.

촤아악!

청명보검의 기운은 자신이 일으킨 빛의 휘장을 스스로 찢었다. 푸른 번개가 북극의 하늘을 가르는 듯했다.

"천뢰신기! 하지만 그걸로는 어림없다."

해적왕은 두 손을 모아 용의 입과도 같은 형태를 만들었다.
그러자 장심으로부터 검은 강기가 흘러나와 정말 용의 모습
이 되었다. 검은 강기의 용은 입을 크게 벌리고 푸른 번개를
삼켰다.

"되돌려주지."

용은 한번 삼킨 번개를 자신의 것으로 소화한 듯 다시 번개
를 토해냈다. 용의 기운과 천뢰신기의 기운이 합쳐지니 그야
말로 하늘을 찢을 듯한 힘이 되었다.

강진은 당황하지 않고 검을 옆으로 한 번 휘둘렀다. 그러자
이번에는 번개가 강진의 의지를 쫓아 방향을 틀었다.

콰콰콰쾅!

굉음과 함께 번개를 맞은 모래사장이 뒤집혔다. 지진이라
도 난 듯 땅에 갈라진 흉터가 생겼다.

청명보검이 우웅 하며 울렸다. 감당하기 어려운 힘의 방향
을 바꾸느라 힘들었다고 투정을 부리는 듯했다.

강진은 손으로 청명보검을 달래듯이 쓰다듬었다. 눈앞에
검은 강기의 용이 똬리를 틀고 있는 모습엔 관심도 없는 듯했
다.

"이건 어떠냐!"

왕진이 크게 고함을 지르며 손을 앞으로 쭈욱 뻗자, 검은
강기의 용이 크게 입을 벌리고 강진을 집어삼키려 했다.

하지만 강진은 날 잡아 잡수 하는 표정으로 아무런 대응도 하지 않았다.

펑!

흑룡 강기는 여지없이 강진을 삼켰다. 그런데 그 순간 흑룡의 머리가 부풀어 오르더니 소리를 내며 터져 버렸다.

강진은 한 걸음도 움직이지 않고 서 있는 상태였다. 여전히 검을 쓰다듬을 뿐 어떤 초식도 취하지 않았다.

"흐, 크크크크크크! 훌륭하구나!"

왕진은 크게 입을 벌리고 웃었다. 그는 강진이 어떻게 자신의 공격을 막았는지 똑똑히 보았다.

흑룡의 강기는 알고 보면 한 덩어리가 아니다. 수천의 강기가 모여 형태를 이룬 것이다. 그런데 그것들이 마지막 순간에 강진에 의해 조종되어 서로가 서로를 부수었다.

이는 강진이 흑룡 강기의 수법을 단숨에 꿰뚫어 보았을 뿐 아니라 왕진의 강기를 천뢰신기의 수법으로 이용할 수 있다는 증거가 된다. 주변의 모든 기운을 이용할 수 있는 천뢰신기의 가장 무서운 점은 바로 상대의 기운마저 끌어들여 쓸 수 있다는 데에 있었다.

"천뢰신기를 대성했구나! 천 년이란 세월을 거슬러 다시 천양신맥이 세상에 나타나다니, 그야말로 놀랍구나! 크하하하하하하!"

“나는 천양신맥이 아니다, 해적왕.”

강진은 상대가 쓸데없이 흥분하자 고개를 살짝 저으며 말했다. 원래 강진은 뒤틀어진 혈맥으로 무공을 익히기는커녕 보통 사람보다 훨씬 못한 신체를 타고 태어났다. 그런데 천양신맥이란 게 말이 되나?

강진은 드디어 해적왕이 완전히 광기에 빠진 게 아닌가 하고 생각했다. 아니면 다른 음모를 꾸미는지도 모른다.

“아니, 그렇지 않아. 천뢰신기는 원래 천추성의 기운을 받은 천양신맥을 위해 만들어진 무공이다. 천뢰신기로 내 강기의 힘을 끌어들여 이용할 정도라면 넌 천양신맥이 틀림없다.”

“마음대로 생각해라.”

강진은 더 이상 반박하지 않고 조용히 마음을 안정시켰다. 천양신맥이 밥 먹여주는 것도 아니고, 지금 중요한 것은 해적왕 왕진을 쓰러뜨리는 것이다.

왕진 역시 강진의 태도를 보고는 웃음을 멈췄다. 어느새 그의 머리 위에 나타난 붉은 꽃이 활짝 피었다. 마치 피를 먹고 피어나는 혈두견처럼 섬뜩한 모양이었다.

“천뢰신기는 우리 마선의 무공에 극성이라 할 만하지. 천뢰신기를 얻은 자는 마선의 어떤 현혹술도 듣지 않으니 말이야. 하지만 그렇다고 해서 마선도에 천뢰신기를 상대할 무공이 없는 것은 아니야.”

꽃이 활짝 핀 위로 작은 나비가 하나 생겨났다. 그것은 색이 없는 투명한 나비였다. 보통 사람은 볼 수도 없는 나비. 왕진이 말을 하는 사이 그것은 점점 커져 이제는 삼 장이 넘는 크기가 되었다.

“이걸 받아봐라. 파령마접(破靈魔蝶)이란 거다.”

왕진은 속삭이듯 부드럽게 말했다. 그의 목소리처럼 파령마접도 소리없이 부드럽게 날아왔다.

강진은 직감적으로 파령마접이 천뢰신기에 의해 조종되거나 흡수되지 않는 성질을 지녔다는 것을 알았다.

세상의 모든 기운과는 동떨어진, 다른 세상의 기운처럼 느껴졌다. 그 안에 담긴 힘은 지금까지 본 어떤 힘보다 강해 보였다.

심지어는 사부인 적포천존이 지금까지 보여준 무공 중에서도 힘의 크기로는 파령마접을 따를 것이 없었다.

강진은 크게 심호흡을 했다.

상대가 대해와 같은 기세로 나를 핍박한다면 나는 한줄기 나뭇잎이 되어 바람에 휩쓸리리.

‘막거나 피할 수 없으면 섞일 뿐.’

강진은 조용히 검을 앞으로 내밀었다. 섞일 수 없다고 느꼈지만 섞이기를 원했다.

팍!

강진과 파령마접이 겹쳐졌다. 작은 파공성이 일어나며 순간적으로 투명한 나비의 날개가 붉게 물들었다. 강진의 전신에서 피가 안개처럼 뿌옇게 뿜어져 나와 파령마접을 물들였다.

"허!"

왕진은 믿을 수 없다는 듯 탄성을 질렀다. 어느새 그의 눈에 눈동자가 되돌아와 있었다.

분명히 강진은 전신이 피를 뒤집어쓴 것처럼 붉게 변해 있었다. 몸을 가누기도 힘든 듯 비틀거리는 모습이 이미 싸움에 패함을 인정하는 듯했다.

그러나 청명보검을 든 강진의 손은 아래로 처지지 않았다. 그의 검은 지면과 수평으로 뻗어져 왕진을 가리키고 있었다. 그리고 검끝에는 핏빛의 날개를 한 파령마접이 앉아 있었다. 이미 파령마접의 기운은 왕진의 의지로부터 벗어난 상태였다. 그것은 강진의 피와 기운을 빨아먹으며 더욱 커져 갔다.

"이번에는 내가 되돌려주지. 받아봐라."

강진의 말과 함께 붉은 파령마접이 왕진을 향해 날아왔다. 왕진은 다시 현혼사기를 극성으로 일으키며 머리 위의 마화취정을 활짝 피웠다. 그의 몸을 보호하는 기운 중 마화취정이 으뜸이다. 마화취정은 꽃이 나비를 삼키듯 파령마접을 통째로 감쌌다.

퍼퍼퍽!

다물어진 꽃잎이 경련을 일으키며 떨렸다. 감당하기 쉽지 않은 충격을 받은 것이다. 군데군데 찢어졌다가 다시 복구되는 부분도 있었다. 왕진의 입에서 한줄기 피가 흘렀다.

그러나 마침내 파령마접의 기운이 사라지고 왕진의 마화취정은 원래의 상태로 돌아와 활짝 피었다.

"크으으, 설마 파령마접의 기운마저 빼앗을 줄이야."

왕진은 손으로 입가의 피를 닦으며 중얼거렸다.

"하지만 완벽하게 동화하지는 못한 모양이구나. 네 몸의 내상은 결코 가볍지 않다."

"그렇다."

강진은 부상을 숨길 생각이 없는지 전신의 모공으로부터 흐르는 피를 막지도 않았다. 단지 그의 눈은 고통이나 분노, 혹은 당황 등의 감정을 드러내지 않고 여전히 평정을 유지하고 있었다.

왕진은 그 점이 마음에 들지 않는지 광기로 번들거리는 눈으로 강진을 노려보았다. 그의 마화취정으로부터 또다시 한 마리의 눈에 보이지 않는 나비가 생겨나기 시작했다.

강진은 미소를 지으며 말했다.

"자신있으면 다시 한 번 파령마접을 날려봐라. 이번에야말로 완전히 동화해 주마.”

“흥, 네놈의 허장성세가 대단하구나!”

대답은 곧 기합이었다. 전보다 더욱 크고 강한 파령마접이 소리도 없이 강진을 향해 날아갔다.

강진은 파령마접의 기운을 눈이 아닌 기감으로 보고 있었다. 조금 전의 충격으로 전신의 미세 혈맥이 아직도 비명을 지르고 있었지만 눈앞의 새로운 파령마접에 어떠한 거부감도 느끼지 않았다.

‘적이 나를 큰 힘으로 핍박하면 나는 큰 힘과 하나가 되리라.’

천뢰신기의 한 구절만이 마음속에 남을 뿐, 강진은 스스로를 지웠다.

스스스스!

비어진 공간에 나비가 날아들어 앉으니 이미 왕진의 끈은 끊어지고 새로운 주인이 파령마접을 조종하게 되었다. 이번에는 강진의 몸에 전혀 타격도 없었고, 파령마접도 여전히 투명한 채 점점 크기만 커져갔다.

강진에게 같은 수법을 두 번 펼치는 것은 그야말로 바보짓이라는 게 판명된 셈이다.

“크훗!”

왕진은 이를 부드득 갈았다. 천뢰신기를 상대하기 위해 만들어진 마선도의 비기 중 하나가 단 한 번 타격을 주고는 무용지물이 되었다. 천양신맥은 인간이라 할 수 없는 존재였다.

강진은 파령마접을 왕진에게 다시 날리지 않았다. 오히려 몸속으로 받아들여 자신의 진기로 변화시켰다. 순식간에 내상이 회복되고 내외의 기운이 넘쳤다.

"고맙다."

따뜻한 한마디의 사의를 왕진에게 표하니 왕진으로서는 눈이 뒤집힐 정도로 자극적으로 들렸다. 이미 광기로 눈동자가 사라져 있었기에 뒤집힐 눈도 없었지만, 강진의 나직한 한마디는 광기를 뚫고 사람의 복장을 뒤집는 힘이 있었다.

"크크크크큭, 좋다. 네놈이 어떻게 그렇게 급격히 강해질 수 있었는지는 모르겠지만 나와 대등한 상대라는 것을 인정해 주지. 하지만 말이지, 네놈이 아무리 천양신맥이라 해도 천뢰신기의 단점을 극복할 수는 없다."

"단점이라……."

"네놈이 극성에 이른 천뢰신기로 나의 기운마저 얻을 수 있게 되었다. 그것이 바로 지금 상황에서 낼 수 있는 최대의 힘이지. 하지만 그건 바로 내가 먼저 무공을 펼치지 않으면 천뢰신기의 힘을 제대로 쓸 수 없다는 것을 의미한다."

"그런 것이지. 천뢰신기는 원래 외적을 막아내는 방어적인 무공이지 공격적인 성질은 좀 약하더군. 말하자면 반격기

랄까?"

강진은 순순히 왕진의 말을 인정했다.

"그렇지만 네놈은 기필코 공격을 할 것이니 천뢰신기가 쓸모없는 무공은 아닌 셈이지."

"그래, 나는 네놈을 공격한다. 그리고 죽인다."

세 송이였던 마화취정이 서로를 잡아먹으며 점점 커졌다. 그러다가 완전히 한 송이가 되자 오히려 작아지며 다시 봉오리 상태가 되었다.

왕진은 손을 머리 위로 들어 봉오리가 된 마화취정의 줄기를 잡았다. 스스로의 진기로 피워낸 강기의 꽃을 꺾어 손에 쥐고 그것을 병기인 것처럼 강진을 향해 겨누었다.

"한 번에 죽인다. 이걸로 네놈을 죽이지 못하면 내가 죽겠지만 그럴 염려는 없다. 이 힘이야말로 동화할 수 없는 것이니까."

강진은 왕진의 장담대로 천뢰신기로도 마화취정을 얻을 수 없음을 직감했다. 적어도 한 번에는 안 된다. 그런데 한 번에 안 되면 죽을 것 같았다.

"천뢰신기를 상대하기 위한 무공이라……."

확실히 천뢰신기의 단점은 이것이다. 선제공격을 하기 힘드니 상대가 공격 수단을 고를 수 있다. 즉, 천뢰신기에 극성이 되는 무공을 얼마든지 시험할 수가 있는 것이다.

‘이번 공격은 천뢰신기로도 감당할 수 없다. 적을 죽일 수 있을지는 몰라도 나도 죽는다.’

강진은 마지막으로 하늘을 보고 싶은지 시선을 위로 올렸다.

죽음이 두려운가? 스스로에게 물어보았다.

두렵다.

각오는 하고 있어도 두려운 것은 두려운 것이다.

그럼 잊자. 스스로에게 다짐했다. 그리고 다짐한 대로 두려움을 잊었다. 싸우고 있다는 것도 잊었다.

모든 것을 버릴 수는 없었다. 하지만 상대와 나를 모두 버리고 오직 손에 든 검 하나만을 남길 수는 있었다.

일찍이 사부인 적포천존은 진정한 고수는 무기에 연연하지 않는다고 충고했다. 어차피 강기를 사용하게 되면 신외지물은 모두 먼지와 같이 소용없게 되는데, 검이든 도든 한 가지 병기에 의존하면 그만큼 한계가 생긴다고 했다.

그 말이 옳았다. 손에 든 검만큼은 버릴 수가 없었다. 이 묵직한 쇳덩어리가 마음의 위안이 되었다.

‘그것도 좋지 않은가?

강진은 검을 버리려는 생각을 버렸다. 오직 검만을 남기려고 했다. 천지가 모두 사라지고 검만이 남았다.

그때 왕진의 손에 들린 마화취정이 순간적으로 개화하며

주욱 늘어나기 시작했다. 그것은 거대한 어둠의 그물처럼 강진을 감쌌다. 거리 따위는 없는 것이나 마찬가지였다.

콰콰콰콰콰!

산사태나 거대한 해일의 힘이 이럴까? 인간이 감당할 수 없는 기운이 인간으로부터 나온다는 것은 기적이나 다름없다.

왕진이 자신의 진원지기까지 동원해서 펼치는 마화취정의 공격 형태는 바로 흑화취공이라고 했다. 흑화가 감싼 공간은 모두 파괴되어 버린다고 했다.

왕진의 입가에 미소가 걸렸다. 강진은 그의 흑화취공에 천뢰신기의 효능을 쓰려고 시도하지도 못했다. 이것으로 끝이다.

그러나 정작 강진은 흑화취공의 기운을 느끼지도 못했다. 그가 느끼는 것은 오직 청명보검의 검신이 흘리는 차가운 기운뿐.

느끼지 못하는 모든 것이 허상이니, 의식하면 괴롭지만 의식하지 않으면 움직이지 않는다.

부동심결의 구결은 다시 말하면 모르는 게 약이라는 뜻인데, 그걸 강진은 실천했다.

흑화취공은 분명히 존재했지만 강진의 몸에 어떤 위해도 끼치지 못했다.

오히려 강진의 검이 상대의 살기에 저절로 반응하여 흑화취공의 줄기 속으로 파고들었다.

푸욱!

검을 찌르지도 않았는데 상대의 가슴속에 검날이 박혔다. 정확하게 심장을 꿰뚫어 터뜨려 버렸다.

"흐윽?"

왕진은 이게 어떻게 된 것인지 이해할 수 없다는 표정을 지었다. 어느새 그의 눈에 검은색의 눈동자가 돌아와 있었다.

분명히 십여 장의 거리를 두고 있었고, 서로 달려든 것도 아닌데 공간이 접혀진 것처럼 둘은 근거리에서 마주 보고 서 있는 상태가 되었다.

둘 사이를 청명보검이 연결하고 있었다. 강진의 손으로부터 왕진의 심장으로, 그렇게 승자와 패자로 갈렸다.

"이게 무슨 검법이냐?"

왕진이 물었다. 그의 눈은 오히려 평온해 보였다. 마치 지금까지 그에게 의식을 제압당해 무한한 공포에서 벗어나지 못하다가 죽을 때가 되어서야 비로소 벗어난 다른 수하들처럼 광인이나 마인이 아닌 정상인의 눈빛이었다.

강진은 살짝 고개를 갸웃하고는 대답했다.

"일진검(一塵劍)이라고 합시다. 다 사라지고 검만 남았으니."

"일진검인가. 고맙다. 이제 편안하게 잘 수 있겠군."

왕진은 평화로운 미소를 지었다. 강진으로서는 해적왕이 이런 표정을 지을 수 있다는 것이 믿을 수 없었다. 마선의 저주란 말인가? 자기 스스로 광기에 빠진다고 했다. 정말 그런 것인가?

강진은 잠시 이 점에 대해 고민했다. 어쨌거나 왕진의 심장은 터져 버렸고, 충격으로 전신의 기맥이 뒤틀렸으니 사람이라면 죽을 수밖에 없다.

"하아!"

강진은 한숨을 내쉬었다. 이유는 알 수 없지만 살짝 기운이 빠졌다.

그러자 왕진이 힘없이 고개를 저으며 말했다.

"내가 죽어도 곧 또 다른 마선이 나올 것이다. 지금은 난세이니 마선도의 마선에게는 가장 선업을 쌓기 좋은 시대인만큼 절대 참지 않을 터이지."

강진의 얼굴이 굳어졌다.

"마선도에 그대와 같은 경지의 마선이 또 있다고는 믿기 어렵소."

왕진은 웃었다.

"나와 같은 경지의 마선이 무엇을 의미하는지 모르겠군. 어쨌든 내가 마선의 대표로 뽑혀 섬을 나올 때, 무공으로 나와 필적할 만한 자가 몇 명 있었다. 무공만으로 따졌다면 내가 아닌 그들 중 한 명이 나와도 이상하지 않았지. 하지만 마선도를 벗어날 수 있는 자격은 바로 세상을 뒤집을 무공과 지모, 그리고 사술의 경지가 모두 정점에 도달해야 취할 수 있다. 마선의 관문이란 그 모든 것을 철저하게 시험하는 곳이고, 내가 관문을 가장 먼저 통과하여 자격을 얻은 것은 어쩌면 운이 좋았기 때문일지도 모른다."

"으음."

왕진의 말에는 거짓이 느껴지지 않았다. 강진은 상대가 진실을 말하고 있다고 본능적으로 확신할 수 있었다.

"이제 내가 죽으면 또다시 관문이 열린다. 그리고 그곳을 가장 먼저 통과한 자가 새로운 마선으로서 세상에 나올 것이다. 클클클."

"그렇다면 정말 마선은 끊을 수 없는 저주란 말이오?"

"거의 불가능하다고 할 수 있지."

"거의? 그렇다면 가능한 방법이 있는 것이구려."

"흐, 방법이야 간단하다. 마선의 관문을 통과한 자가 세상에 나와 아무 짓도 하지 않으면 되는 거지. 그렇지 않은가? 그게 아니면 마선을 제압하여 죽을 때까지 감금하는 방법도 있

는데, 우리 마선은 그럴 경우 차라리 스스로 목숨을 끊어 후
인에게 기회를 넘긴다.”

강진은 그 방법이 사실상 불가능하다는 것을 알았다.

마선이 참회를 할 정도면 마선이라 할 수 없다. 광기에 빠
져야 익힐 수 있는 것이 마선의 무공이라고 생각할 때, 모든
무공을 잃거나 아예 그런 경지를 뛰어넘어야만 광기에서 벗
어날 수 있다.

그리고 단순히 광기에서 벗어났다고 해서 마선을 그만두
는 것은 아닐 것이다. 그들은 태어날 때부터 마선도에서 자랐
으니 세상을 뒤집어엎는 것이 바로 삶의 목표이고 유일한 정
의다. 다른 길은 아예 본 적도 없으니 선택을 할 필요도 없다.

강진은 한숨이 나오려는 것을 참고 다시 물었다.

“그렇다고 해서 마선이 사라지는 것은 아니니 백 년 뒤나
이백 년 뒤에 또 마선이 나타날 것 아니오?”

“그렇지. 크크크.”

강진이 질문한 의도를 안 왕진은 숨이 끊어지기 직전의 사
람답게 목에서부터 흘러나오는 웃음소리를 내었다. 광기에
서 벗어나니 오히려 죽음을 기다리게 되는지 눈빛에 조금의
공포도 떠오르지 않았다. 그들에게 있어 죽음이란 유일하게
편안히 쉴 수 있는 안식인지도 몰랐다.

왕진은 잠시 생각하다 대답했다.

"마선의 저주를 영원히 풀려면 마선도로 가서 마선을 모두 죽이는 것이 확실하겠지. 애나 어른이나 상관없이 씨를 말리면 되지 않겠나?"

"다 죽여야만 한다는 것이오?"

"그 정도는 해야 한다. 아니면……."

"다른 방법도 있소?"

"마선도의 관문을 통째로 부숴야 한다. 마선도의 관문이란 마선을 시험하는 곳이기도 하지만 마선의 진정한 절기들을 전수하는 수련장이고, 또 우리를 마선도에서 벗어나지 못하게 하는 벽과 같은 존재다. 그러니 그곳을 부수면 결국 마선은 사라질 것이다."

"관문을 부순다라……."

"내가 알기로 관문을 통과한 자에겐 단 한 번의 기회가 주어진다고 했다. 그때 관문을 부술 것을 선택하면 마선의 저주는 영원히 사라지는 셈이지. 그러나 난 선택을 하기는커녕 아예 방법을 찾지도 못했다. 앞서 세상에 나온 마선들도 찾지 못했을 것이다."

"도대체 그런 관문을 누가 만들었는지 모르겠구려."

"흐흐흐, 우리 마선도는 달기의 후예다. 그걸 몰랐나? 은 왕조가 무너지고 주 왕조가 설 때, 은 왕조의 재물과 신선술의 모든 것이 바로 마선도에 숨겨졌다. 세상에 무림이란 말이 생기기도 전부터 우린 있었다.”

이것은 자부심일까? 왕진은 갑자기 기운이 난 듯 눈이 빛났다. 기분이 좋은 듯했다.

“네놈이 원한다면 저 배를 타라. 그러면 마선도로 갈 수 있는 길이 열릴 것이다. 네놈이 정말 강하다면 섬의 모든 마선을 죽일 수도 있고, 관문에 도전해서 방법을 찾을 수도 있다.”

“나보고 마선도에 가라는 것이오?”

“크흐흐, 네놈이 정말 저주의 사슬을 끊을 수 있다면 난 내세에서도 마선이 아닌 다른 존재로 태어날 수 있다. 이보다 더 좋을 수는… 없겠지.”

그 말을 끝으로 왕진은 고개를 떨어뜨렸다. 심장이 날아간 상태에서 몸속에 남은 약간의 진기를 이용해 버틸 만큼 버텼지만, 결국 힘이 다한 듯했다. 평온한 표정으로 눈을 지그시 감고 입가에는 미소를 지은 채였다. 마치 평생 전장에서 산 무장이 자신의 죽음에 이르러 후회도 원한도 모두 잊고 떠나는 것 같은 느낌이었다.

“해적왕, 그대는…….”

강진은 잠시 왕진의 시신을 바라보았다. 진기의 유통이 전혀 없고, 몸이 점점 식어가는 모습이 완전히 죽은 게 틀림없었다.

“마선도.”

강진은 이 일의 인과관계는 모두 그곳에 있다는 것을 알았다. 왕진 역시 한 명의 피해자였을지도 모른다.

그의 손이 땅을 가리키자 무형의 강기가 흙을 뒤집어 하나의 구덩이를 만들었다.

강진은 왕진의 시체를 그 속에 던져 놓고 다시 기운을 써서 흙을 덮었다. 간단한 봉분이고 묘지도 없었지만 그래도 왕진은 죽어서 땅속에 묻혔다.

마선도! 이제 강진의 뇌리에는 그것만이 남았다. 그는 자신의 후예들이 마선의 공포와 음모를 가슴 한구석에 담고 살게 하고 싶지 않았다.

강진의 발걸음이 해적왕의 배 쪽으로 향했다. 해적왕의 배를 모는 선원은 아무런 말도 없이 강진을 배에 태우고 항해 준비를 했다. 알고 보니 그들은 모두 벙어리였고, 심지어는 장님마저 있었다.

돛이 쳐지고, 닻이 올라가니 배가 서서히 움직이기 시작했다.

곧 배는 바람과 물길을 타고 수평선을 향해 나아가기 시작했다.

이제 사행신마도의 백사장에는 하나의 봉분만 남았다. 바로 마선인 해적왕 왕진의 무덤이었다. 그런데 강진이 탄 배가 수평선 너머로 사라질 무렵, 봉분의 흙이 조금씩 들썩이기 시작했다.

"크크큭."

웃음소리와 함께 봉분의 흙을 뚫고 나온 것은 하나의 손이었다. 그리고 곧 손에 이어진 팔뚝과 어깨가 나오니 사람의 머리와 몸도 튀어나왔다. 무덤 속에서 시체가 악귀가 되어 튀어나온 것일까? 해적왕의 지은 죄가 너무나도 무거워 혼백마저 윤회에서 벗어나 세상을 떠도는 신세가 된 것일지도 모른다.

그것은 확실히 해적왕 왕진이었다. 묻힌 사람이 그였으니 나온 것도 그일 수밖에 없다. 흙투성이의 몸으로 백사장 위에 누운 왕진은 밤하늘에 뜬 별을 보며 다시 웃기 시작했다.

"크크크크크큭, 크하하하하하하!"

목이 메어 제대로 나오지 않던 목소리가 곧 정상으로 돌아왔다. 그의 눈은 여전히 광기로 가득 차 있었다. 가슴에 뚫려 있던 검상은 주변이 목내이(미라)처럼 말라붙어 흉측한 구멍이 되었다. 그런 모양을 보자면 지금의 왕진은 산 사람이라기보다는 시체가 그대로 움직인다고 봐야 할지도 모른다.

"드디어 천양신맥을 마선의 길로 인도하는 데 성공했다. 우리 마선이 날개를 얻었다!"

왕진은 하늘에 빛나는 별 중 북두칠성의 수좌인 천추성을 보았다. 별의 기운이 강하기는 하나 점점 흔들리는 것이 주인의 위험을 예고하는 듯했다.

잠시 후, 왕진은 완전히 기운을 차린 듯 몸을 일으켰다. 그의 몸에서 점점 기세가 살아나고 있었다. 싸우기 전처럼 절대적인 기운은 아니었지만 순식간에 강호의 절정고수 이상의 힘을 회복했다.

왕진은 자신의 가슴에 뚫린 구멍을 손으로 만져 보았다. 아무런 감각도 느껴지지 않았다. 산산조각난 심장도 아직 그 상태 그대로였다.

왕진은 강진이 탄 배가 떠난 쪽을 보았다.

"강진, 네놈은 정말 강했다. 설마 내가 패할 줄은 몰랐는데, 과연 천양신맥답게 마선의 상상력을 초월하는 능력을 보여주는구나!"

왕진은 자신의 심장에 검을 박은 강진을 미워하지 않았다. 진심으로 감탄해하고 있었다. 하지만 그렇다고 해서 패배를 인정한 것은 아니다. 무공의 강약으로 세상의 모든 일이 결정되는 것은 아니다.

진정으로 세상을 움직이는 것은 칼이 아니라 머리다.

"강진, 네놈은 우리 마선도의 비기인 불괴강시공을 몰랐다. 몸이 죽어도 머리만 파괴되지 않으면 절대로 죽지 않는 우리의 비밀은 꿈에도 생각지 못했겠지."

마선은 사람이 아니다. 신선이다. 육체는 그들에게 있어 벗기 어려운 두꺼운 옷에 불과하다. 그런 육체에 미련은 없다.

불괴강시공은 원래 활강시를 만들기 위한 연구로부터 탄생된 마공이다. 산 사람의 몸에 강시공을 펼치는 것에서 산 사람이 스스로 강시공을 쌓는 것으로 발전했다.

세월이 흐르며 불괴강시공은 마선의 필수 기공 중 하나로 자리 잡았다.

그러나 평소에는 불괴강시공의 효력이 몸 밖으로 나타나지 않는다. 마선의 성명기공인 현혼사기의 힘이 불괴강시공의 기운을 몸 안 한쪽 구석으로 몰아넣으니 불괴강시공은 알에서 깨어나지 못한 괴물처럼 조용히 잠들어 있게 된다.

그런 불괴강시공이 알을 깨고 나타나 성장하는 것은 바로 현혼사기가 깨어졌을 때, 다시 말해서 마선의 무공이 거의 소실될 정도로 큰 부상을 당했을 때이다.

깨어난 불괴강시공은 마선의 몸에 남아 있는 현혼사기를 잡아먹으며 성장한다. 동시에 마선의 육체는 생기를 잃고 죽은 자의 것처럼 변한다. 의식이 있는 활강시인 것이다.

이걸로 마선은 목숨이 두 개 있는 셈이다. 왕진은 강진에게 당해 하나의 목숨을 잃었지만 이제 두 번째 몸으로 부활했다.

아직 과거의 무공을 모두 되찾지는 못했지만 일 년 정도 있으면 원래의 강함을 회복하게 될 것이다. 잃은 것은 없다.

무엇보다 하나의 목숨을 잃으며 강진에게 최후의 계략을 거는 데 성공했다. 강진을 마선도로 유인해 마선의 관문에 뛰어들게 했다.

현혼사기로 세뇌한 자들은 생명의 불꽃이 꺼져 가는 순간에만 금제에서 벗어날 수 있다. 왕진 스스로도 현혼사기가 깨어지니 광기에서 벗어날 수 있었다. 하지만 그는 무공을 익히기 전부터 마선이었다. 결코 남의 강요에 의해 마선이 된 것이 아니다.

자신의 죽음으로 쓰는 계략.

사중개화(死中開花)!

이건 원래 왕진이 적포천존과 직접 싸우게 되었을 때 쓰려고 했던 계략의 하나였는데, 적포천존은 대명의 해군을 상대하기 위한 사행신마도의 함정에 의해 죽었고, 의외로 그의 제자가 왕진을 뛰어넘어 사중개화의 대상이 되었다.

"관문을 통과하면 강진 네놈도 훌륭한 마선이 될 수 있다. 그곳은 마선이 되어야만 통과할 수 있는 곳이니까 말이야. 크크크크."

왕진은 어쩌면 자신의 새로운 제자가 강진이 될지도 모르겠다고 생각하며 웃었다.

만약 그렇게 된다면 대명이 망하는 것으로 끝나지 않고 다음 왕조는 제대로 크기도 전에 망해 버릴 것이다. 바로 사상 최고인 천양신맥 마선의 압도적인 힘과 공포에 의해.

"그럼 나도 슬슬 떠나야겠군."

불괴강시공이 완전히 몸 안에 퍼진 것을 느낀 왕진은 걸음을 옮기기 시작했다. 그가 타고 온 배는 떠났지만, 사행신마도는 원래 그의 거점이라 할 수 있다. 소선(小船)을 숨겨놓은 장소가 있으니 그걸 찾아 바다로 나갈 생각이었다.

그런데 막 걸음을 옮기려고 몸을 돌리는 순간 등 뒤에서 사람의 목소리가 들려왔다.

"가긴 어딜 가."

왕진은 등골이 오싹함을 느꼈지만 당황하지 않고 천천히 뒤를 돌아보았다. 분명히 아무런 기척도 없었는데 목소리가 들리는 것을 보니 사람이 아닌 귀신일지도 모른다고 생각했다.

하지만 사람은 있었다. 전신에 붉은 장삼을 입고 코와 턱에 무성하지만 짧게 자른 수염이 있는 인물이었다. 단지 그의 머리카락은 거의 없다시피 하여 맨머리가 그대로 드러나 있었다.

승려라고 보기엔 인상이 너무나도 순혈 산적풍이다. 왕진은 그를 알아볼 수 없었다.

"누구냐?"

왕진이 차가운 목소리로 묻자 상대는 이를 드러내며 미소를 지었다. 맹수가 먹이를 잡아먹기 위해 입맛을 다시는 느낌이었다.

"나를 못 알아보냐? 죽다 살아나니 정신이 없구나."

상대는 말을 하면서 자신이 입은 붉은 옷의 끝자락을 잡아 펄럭거려 보였다. 낡은 옷이지만 원래 옷감은 최상급인 듯 색은 거의 바래지 않았다.

적포가 바람에 휘날린다.

"적포천존!"

왕진은 자신도 모르게 뒤로 한 걸음 물러났다.

"안 죽었군! 화산도 너를 죽이지 못한단 말이냐!"

"크흠, 죽진 않았다."

적포천존은 헛기침을 한 번 하며 손을 들어 자신의 맨머리를 쓰윽 하고 쓰다듬었다.

"근데 완전히 막지도 못했거든. 젠장, 하필이면 머리카락이 홀랑 타다니."

"으으으."

자신의 대머리를 확인하며 급격히 거칠어지는 적포천존의 기세는 아직 강호의 절정고수 수준으로밖에 회복하지 못한 왕진의 움직임 자체를 봉쇄했다.

왕진은 말도 제대로 못하고 신음성만 흘리며 뒤로 주춤주

춤 물러날 뿐이었다.

적포천존은 이를 부드득 갈며 말을 이었다.

"네놈은 원래부터 재수가 없었고, 그간 쌓인 원한이 한두 개가 아니지. 하지만 이번에 저지른 짓은 그중에서도 심한 축에 속한다. 감히 내 머리카락을 건드려?"

부드득!

손가락을 꺾는 소리가 밤공기를 타고 사방으로 퍼졌다. 무림 최고 고수의 행동과 자세가 뒷골목의 싸움꾼과 별로 다르지 않았다. 달빛이 그의 머리에 부딪쳐 사방으로 흩어졌다.

"내 매일같이 다시 자라나는 머리카락을 밀면서 네놈의 대갈통을 부수기 전에는 이걸 그대로 유지하겠다고 맹세했지. 그런데 이놈의 바다는 어디로 가야 중원이 나오는지 도통 알 수 없다는 게 문제였거든. 별수 있나. 언젠가는 지나가는 배가 있겠지 하고 매일같이 해와 달이 떴다 지는 걸 보며 멍하니 낚시만 했다. 머리 밀고 낚시하고, 밥 먹고 자고! 섬에서 혼자 지내니 참 할 거 없더라 이 말이야."

으드득!

적포천존은 말을 하면 할수록 분통이 터지는지 간간이 이를 갈았다.

"아무튼 고맙다. 네놈이 직접 이곳까지 올 줄은 몰랐거든. 아주 무덤으로 기어들어 오는 네놈을 보니 막 춤을 추고 싶더라.”

“크으으응.”

“딱 모습을 드러내 때려죽이려고 하는데 네놈이 내 제자를 기다린다기에 삼 일이나 더 살려준 거 아냐? 그거 참느라고 힘들었다.”

적포천존은 거기까지 말하고는 혀를 끌끌 차며 고개를 절레절레 저었다.

“병신 새끼, 그래도 천하의 악인이란 놈이 아직 삼십도 안 된 새빨간 후배한테 깨져? 제자가 위험할 때 멋있게 나타나서 구해주려고 삼 일 동안 바닷물 속에서 버틴 나는 뭐가 되나?”

“네, 네놈이!”

“결국 난 어리버리한 제자 대신 마무리나 하는 쓸쓸한 역이 되었지 않나? 에휴, 이럴 거면 내가 그냥 먼저 빡 때려죽이고 제자가 올 때 손수건이나 흔들며 마중할 것을.”

적포천존은 정말로 손수건을 흔들 듯 손바닥을 팔랑거렸다. 그러자 그의 손바닥에서 무형의 강기가 일어나 도끼처럼 왕진의 가슴을 찍었다.

퍽!

“크아아악!”

“염려 마라. 난 내 제자와는 달라서 네놈이 얼마나 질기고 독한지 잘 아니까. 누가 뭐래도 우린 삼십 년 동안 가끔씩 서

로를 꿈에서 본 사이 아니냐? 네놈의 시체는 깔끔하게 불로
확 싸질러서 화장을 해주겠다. 그걸 바다에 뿌려줄 테니 바다
속에 가라앉은 화산재와 사이좋게 지내라.”

적포천존의 말은 곧 사형집행의 신호라 할 수 있었다. 그가
다시 손을 뒤집자 해적왕 왕진의 머리가 수박 깨지듯 퍽 하고
터졌다. 동시에 적포천존의 내공에 의한 화기에 그의 몸이 순
식간에 타서 하얀 재로 변했다.

쏴아아아아!

파도 소리와 함께 바닷바람이 왕진의 재를 흩어 하늘로 끌
고 올라갔다. 일부러 뿌릴 필요도 없이 그렇게 왕진은 흔적도
없이 사라졌다.

“자, 그럼.”

적포천존은 이미 죽인 왕진을 위해 기억의 일부분을 할애
하지 않았다. 왕진의 몸이 대기 속에 흩어진 순간 그를 잊었
다.

적포천존의 시선은 강진이 타고 간 배가 사라진 방향을 향
했다.

“마선도란 말이지? 멍청한 제자 놈이 똑똑한 체하다 속아
서 함정으로 기어들어 갔단 거 아냐. 쯔쯔.”

적포천존은 자신도 모르게 입꼬리를 위로 올리며 기분 좋
은 듯한 표정을 지었다.

지금까지 무공은 몰라도 계략으로 강진이 실패하는 일은 한 번도 본 적이 없었다. 오히려 적포천존이 어설프게 강진 흉내를 내다 실패하면 강진이 나서서 뒤처리를 해준 적도 있다. 그게 알게 모르게 자존심 상했던 적포천존이다.

적포천존은 다시 혀를 차며 중얼거렸다.

"어쩔 수 없지. 제자가 멍청하면 사부가 고생해야지. 그놈이 무공은 좀 늘었는데 머리는 반대로 단순해졌단 말이야. 하긴, 무공은 정말 쓸만 해졌지만 말이야. 그런데 어떻게 그렇게 세졌지?"

강진이 마지막에 보인 일진검은 적포천존도 펼칠 수 없는 전혀 새로운 경지의 무공이었다.

더 높다 낮다가 아닌 다른 산봉우리라고 할까? 길이 달랐다. 적어도 적포천존이 가르친 무공 중에 그런 건 없었다. 또한 천룡교의 무공의 특성을 봐도 그건 아니었다.

어느 쪽이냐 하면 소림사나 무당파의 무공처럼 고리타분한 냄새가 좀 났다.

적포천존은 이놈의 제자가 자신이 없는 사이 뭔 짓을 한 건지 궁금해졌다. 하지만 지금 당면한 문제는 그게 아니었다.

적포천존은 다시 손가락을 두두득 꺾었다.

"마선도란 말이지? 무공으로 치자면 왕 노적에 필적하는 놈들이 좀 있다고?"

기분이 크게, 아주 많이 좋아졌다.

"싹 쓸어주지."

적포천존은 새로운 먹잇감을 발견한 굶주린 맹수의 눈빛이 되어 입으로 휘파람을 불었다.

휘익!

날카로운 파공성이 울리자 사행신마도에서 조금 떨어진 바닷물이 울렁거리며 무엇인가 거대한 물체가 불쑥 솟아올랐다.

그것은 바로 육지와 바다를 통틀어 가장 거대한 생물인 고래였다. 외롭고 쓸쓸한 섬에서의 생활 중 거의 유일한 낙은 바로 낚시였고, 그 낚시의 최고 수확물이 이놈이다.

흑산. 적포천존은 자신이 잡아 길들인 검은 고래에게 이름을 붙였다. 그 뒤로 적포천존은 낙이 하나 더 늘었다. 바로 흑산을 타고 주변 바다를 돌아다니는 것이었다.

꽤 멀리까지도 나가봤지만 다른 육지를 발견하지는 못했다. 이 섬이 망망대해의 한가운데에 위치한 것이라는 걸 알게 되었을 뿐이다.

어쨌거나 흑산은 적포천존의 충실한 부하라 할 수 있었다. 그렇게 되기까지 적포천존에게 기절할 정도로 두들겨 맞은 것이 몇 번인지는 모르겠지만, 이제는 완벽하게 적포천존을 주인으로 모시고 있었다.

적포천존은 흑산 위에 올라타 손가락으로 강진이 간 방향을 가리켰다.

"가자."

꾸웅!

흑산은 한 번 울고는 헤엄을 치기 시작했다. 배가 움직이는 것보다 빠르니 곧 강진을 따라잡을 수 있을 것이다. 하지만 적포천존은 강진에게 자신의 존재를 드러내고 싶지 않았다. 이유는 바로 결정적인 순간 멋있게 나타나기 위해서였다.

하나의 배와 고래가 모든 악의 근원이라는 마선도를 목표로 나아갔다.

『적포용왕』 7권에 계속…

은하의 계곡

무천향
武天鄕

허담 新무협 판타지 소설

뿌리를 찾아가는 목동 파소의 여행.
그 여정의 끝에서
검 든 자들의 고향 대무천향 (大武天鄕)을 만난다.

검객 단보, 그는 노래했다.

…모든 검 든 자들의 고향 무천향.
한 초식의 검에 잠든 용이 깨어나고, 또 한 초식의 검에 잠든 바다가 일어나네.
검의 흐름을 따라가다 보면 어느새, 세월도 잊어버리고, 사랑도 잊어버리고,
무공도 잊어버려…….
결국에는 자신조차 잊어버리는…….

은하의 가장 밝은 빛이 되어버린다는
그 무성(武星)들의 대지(大地).

아, 대무천향(大武天鄕)이여!

낭왕 狼王

별도 新무협 판타지 소설

살 내음 나는 이야기에 여러분은 가슴 졸인 적이 있는가?
남들이 볼까 두려워하며 책을 가리면서 읽었던 구절을 몇 번이나 반복하며
읽은 적이 없는가?

구무협의 향수를 그리워하던 별도가 결국은
〈무협의 르네상스〉를 부르짖으며 직접 자판 앞에 앉았다.

"제가 무협을 쓰기 시작한 이유는 더 이상 읽을 책이 없었기 때문입니다."

모든 일은 4년 전부터 시작되었다.
살인사건을 배경으로 펼쳐지는 음모와 배신, 사랑과 역공작,
그리고 정사!

우리 시대의 이야기꾼, 별도의 새로운 글, 〈낭왕狼王〉!
〈천하무식 유아독존〉, 〈그림자무사〉, 〈검은여우黑心狐狸〉에
이은 그의 또 하나의 역작!

화공도담

書工
道談

예(禮)와 법(法)을 익힘에 있어
느리디 느린 둔재(鈍才).
법식(法式)에 얽매이기보다 마음을 다하며,
술(術)을 익히는 데는 느리지만
누구보다 빨리 도(道)에 이를 기재(奇才).

큰 지혜는 도리어 어리석게 보이는 법[大智若愚]!

화폭(畵幅)에 천지간(天地間)의 흐름을 담고
일획(一劃)에 그리움을 다하여라!

형식과 필법을 익히는 데는 둔하나
참다운 아름다움을 그릴 수 있게 된
화공(畵工) 진자명(陳自明)의 강호유람기!

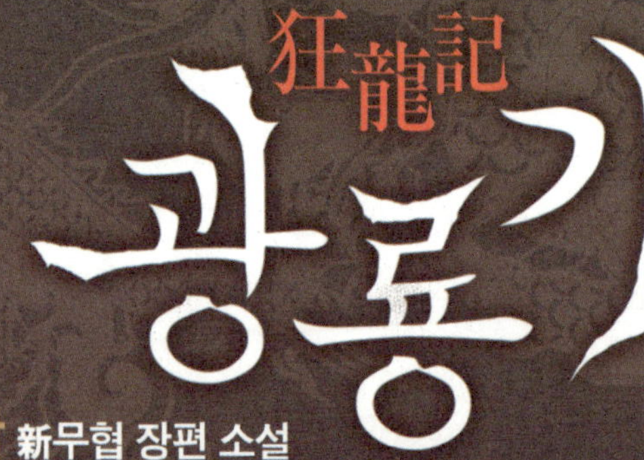

狂龍記

광룡기

장담 新무협 장편 소설

미친 바람이 동해에서 불기 시작했다!
둥지를 떠난 광룡(狂龍)이 강호에 나타났다!

내가 가고 싶은 때로 간다.
내가 하고 싶은 때로 한다.
누구도 내 앞을 막지 마라!

한겨울, 마침내 광룡의 전설이 시작되고,
천하가 광룡과 빙심에 뒤집어졌다!